U0892775

读客

读客科幻文库

跟着读客读科幻，经典科幻全看遍。

易碎品

FRAGILE THINGS

[英] 尼尔·盖曼 著
马骁 张秋早 译

江苏凤凰文艺出版社
JIANGSU PHOENIX LITERATURE AND ART PUBLISHING, LTD

谨以此书献给雷·布拉德伯里、哈兰·艾里森及已故的罗伯特·谢克里，他们是大师中的大师！

目录

导言

“我想……回想这一生时，我宁愿发现自己迷恋易碎之物、虚度光阴，也不愿兢兢业业、终生力求道德完善。”有一天我在梦中想到这句话，起床后马上提笔记下。虽然我自己也不知道此言针对何人而发，究竟有何含义。

大约八年之前，我策划这本幻想故事集时，本想管它叫《人们应该知道我们是谁，也知道有我们存在》。这句话来自一期周日版《小尼莫》（*Little Nemo*）[1]漫画，出现在某一格上的对话气泡里。今天，在阿特·斯皮尔曼（Art Spiegelman）的《无塔之影》（*In the Shadow of No Towers*）一书中，可以看到这一页的漂亮重绘彩图。原计划中，每个故事各借一位叙述者之口道出，他们极尽闪烁其词，玩弄花巧之能事，分头自我介绍，讲述各自的生活。读者会发现，他们都曾身处这大千世界，与我们同在。十多个人，十多个故

1 19世纪末20世纪初美国连载漫画，常有黑暗或超现实情节，原刊于《纽约先驱报》和《纽约美国人报》。——译注（本书中注释，如无特殊说明，均为译注。）

事。本来是这么打算的，可是真正动笔时，这点子就毁了。我最后写出的，就是你在本书中看到的故事。故事该怎么说，写出来就成了什么样。有的的确还是第一人称视角，讲述一段时间之内发生在“我”身上的事，其他却完全不是那么回事。有的故事铺陈必须跨越数月乃至数年，否则怎么写也无法成形；有的故事在细节上有时间交叉之处，必须用第三人称叙述……

最后，书中所需材料终于备齐。我又不知道该叫它什么才好。原来那句话显然不再合用。就在这时，我听了戒零乐队（One Ring Zero）的《慧如我族》（*As Smart as We Are*）专辑，发现歌词中有我梦中所得之句。我开始琢磨：想到“易碎之物”时，我究竟想指代什么？

《易碎品》，拿来做短篇集题名倒也不错，毕竟易碎的事物实在太多。人易碎，梦易碎，心易碎。

绿字的研究

吾友迈克尔·里夫（Michael Reaves）和约翰·派兰（John Pelan）一起编辑文选《贝克街暗影》（*Shadows over Baker Street*）时，我为他写了这个故事。迈克尔给我的要求是：“我要你写个故事，把夏洛克·福尔摩斯扔到H. P. 洛夫克拉夫特的世界里去。”我虽然嘴上答应，心里却觉得这设定很没谱：夏洛克·福尔摩斯身处纯理性世界，以解决问题为第一要务，洛夫克拉夫特的作品却蕴含极强的非理性成分，只有将未知事物封存在神秘之中，书中人才不至发狂。要是必须把两种元素结合起来，说故事的方法也必须有趣，以保证洛夫克拉夫特与柯南·道尔爵士的设计相得益彰。

菲利普·约西·法默（Philip Jose Farmer）的《沃德纽顿》系列（*Wold Newton*）[1]是我钟爱的童年读物。故事里许多虚构人物都被作者纳入同一世界背景之中。后来，我的朋友金·纽曼（Kim Newman）和阿兰·摩尔（Alan Moore）开始创作自己的《沃德纽顿》，在《安诺·德古拉》（*Anno Dracula*）系列与《非凡绅士联盟》（*The League of Extraordinary Gentlemen*）中着手融合世界。这些都让我乐在其中。看起来还不错，我想，也许这样的事我也能干。

故事原材料收集好了，最后所得成品比我动笔时的预期更为出色。（要知道，写作很像烹饪。有时候，任你花样百出，烤箱里的蛋糕就是不像样，但烤上一阵子，你会发现它越来越美味，好吃得出人意料。）

2004年8月，《绿字的研究》获雨果奖最佳短篇故事奖。直到今天，它一直是我的骄傲。一年之后，因为这篇故事，我更是神奇地成为“贝克街小分队”[2]中的一员。

仙舞

其实不大像首诗。不过大声念出来吧，很好玩的。

1　本系列故事中，一枚陨石降落在英国约克郡小村沃德纽顿，在场众人及其后代从此获得不可思议的能力。

2　一个以原著中贝克街小分队命名的福尔摩斯粉丝团体，于1934年成立，除盖曼外，其成员还包括美国总统罗斯福和艾萨克·阿西莫夫。

椅中的十月

彼得·斯卓布（Peter Straub）出任客座编辑，编纂《关联》（*Conjunctions*）选刊时，我给他写了这个短篇。其实几年前我在威斯康星州麦迪逊城开会时就开始动笔了。当时哈兰·艾里森（Harlan Ellison）让我和他合写一个短篇。我们坐在绳桩隔离区里，哈兰拿打字机，我抱着笔记本。哈兰动笔前还有个序言要写。所以我先写了一段开头，等他写完再拿给他看。“不对头，这开头太‘盖曼’了。”他如此评论道。（于是我把开头扔到一边，重开了一个故事，直到今天，哈兰和我还在继续写。诡异的是，我们碰头动笔时，总能把文章改得更短。）就这样，我硬盘上一直留着那个开头。几年前，彼得邀我加盟《关联》。我正好想写个关于鬼孩子和普通孩子的故事，算是为一本即将动工的长篇童书做个练笔。（长篇名叫《坟场之书》，眼下我正在写。）我花了不少时间才构思出个大概，完工时，我把这篇献给雷·布拉德伯里，聊表敬意。同一个故事，若换他来写，一定比我强得多。

本篇曾获2003年轨迹奖最佳短篇故事奖。

秘屋

有两位南希，一位姓奇帕特里克（Kilpatrick），一位姓霍德（Holder）。她们编辑文选《局外人》（*Outsiders*）时向我约稿，要我写个“哥特式”故事。在我看来，所有故事中最“哥特”的当数《蓝胡子》（及其各个变种）。所以呢，我就写了首蓝胡子式小诗，故事地点就设定在当时我住的屋子里。那房子里没什么东西，几近全空。顺便一提，文中“烦忧”一词，诚如蛋头矮人在《爱丽丝镜中奇遇》中对爱丽丝所说，得算个“混合词”，占据了“烦恼与“忧愁”之间的领地。

凶夜厄榭无面家仆禁脔烈欲记

想当年，我坐在东克罗伊登车站五、六站台之间，冒着冬夜的寒风，手拿铅笔涂着这个故事。那时我二十二岁，就快二十三了。写完以后，我把它打成铅字，给我认识的几个编辑看。有一位嗤之以鼻，直接跟我说他不喜欢这调调，而且真心觉得其他人也不会识这种货。还有一位，退稿之后一脸悲天悯人地解释道，这玩意儿油腔滑调，胡言乱语，永远不会发表。于是我把它扔到一边，好生暗自庆幸：如果真让广大读者看到这劣作，广招一番厌弃，这人岂不就丢大了？

就这样，可怜的故事无人再读，从文件夹移进纸盒，从纸盒里移进木箱，从办公室拿回地窖，最后又扔进阁楼。二十年间，我每次想起它，只会为当年的退稿而欣慰。直到有一天，一本叫《哥特！》（*Gothic!*）的集子找我约稿，我才想起阁楼里的手稿，让它重见天日，想看看能不能从中挽回些许剩余价值。

我开始读《凶夜厄榭无面家仆禁脔烈欲记》，看着看着，不禁微笑。真的，我发现，它非常好玩，非常聪明，是篇不错的小故事。其中固然有笨拙之处，但都容易修正。即使是文坛老手，这些拙笔也在所难免。二十年后的我拿出电脑，重写了故事，精简了标题，就寄了出去。虽然曾有专业人士指责它“油腔滑调，胡言乱语”，但看来那不过是少数意见。《凶夜厄榭无面家仆禁脔烈欲记》被许多最佳故事年选收录，还获2005年轨迹奖最佳短篇故事奖。

我也不清楚上面这段经历寓意何在。有时候，你只是没找对读者。同一件东西，不可能对所有人胃口。现在我经常琢磨着，不知道阁楼那些旧纸箱里还能翻出什么来。

大家都爱好孩子、记忆小径拾零

第一个故事灵感来自一尊莉萨·斯奈灵·克拉克（Lisa Snellings-Clark）的低音提琴师雕像。我小时候就学过这种乐器。第二篇则是为一本“生活中的鬼故事”选集写的。集子中大部分作者写得都比我强，不过，我这篇虽不甚高明，却贵在字字属实。这两个故事最初收录于2002年新英格兰科幻协会出版社的《梦界冒险》杂集（*Adventures in the Dream Trade*），集子里多是简介、随笔之类的杂文。

打烊时分

迈克尔·沙邦（Michael Chabon）当年编过一本类型小说集，一来是为展示故事之中种种乐趣，二来也是为826瓦伦西亚募集资金。（826瓦伦西亚是一个专门培养少儿写作能力的社会活动组织。）集子名叫《麦克斯维尼惊悚故事大全》（*McSweeney's Mammoth Treasury of Thrilling Tales*）。迈克尔让我贡献一个短篇。我问他手头还缺什么类型的故事。他说，他想要个M. R. 詹姆士[1]式鬼故事。

于是我就开始写鬼故事。不过，最终成品深受罗伯特·艾克曼（Robert Aickman）影响，有我喜爱的“怪谈”系列（“Strange Stories”）风格，倒不很像詹姆士了。（另外，我这篇以俱乐部为背景，也算个俱乐部类型故事，买一送一，实在实惠无比，童叟无欺。）这个短篇收录在几本最佳故事年选里，并获2004年轨迹奖最佳短篇故事奖。故事里所有场景都是真的，虽然名称略有改动。比方说，第欧根尼俱乐部其实叫特洛伊俱乐部（Troy Club），在汉威街（Hanway Street）。我也写到不少真人真事，真实程度超乎你们想象。当年我一边写，一边琢磨，不知那间小玩具屋还在不在，不知有没有人推了它，在它盘踞过的空地上重盖新房。不过，老实说，我一点也不想亲自回去一探究竟。

隐于野

英文中wodwo（或wodwose）这个词，意思是“林间的野人”[2]。本篇是为特里·温丁（Terri Windling）和埃伦·戴洛（Ellen Datlow）的《绿人》选集（*The Green Man*）写的。

1　英国研究中世纪的学者，作家。虽以写鬼故事著称，但在学界也享有崇高声誉。

2　本篇原名*Going Wodwo*。

苦磨咖啡

2002年我一共写了四个短篇。虽然这篇一个奖也没拿过，但我觉得，四篇作品里数它最好。这是为吾友纳罗·霍普金森（Nalo Hopkinson）的《魔符：神奇故事》（*Mojo: Conjure Stories*）选集写的。

他人

这是个莫比乌斯环式故事，也不知何时何处来的灵感。我只记得提笔记下点子，写出第一行，心里直犯嘀咕，也不知道这套路是不是已经有人用过。难道我童年看的弗莱德里克·布朗（Fredric Brown）和亨利·卡特纳（Henry Kuttner）作品里有这么一篇？总觉这种故事早有先例。点子简单精巧，完善而不失犀利，反而叫我心生疑窦。

过了一年左右，有一次我在飞机上待得无聊了，翻笔记时又看到这两行字。一把手头杂志看完，我就开始往下写。飞机还没着陆就大功告成。然后，我打电话找到好几个见识多广的朋友，把故事念给他们听，问他们是否觉着耳熟。大家都说没印象。平时都是有人先约稿我才写短篇，这次可没有编辑等着。我把它发给《奇幻、科幻杂志》的戈登·范·盖尔德（Gordon Van Gelder）。他收了这篇稿子，还重新起了个名。我倒也没意见。（本来我自己的标题叫“死后”。）

我经常在飞机上写作。刚开始写《美国众神》时，我在飞去纽约的路上写了个小短篇，觉得总能安进书里去。可后来不管我给它安排在哪儿，故事自个儿总不乐意。最后，书写完了，它还是无处容身。我把它写在圣诞卡上寄出去，从此忘得一干二净。几年过去，希尔氏出版社（Hill House Press）把它印在他们的圣诞卡上，分送给订户。（这家出版社也为我的书出过非常非常精美的限量版。）

这个无处容身的故事也没有名字，我们不妨称之为：

图师

要把故事说清楚，最好的办法就是从头到尾讲一遍。不是吗？想让一个人掌握故事梗概（不管这位听众是他人抑或自己），最好逐字逐句说清。然而，此举虽然巧妙，却十分不切实际。地图越精确，便越接近真实地貌。最准确细致的地图莫过于地貌本身。然而精确如是，地图的意义也就不复存在。

逐字逐句的故事就是一张巨细无遗的地图。

请务必牢记。

两千年前，中国有个皇帝，极度痴迷于绘制治下疆域。他在御花园中建有岛屿一座，用以安放华夏境内缩微实景。工程耗资颇巨，也捎带搭进几条人命。（要知道，湖水又深又冷。）岛上，每个土丘都是王土上一座峻岭，每条涓流都是国界内一条大河。皇帝沿岛步行一周，就要花去四分之一时辰。

清晨破晓之前，天空依然暗淡。每天，一百名男子泅过深水，蹚过浅滩，趁此时上岛。景观中如有遭天气或野鸟毁坏之处，他们必悉心维护。国内凡有水祸、地震、山崩，也靠他们移去冗物，细加调整，以求岛上王土一丝不苟。一来一去，不免有人溺于湖中。

大半年来，皇帝再无他求。可后来，龙心之中对小岛不悦渐生。就寝之前，他开始计划另一张地图：这张图大小可比天朝江山百分之一，每间小屋，每户住家，每栋楼宇，每棵树木，每座小丘，每头野兽……高矮大小尽取百分之一。

计划空前宏大，非倾尽税收国库之力不能成。所需人力超乎想象：图师，测绘师，勘察师，画匠；以及铸模师，陶艺师，砖瓦匠，手艺人……不胜枚举。此外，还须有六百名梦师，专司幻想树根不能探及之处、山间洞窟幽闭之处、海下沟壑深邃之处那种种玄妙，以为制图之用。凡王土之上，即使肉眼难见之物也须收入其中，此图方算善始善终。

皇帝计划已毕。

一天晚上，当朝宰相陪伴御驾，在园中散步。空中一轮满月，如金如幻。宰相直言进谏道：

“圣上，请三思，此番工程……”

一言甫出，宰相突然失去勇气，于是再无下文。一尾银鲤扰乱水面，月影纷乱，碎如片金，每一片都是一轮小小圆月。不多时，水波渐平，众月融为一道金轮。四周水色若夜，一派瑰丽深紫，与纯黑迥异。

“事不能成？”皇帝也不动怒。然而，帝王每多一分温和，便多一分危险。

“皇上有愿，岂有不成之事？”宰相说，“然而此举耗资甚巨，国库必为之倾；占地甚广，城池必为之空，田地必为之荒。事成之后国力贫乏，恐后世无以为治。臣既身为一国之相，若不直言进谏，实属玩忽职守。”

“此言抑或有理。”皇帝道，“然而，若依卿之言，朕将制图计议抛诸脑后，此事再不能成。朕之心力处世必不堪其扰，珍馐无味，佳酿如水……”

皇帝按住话头。御花园深处有夜莺清啼。再开口时，他坦言道：“然而此图仅为工程之始，行工事之时，朕仍有另一宏愿，须精心设计，方为传世之珍。”

“不知陛下所言何物？”宰相却也问得波澜不惊。

“另一份地图。”皇帝道，“凡我天下，皆依真实尺寸再现。山以山示，木以木标，大小种类一般无二。以川为川，以民为民。”

宰相身披月光，一揖到地，他随驾向宫内走去，依礼落后王上数步，一路深思。

史书有云，皇帝于睡梦之中驾崩。此言诚然非虚。不过，若说陛下纯属自然死亡却也不甚确凿。太子即位称帝。新帝对地图与制图均兴趣寥寥。

湖心小岛成为野鸟与水禽的乐园。此处全无人迹侵扰。泥山被它们衔走筑巢，岛体也遭湖水日夜冲蚀。最后，岛上种种尽忘于世，唯余一湖碧水。

地图不再，图师不再，唯山河依旧。

纪念与珍宝

这篇故事副题为“爱情故事一则”。它（或者说其中一部分）原先是一部漫画脚本，是给奥斯卡·扎瑞特（Oscar Zarate）编辑，沃伦·普里斯（Warren Pleece）作画的黑色选集《伦敦本黑暗》

（*It's Dark in London*）写的。沃伦画得很棒，我对故事却不大满意。不知道这个自称史密斯的家伙为什么长成这样。恰逢阿尔·萨兰托尼奥（Al Sarrantonio）编辑《999》选集时找我约稿，我就想：再拜访一次史密斯和爱丽丝先生也挺好玩。顺便，他们俩也友情客串了本书另一则故事。

我想关于史密斯先生这位坏人，还有很多好料可挖，其中最有价值的莫过于他与爱丽丝先生分道扬镳的故事。

芬奇小姐失踪案实录

有一次，别人给我看了张法兰克·弗拉泽塔（Frank Frazetta）的画，让我看图写故事。画上是个有老虎陪伴左右的姑娘。我实在编不出故事，就把芬奇小姐那件真事拿来充数。

怪姑娘

其实是十二个微型故事，原先是为托丽·阿莫斯（Tori Amos）的《怪姑娘》专辑配的。写作过程中辛迪·雪曼（Cindy Sherman）给了我不少灵感。托丽的歌也助益良多，她赋予每首歌不同的个性，我便为它们各写了几句。这篇东西之前没有任何选集收录，只在巡演手册中发表过。另外，随专辑附赠的小册里也摘取了篇中词句，散印于册中各处。

哈勒昆[1]情人

很长时间以来，我一直很欣赏莉萨·斯奈灵·克拉克这位雕塑艺术家。有本叫《奇异吸引》（*Strange Arraction*）的集子，是为丽萨做的摩天轮雕塑写的。很多出色的作家都在写吊篮里的游客。他们问我，给那个笑脸哈勒昆打扮的卖票人写个故事怎么样？

事就这样成了。

一般来说，故事不会自己成书。不过这一次，我记得真正出自我手的只有第一句。接下来倒更像做听写。哈勒昆兴高采烈，蹦蹦跳跳，自个儿打发他的情人节，我则奋笔疾书。

说来，哈勒昆是意大利即兴喜剧中的角色。他是不露真容的恶作剧行家，面具遮颜，手持魔杖，穿菱形格子戏服。哈勒昆深爱柯龙比娜，戏中始终追逐她的芳踪，一路上改变所有人的生活。他的老对手包括矮胖的医生和小丑皮耶罗。

金发姑娘

《金发姑娘与三只熊》这个故事最早来自诗人罗伯特·索西（Robert Southey）。不过这么说也不准确，他那版故事里，三只熊还是三只熊，金发姑娘却是个老奶奶。当然，故事形式和经过还是一样的。后来人们觉得，小姑娘当主角比老太婆强。于是再有人讲

1　哈勒昆源于意大利即兴喜剧，属于剧中固定角色形象称谓，类似于京剧中生、旦、净、末、丑等。这类角色常以狡黠诙谐的仆人形象出现，协助撮合受家长妨碍的男女恋人角色。

故事时，就加了个女孩子进去。

话说回来，童话是代代相传的。你可以去找童话，童话也会上门寻你。童话是我们这一代与先人共享的财富。（我给我的孩子讲故事，以前爸爸妈妈爷爷奶奶也给我讲故事。这种感觉很特别，很奇异，仿佛我已经融入奔流不息的生命之河，成为它的一部分。）我给麦蒂（我的女儿）写这篇东西时她才两岁，可现在已经十一岁了。我们还会共享故事，一起看电视，一起看电影，看一样的书，聊一样的书……可是，我再也不会念故事给她听了。再说，与其念别人的故事，自己为她编故事又要好上许多倍。

我相信分享故事是我们的责任。无论过去将来，这恐怕是我仅有的人生信条。

苏珊的问题

旅馆给我叫了医生。医生说，是流感这坏蛋，让我头疼欲裂，吐个不停，又难受又郁闷。接着，他列出一堆止疼药和肌肉松弛剂。我挑了种止疼药，就跌跌撞撞地缩回旅馆房间，倒头昏了过去。动弹不得，无法思考，连头也抬不起来。第三天，私人医生从家里打电话来，好生叮嘱了洛琳（我的助手）一番，又对我说："我不喜欢不见病人，光靠电话做诊断，可你得的是脑膜炎。"他是对的。我得的正是脑膜炎。

又过了好几个月，我终于头脑清醒，可以重新写作。落笔之后第一篇作品就是《苏珊的问题》。整个过程仿佛在蹒跚学步。这个故事是为阿尔·萨兰托尼奥（Al Sarrantonio）的幻想小说集《飞》

（*Flights*）写的。

小时候我把纳尼亚传奇系列小说看了几百遍，长大后又两度念给孩子听。故事里太多东西我都爱得不得了。可是，每次看我都会想，书里对苏珊的处理实在很成问题，让人生气。当时我想：一定要写一个同样问题多多、叫人生气的故事（当然，毛病要出在不一样的地方），还可以顺笔写一写儿童文学那惊人的力量。

指南

上一本短篇集《烟与镜》中已包括几首诗。我原计划这本《易碎品》里只收小说。可是，最后还是忍不住加进几首诗来。主要原因就是：我实在太喜欢《指南》了。如果你就是不喜欢诗，也可以略感欣慰。你看，这些诗和本篇简介一样，都是免费赠品。少了它们本书也不会减价，加了它们也没有人多发我稿费。有时候，顺手捡起几行字读一小会儿也不错。同样，看这篇简介，了解一点故事背后的故事，这也很有趣，看不看故事本身随你。（欸，虽然我高高兴兴地自我摧残了好几星期，才定下本书里文章的先后顺序，但先看哪篇完全随你高兴。）

至于本诗，文如其名，哪天你发现自己掉进童话世界，它就是你的指南。

感受

有人让我给一个以石像鬼为主题的选集写个故事。截稿日就要到了，我大脑还一片空白。

我想到，石像鬼是教堂屋顶上的守护者。那么，或许它也可以待在别处，保护其他东西，比方说，我们的心。

八年后，我第一次重读此文，文中的性爱描写让我有些吃惊。不过也可能是因为我本来就对这一篇不太满意吧。

这辈子

这篇诡异的小独白是为摄影家阿恩·斯文森（Arne Svenson）的摄影图书写的，配在一张玩具猴照片边。整个集子里共有两百张玩具猴图片，该书也毫无悬念地叫作《玩具猴》（*Sock Monkeys*）。分给我那张图里的猴子好像很命苦，不过日子过得一直很有趣。

有位老友刚开始给《世界新闻周报》（*Weekly World News*）写稿。我有时帮她编些故事，倒也乐在其中。不知道大千世界上，有没有人把日子过得跟《世界新闻周报》一样。《玩具猴》一书里，这篇是按短文格式印的，不过我觉得分成一行一行效果更妙。我相信，只要点上足够的酒，再加一位好听众，这个故事可以永远永远讲下去。

（说来，偶尔有人在我的网站上留言，问能不能借这篇做他们的试演表演材料，也有问其他作品的。尽管用，我不介意。）

吸血鬼塔罗十五张

要凑满全套大阿卡那牌，还得再写七个故事。我和艺术家里克·贝里（Rick Berry）达成协议，将来我一定完稿，他则负责为我配图。

饲者与食者

这个故事来源于我二十来岁时做的噩梦。

我喜欢梦。不过，我很清楚，梦有自己的逻辑，和故事不同，直接把梦写成小说往往极难成功。明明梦中感觉良好，一旦睁眼却难免真金变废铁，珠玉变顽石。

梦会给你留下不少灵感：梦中气氛、片段、人物，甚至主题，均可借用。不过，只有那一次，我从梦中成功收获一个完整的故事。

第一稿本来是篇漫画，由多才多艺的马克·白金汉（Mark Buckingham）绘制。后来，我尝试着把它改成三级恐怖片脚本，却从没找到开镜的机会。（我连名字都想好了，叫《吞噬：来自银幕》。）几年前，编辑斯蒂夫·琼斯（Steve Jones）跟我说，有些老故事不该就此被历史遗忘，可以考虑挖出来，贡献给他的《拒绝夜色》（*Keep Out the Night*）选集。我想起这篇东西，于是卷起袖子，说改就改。

鬼伞菇的确非常美味。不过摘下来以后，这种蘑菇会很快变成恶心的一摊黑水，指望饭店是没戏了。

造病者喉炎

有本叫《赛克里·T. 拉姆谢德奇病异症随身读本》（*The Thackery T. Lambshead Pocket Guide to Eccentric and Discredited Diseases*）的集子，由杰夫·范德米尔（Jeff VanderMeer）和马克·罗伯茨（Mark Roberts）编辑，专门记录假想病症。我觉得，如果有这么一种怪病，患者症状就是喜欢捏造怪病，一定挺有趣的。以下两件东西对本文写作助益颇大：一个我很久不碰的计算机程序，叫作“胡话生成器”，一本落满灰尘的精装家庭医生手册。

尾声

这篇是我想象中的圣经终章。

一说到给动物命名，就想起喜马拉雅山“雪人（yeti）”来。如果按字面翻译，“雪人”应该叫“那边的东西”。这实在叫我乐不可支。请想象以下对话：

——快来，勇敢的喜马拉雅向导啊，那边的东西是什么？

——那边的东西（yeti）。

——哦，我知道了。

歌利亚

数年前，我的助理说：他们想拜托你写个故事，一个电影网站要用。那电影还没公映，叫《黑客帝国》，他们会把剧本发给你。于是，我兴趣盎然地读完剧本，写了这个故事。公映前一周左右，它出现在电影主题网站上，今天你仍可以在那儿看到。

某乘客由俄克拉何马州塔尔萨乘灰狗巴士至肯塔基州路易斯维尔时遗落车上一鞋盒中觅得之日记·摘录

本篇乃是几年前为吾友托丽·阿莫斯（Tori Amos）的巡演手册《绯之行》（*Scarlet's Walk*）所作。后来有本最佳短篇年选收了它，让我高兴极了。这个故事从《绯之行》中得到一些零星灵感，我想写的是一则关于身份替代和美国风土的旅途故事。它有点像《美国众神》的姊妹短篇，文中，一切（包括问题的答案）都近在咫尺，却又遥不可及。

给男生的派对搭讪指南

对我来说，故事的诞生过程往往十分有趣，不亚于收获最后成果。比方说，这则故事脱胎于两篇失败的底稿。当年，澳大利亚批评家乔纳森·斯崔汉（Jonathan Strahans）编辑《星隙》（*The Starry Rift*）时找我约稿。（这篇搭讪指南在本书中算是初次付印，《星隙》中没有收录。希望以后我能给乔纳森另写个故事。）构思之后，落笔时并不顺利，我只折腾出一些毫无意义的粗糙片段，最后不得不满头晦气地给乔纳森写邮件，告诉他故事没戏了，至少我这儿已经交稿无望。乔纳森回信说，他刚刚拿到篇好稿子，是一位我很佩服的作家写的。她只用二十四小时就顺利完稿。

一听此言，我恼羞成怒，打开空本子，拿出笔，钻到花园露台上，憋了一下午，写出这个故事。几周后，我第一次拿它当众朗读，是在传说中的CBGB俱乐部[1]。活动是公益性的。鉴于故事背景是朋克风潮，叛逆的1977年之类，CBGB确为不二之选，实在叫我高兴极了。

飞碟造访之日

我灌制有声书《星尘》那周，在纽约旅馆房间里等车来接时写了这首小诗，起因是编辑兼诗人瑞因·格瑞夫（Rain Graves）让我给她的网站www.spiderwords.com写几首诗。后来当众朗诵效果不错，我也很开心。

太阳鸟

我大女儿霍莉过十八岁生日时，明明白白地找我索要生日礼物。她说，我要一件只有你能给我的东西，爸爸。给我写个短篇

1 CBGB是位于美国纽约的一个酒吧，它被公认为是朋克音乐的诞生地。“CBGB”的意思是乡村（Country）、蓝草（Blue Grass）、布鲁斯（Blues）。

吧。鉴于她对自己父亲的禀性了如指掌，说完马上又加了一句：不过你是个拖稿王，我也不想催你，只要我十九岁生日前看到，就算完成任务。

曾经有位作者住在塔尔萨，2002年去世。六十年代末七十年代初那阵子，这位拉菲尔·A. 拉弗蒂先生（R. A. Lafferty）是世界短篇小说之王。他的故事怪诞离奇，无法分类，个性十足，往往没看完一句就能猜出作者。年轻时我给他写过信，还收到过回信。

当初写《太阳鸟》，我模仿的就是拉弗蒂，写作过程中收获颇多，许多技巧真正操作起来要比想象的难多了。霍莉直到十九点五岁生日才拿到礼物。那时我写了一半《蜘蛛男孩》，只觉若不找点短平快的东西写写，脑子都要坏了。后来这篇东西发表在一本名字奇长无比的集子里。（当然有霍莉批准在先。）该书是文学公益活动计划之一，书名常简称为《吵死人的强盗、不友好的怪物，以及其他略逊一筹的骇人物》（*Noisy Outlaws, Unfriendly Blobs, and Some Other Things That Aren't As Scary*）。

虽然你已经买过本书，倒也不妨再收一本《吵……》。里面克莱门特·弗洛伊德（Clement Freuds）那篇《格林伯》（Grimble）还是不错的。

创造阿拉丁

有一件事总叫我大惑不解（说好听点叫大惑不解，其实说白了就是——叫我火冒三丈）。有些大部头学术著作，研究方向是民间传说和童话，我经常拿来看。它们宣称，民间故事本无作者，追溯其源头、探寻其作者实为大谬。此类著作论文给人这样一种印象：所有老故事都是半路捡来的，要么就是在原型基础上修修改改。我想，这么说也有道理，不过，故事皆有起源，最初总诞生于人类脑海之中。原因很简单——故事是人编的，与客观景物、自然现象之类不同。

我看过这么一本专家论著，书里阐释，凡提到有角色睡着的童话故事，都脱胎于原住民的梦境。祖先们从梦中醒来，对别人讲述梦境，因为智力太过蒙昧，不能区别梦与现实，便将睡着前后的经历合为同一故事。这便是童话的起源。这种专家理论实在漏洞百出，立论便大成问题。因为，代代相传，流传到今天的故事都有起承转合良好的特点，与梦境逻辑截然不同。

故事都是人编的。有人爱听，就流传下来。这就是它的魔力。

山鲁佐德本是虚构人物。需要每夜以故事降服的暴君，山鲁佐德的妹妹……这都是假的。《一千零一夜》本身就是故事，包含了各地收集来的元素。阿拉丁这个故事出现得比较晚，几百年前才由法国人加进《一千零一夜》中去。换句话说，“创造阿拉丁”这段历史一定和我写的不一样。我的故事不存在于历史，也不存在于未来。

山谷君王

这篇故事脱胎于我对苏格兰偏僻野地的挚爱。那里，大地的脊梁一览无余，天空苍白，一切美得令人窒息。那是世界上最荒凉、最辽远的地方。《美国众神》完结两年后，我也很高兴与影子重逢。

罗伯特·西尔弗伯格（Robert Silverberg）让我给第二本《传

奇》（*Legends*）选集写个中篇。他说，用《乌有乡》或者《美国众神》背景写都无所谓。写《乌有乡》中篇时我遇上些技术问题，暂时停笔。（那篇东西叫《侯爵大衣寻回记》，我以后会写完的。）后来，去诺丁山导演一部叫《约翰·博尔顿短片》的微型电影时，《山谷君王》诞生了。我在湖边小屋里狂写了整整一冬，终于大功告成。顺便一提，眼下我正坐在同一间屋子里写这篇导言。吾友伊丝琳·伊文森（Iselin Evensen）是挪威人。我最早就是从她那里听说了山鬼的故事。她还教过我挪威语。和《烟与镜》中的“湾狼”（Bay Wolf）一样，本文也深受《贝奥武甫》影响。说来，写《山谷君王》时，我还以为以前受罗格·阿维里（Roger Avary）之邀，和他合写的《贝奥武甫》电影脚本铁定黄了。事实证明我错了。罗伯特·泽米吉斯（Robert Zemeckis）版电影中，安吉丽娜·茱莉的形象和本文中的格伦德尔之母相去甚远，实在很有意思。

（张秋早 译）

绿字的研究

一 新朋友

在刚刚结束的欧洲大巡演中，海滨剧团曾在诸国君王御前献艺。喜剧与悲剧的融合，华美而生动的表演，为他们赢得了来自皇室的掌声与喝彩。如今，这家享誉欧洲的剧团终于来到德鲁里街皇家宫廷剧院。他们将于四月在此举办一场短期演出，剧目包括《我一模一样的兄弟汤姆！》《卖紫罗兰的小女孩》和《古圣降临》[1]（一出恢宏壮美的史诗剧）；全本大戏！门票现已开始出售！

1 古圣者，是史上最著名的超自然恐怖小说家H. P. 洛夫克拉夫特在其系列小说中创造的众邪神形象。在世界之初，人类还未出现时，它们就已经来到地球。如今它们已经“死去”，但并非真的死亡，而是在海底或地下的城堡中等待星辰归位。到那时，他们将重临大地，让世界陷入野性、杀戮、纵欲欢跃的迷狂之中。

我相信，它无比巨大，是潜藏于万物之下的庞然大物，是幽深黑暗的梦魇。

这只是我的胡思乱想，形诸文字后便荒唐可笑了。请原谅，我不是个长于文字之人。

那时我在寻找住所，正是这个原因让我遇到了他。我需要找个人来分摊房租，所以一个我们共同的熟人把他介绍给了我。在圣巴特医院的化验室里，我们刚一见面，他就对我说："看得出来，您在阿富汗待过[1]。"这句话让我目瞪口呆。

"太神奇了。"我说。

"不算什么。"这个穿着实验室白色长袍的怪人说道，他后来成了我的朋友，"从您端着手臂的姿势，我能看出您曾经受过伤，而且是非常特别的伤。另外，您肤色黝黑，又是一副军人做派。考虑到您肩膀的特别伤势和阿富汗穴居人的传统，在帝国的广大领地中，很少有其他什么地方会令一名军人饱受日晒和折磨之苦。"

当然了，这么一说，事情真是简单得出奇。不过，无论什么事，说穿了都非常简单。我当时晒得皮肤黝黑，另外，如他所说，我确实受尽折磨。

在阿富汗，无论是神还是人，都那么残暴野蛮，无意于服从来自伦敦或柏林，哪怕是莫斯科的统治，也不准备接受教化。我被派到那些群山之中，隶属于第__兵团。在山地丘陵的战斗中，我们足以与阿富汗人抗衡。但当战火烧到洞穴和黑暗之中时，我们就发现这个世界已经超出常规，让人不知所措，无力可施。

我永远不会忘记地下湖那镜子般的水面，更不会忘记那从水中

1 1878年，英国发动第二次侵略阿富汗的战争。

钻出的东西。它的眼睛开合不断，低鸣随之响起。这嗡嗡声盘旋而上，仿佛有一大群苍蝇——比整个世界还大。

能幸存下来真是个奇迹，但我确实做到了。之后，我带着支离破碎的神经回到英国；可我的肩膀上被水蛭似的东西叮咬过的地方，却留下了永久的烙印，皮肤萎缩，如雾色般死白。我曾是个神枪手，但如今却一无所有，唯有对地下世界刻骨铭心的恐惧还萦绕不去。这恐惧令人焦躁狂乱，让我宁愿从退伍金中拿出六便士去坐出租马车，也不愿花一便士搭乘地铁。

尽管如此，伦敦的迷雾与黑暗仍旧接纳了我，抚慰着我。因为在夜里尖叫，我被第一家公寓扫地出门。我曾在阿富汗待过，但今生今世再不愿重返斯地。

“我晚上会尖叫。”我告诉他。

“有人说我会打鼾，”他说，“另外我起居没有规律，还经常用壁炉架做打靶练习。我还需要起居室来约见客户。我很自私，注重个人空间，还容易感到无聊。你觉得这成问题吗？”

我微笑着，摇了摇头，伸出手。我们握了一下。

他为我们找的房子在贝克街，对两个单身汉来说绰绰有余。我心中时常被我这个朋友对于隐私的要求所困扰，也尽力避免自己去询问他到底以何为生。但仍有很多事一直刺激着我的好奇心。他有不少客人，来访不分早晚。遇到这种情况，我都会离开客厅回到自己的卧房，心里不断琢磨着他们和我朋友到底有什么共同点：单眼浑浊、面无血色的妇人；像是旅行推销员的矮小男子；穿着天鹅绒上衣、身体健壮的纨绔子弟，等等。有些时常造访，更多的则只来一次，和他谈上一会儿，便离开这里，走时神色困窘或是心满意足。

他对我来说，真是神秘莫测。

一日清晨，我们正在共享房东太太烹制的美妙早餐，我的朋友突然摇铃把她叫了来。“马上会有位绅士造访，大概四分钟后，”他说，“请再布置一套餐具吧。”

“没问题，”她说，“我会在烤炉里多加一些香肠。”

接着，我的朋友又开始读他的晨报。我等待他向我解释，心里逐渐不耐烦起来。最后，我再也忍不住了：“我不明白。你怎么知道四分钟后会有一位客人？我没看到有电报，或是口信之类的东西。”

他微微一笑：“你没听到几分钟前一辆四轮马车驶过时的咔嗒声吗？它经过我们门前时慢了下来——很明显车夫是在查看门牌——接着就加速驶向玛丽莱博恩路。在那里有很多去火车站和蜡像馆的客人，四轮马车和出租车拥挤混乱。这种嘈杂正是任何一个希望不被注意的人所需要的。从那里步行过来需要四分钟……”

他看了看怀表，此时我听到外面的楼梯传来一阵脚步声。

“进来，莱斯特雷德，”他冲外面喊道，“门没上锁，你的香肠马上就可以从烤炉里取出来了。”

这位被称作莱斯特雷德的人推开门走了进来，接着轻轻地把门关在身后。“我不该这么做，”他说，“不过说实话，我今天一早还真没找到机会吃点儿东西。现在我相信自己绝对可以应付那些香肠。”他是个矮小的男人，我曾经见过几次，举止做派像个旅行推销员，做些廉价小玩意儿或者独门偏方的买卖。

我的朋友等房东太太离开房间，便对他说：“很显然，我看这次的案子一定事关国体。”

“我的星辰啊[1]，”莱斯特雷德面色苍白地说，“现在肯定还没有流言传出来。快告诉我没这回事吧！”说完，他就开始进攻盘子上堆得满满的香肠、腌鱼片、鸡蛋葱豆饭和烤面包。但我看得出，他的双手在颤抖，微微地，颤抖。

“当然没有，”我的朋友说，“你来过那么多次，我自然记得你那四轮马车的轮子发出的吱嘎声：比高音C还尖的G调颤音。而且，如果苏格兰场[2]的莱斯特雷德警长不能公开造访伦敦唯一的咨询侦探——尽管你还是来了，还没吃早饭——那么我想这不会是什么普通案件。由此可见，它涉及在我们之上的那些人物，必定事关国体。”

莱斯特雷德用手帕从下巴上擦掉蛋黄。我仔细观察着他。这个人和我印象里的警长全然不同，不过话说回来，我的朋友也一点儿不像我印象中的咨询侦探——无论从哪个方面来说。

“也许我们该私下谈谈。”莱斯特雷德扫了我一眼说道。

我的朋友像顽童一样笑了起来。“胡说，”他说道，“一人不及二人智。告诉我们任何一个就等于告诉两个人。”

“如果我妨碍……”我粗声说道，但他立即示意我安静坐好。

莱斯特雷德耸了耸肩。“对我而言，都一样，”他顿了一下继续说，“如果你能解决这个案子，我就能保住饭碗。如果你也不能，那我就只有等着被开除。你只管用你的方法，这就是我要说的。事情不可能更糟了。”

“历史教给我们的知识之一，就是任何事都能变得更糟。”我

---

1 感叹词，类似于“我的上帝”。之所以这么写，是因为在洛夫克拉夫特的小说中，古圣者都是自星辰而来。

2 伦敦警察局总部，负责大伦敦地区的治安。

的朋友说，“我们什么时候去岸沟区？”

莱斯特雷德扔下叉子。“这太可恶了！”他喊着，“你什么都知道了，却还这样消遣我！你应该感到耻……”

“没人对我说过这件事。但如果一名警长走进我的客厅，他靴子和裤腿上沾了些特殊的深黄色泥渍，而且还没有干，那么，我想请您原谅我就此推断，他刚去过岸沟区霍布斯街的那些寓所。在整个伦敦，只有那里能找到这种颜色特殊的黏土。”

莱斯特雷德神色变得尴尬。“听你这么推理，”他说，“这似乎很容易看出。”

我的朋友把餐盘推开。“当然如此。”他略显烦躁地说。

我们坐着一辆出租车驶向伦敦东区。莱斯特雷德警长已经去玛丽莱博恩路找他的马车，所以这时只有我们两人独处。

“所以，你真的是一名咨询侦探？”我问道。

“伦敦唯一的咨询侦探，也可能是世界上唯一的，”我的朋友说，“我不会自己接案子，只是提供咨询。别人带着困扰来找我，他们详细描述案件，而有时，我会解决它们。”

“那些来找你的人……”

“主要是官方警探，也有些人自己就是私家侦探，没错。”

这是个晴朗舒适的早晨，但我们却在圣贾尔斯的贫民窟边缘颠簸行进。这里是凶徒和窃贼的聚集地，它在伦敦的地位，就像是漂亮的卖花姑娘脸上的一颗毒瘤。日光钻进马车车厢，投下了微弱的光晕。

“你确定可以让我同行吗？”

我的朋友目不转睛地盯着我。“我有种感觉，”他说，“觉得我们注定要在一起。我们曾经奋力勇斗，肩并肩，手挽手，在过去或是将来。这种感觉我也说不清。我是个理性的人，但也知道一个好同伴的价值。自与你相识的那一刻起，我就相信你，一如相信我自己。我希望你能一起去。”

我的脸一下子红了，嘟囔着一些不知所云的话。自我从阿富汗回来以后，第一次觉得自己在这个世界上是有价值的。

二 房间

维克托的“活力”！最新电流疗法！你的四肢和那话儿是否缺乏活力？你是否会带着妒意追忆往昔？肉体的欢愉是否已被你埋葬、遗忘？维克托的“活力”将把生命带回早已失去它的地方；即使最老的老战马也能再次变成骄傲的牡马！将生命带给死亡：古老的家庭秘方和最尖端的现代科技相融合。若想获取维克托“活力”的功效证明文件，请致信V. 冯 · F[1]公司，伦敦切普街，1B号。

那是岸沟区的一栋廉价公寓。一名警员站在前门。莱斯特雷德叫了一声他的名字，算是致意，接着便催促我们进去。我正要往里走，却发现我的朋友在阶梯上蹲了下去。他从上衣口袋里拿出放大镜，仔细检查着熟铁刮泥器上的泥土，还用食指戳了戳。等他觉得满意之后才随我们走进房子。

我们上了楼。我很容易就看出是哪个房间发生了罪案，因为那

1 即维克托 · 冯 · 弗兰肯斯坦，《科学怪人》中创造人造人的年轻学者。

扇门两旁各站着一个魁梧的警员。

莱斯特雷德冲这两人点了点头，他们就退到一边，让我们走了进去。

正如之前所说，我不是个职业作家，所以在描述这个场景时我感到左右为难，深知自己的语言不可能做到客观翔实。但我仍要开始这段叙述，而且恐怕还必须把它写完。这桩命案就发生在这间小小的卧室中。尸体，其实只是身体剩下的部分，就在这里，倒在地板上。我看到了它，但一开始——不知该怎么说——我没能看清它。我所见到的是从死者喉咙和胸口汩汩而出、四处喷溅的血迹：颜色从胆汁色到草绿色。它浸透了破旧的地毯，也溅污了墙纸。那个瞬间，我仿佛看到地狱艺术家创作的一幅绿色的画卷。

犹如百年之久的那一瞬过去后，我低头看着尸体，试图搞清这惨象的意味何在。死者就像屠夫案板上的兔子一样被剖了开来。我摘下帽子，我的朋友也这样做了。

然后，他单膝跪下检视尸体，观察那些割伤和砍伤。接着，他拿出放大镜，走到墙边，检查那一团团干涸的脓水。

“我们已经检查过了。”莱斯特雷德警长说。

“真的？”我的朋友说，“那你对这个有什么见解？我想这是个单词。”

莱斯特雷德走到我朋友站立的地方，抬头看去。他头上不远，有一个单词；在褪色的淡黄壁纸上，用绿色的鲜血写就，都是大写字母。“Rache？”莱斯特雷德把它拼读了出来，“很明显，他想写Rachel——雷切尔，但是没能写完。所以——我们要找的是个女人……”

我的朋友一言不发。他走回尸体旁边，拾起他的手。一只，然后是另一只。所有指尖都没有血水的痕迹。“我想我们已经知道这个单词并非出自这位尊贵的皇室成员……”

“你中了什么邪，竟然说……”

“我亲爱的莱斯特雷德，请把我看作有脑子的人好吗？这尸体显然并非凡人——他血液的颜色，肢体的数量，眼睛，以及脸的位置，这些都是皇室血统的明证。我可以打赌他是某位王位继承人，也许——哦不，应该是第二继承人——在一个日耳曼公国。”

“这真是令人惊讶。”莱斯特雷德犹豫了一下，继续说，“这是波西米亚的弗朗兹·德拉戈王子。他是作为维多利亚女王陛下尊贵的客人来到不列颠的。到这里度假，换换空气……”

“你的意思是，他是冲着戏剧、妓女和赌桌来的。”

“随你怎么说。”莱斯特雷德看起来筋疲力尽，“无论如何，你让我们找到了一条很好的线索，一个叫雷切尔的女人，虽然我肯定靠我们自己也能把她找到。”

“毫无疑问。”我的朋友说。

他继续检视着房间，时不时尖刻地讥讽那些警察几句，责怪他们的靴子把脚印搞得乱七八糟，还随意挪动物品，给任何想要重现昨晚罪案现场的人制造麻烦。

不过，他似乎对门后发现的一小块泥印很感兴趣。

另外，在壁炉旁他还找到一些看上去像是泥垢或灰烬的东西。

“你看到这个了吗？”他问莱斯特雷德。

“女王陛下的警探，”莱斯特雷德回答道，“不会因为壁炉旁的灰就兴奋起来。那就是炉灰该在的地方。”接着他吃吃地笑起来。

我的朋友捏起一点儿灰烬，在手指间搓了搓，接着又闻了一下。最后他把剩下的灰土铲起来，装进一个小玻璃瓶中，塞好，放进上衣内袋。

他站起身问：“这具尸体怎么办？”

莱斯特雷德说：“皇宫会派他们的人来。”

我的朋友冲我点了点头，接着我们三人便走出房门。他叹了口气，说：“莱斯特雷德，你对雷切尔小姐的寻找很可能徒劳无功。Rache是个德文单词，它的意思是复仇。查查你的字典，那里会列出别的意思。”

我们走下楼梯，来到马路上。“今早之前你从没见过皇室成员，对吗？”我摇了摇头，他继续说，“嗯，如果你没有准备的话，那景象会让人惊骇不已。哦，怎么了，我的好伙计——你在颤抖！”

“请原谅，我一会儿就能恢复。”

“你觉得走一走是否更好？”他问道，我对此表示赞同，并清楚地意识到如果不走一走的话，我可能就要开始尖叫了。

“那么，向西。”我的朋友指着宫殿高耸的黑塔说道。我们向那里走了过去。

“那么，”过了一会儿，我的朋友说，“你从未亲眼见过任何欧洲的皇室成员？”

“对。”我说。

“我保证你会见到的，”他对我说，“而且，这次不再是尸体。我是说，马上。”

“我亲爱的朋友，是什么让你确信……？”

他指着一辆马车作为回答——马车涂成黑色，在我们前头五十码远。一个戴黑色高帽、身穿厚大衣的人站在旁边，打开门，安静地等待着。车门上，有一个金漆绘制的徽章，是不列颠每个孩童都异常熟悉的肩徽。

“真是盛情难却啊。”我的朋友说，他把自己的帽子摘下来，递给那个男仆。我相信他肯定是微笑着爬进那盒子一样的车厢，舒适地靠在软皮坐垫上。

在去往皇宫的路上，我试图与他交谈，但他把手指放在唇上，示意安静；接着就闭上眼，仿佛陷入沉思。而我，则开始努力回忆自己所知的日耳曼皇室成员，但除了想起女王的配偶阿尔伯特王子是日耳曼人之外，一无所获。

我把手伸进口袋，拿出一把硬币，有棕色和银色的，也有黑色和铜绿色的。我盯着印在所有硬币上的女王头像，感到骄傲的爱国之心和赤裸裸的恐惧感交织在一起。我对自己说，你曾是一名军人，一个与恐惧无缘的人——我还记得，这曾是事实。有一瞬间，我想起自己过去长于射击——甚至，我愉快地想到，可以算是神枪手——但如今我的右手却如中风般颤抖不已，那些硬币跳动碰撞，叮当作响。我所能感到的，只有悔恨。

三 皇宫

经过长久等待，亨利·哲基尔博士[1]终于宣布将他那世界知名的“哲基尔药粉”投入大众市场。让它不再为少数特权阶级所独享。释放你的内心！保持身心内外的洁净！

1 著名科幻小说《化身博士》中的主角。

太多的人，无论男女，饱受灵魂滞塞之苦！只要有“哲基尔药粉”，释放自我将变得快捷廉价！（香草味及原味曼秀雷敦配方均已加入此药）

女王的配偶阿尔伯特王子是个高大强壮的男人，他发线后倾，留着一副令人印象深刻的八字胡，毫无疑问是个凡夫俗子。他在走廊遇见我们，便冲我的朋友和我点了点头，但并没有询问我们的姓名或是准备握手。

“女王非常桑（伤）心。”他说话带着口音。会把 S H 发成 S 的音：伤，桑。“弗朗兹是她最钟爱的人之一。她有很多甥侄，但只有弗朗兹能让她那么高兴。你们一定要找到对他犯下如此罪行的人。”

“我将尽我所能。”我的朋友说。

“我读过你的论文，”阿尔伯特王子说，“是我跟他们说应该向你咨询的。希望我做得没错。”

“我也一样。”我的朋友说。

接着，宏伟的大门打开，我们被宣进黑暗中，女王所在之地。

她被称作维多利亚[1]，是因为她在七百年前的战争中击败了我们；她也被称作格洛里亚娜，因为她荣耀尊崇；她被称作女王，因为人类的口舌无法呼出她的真名。她身形宏大，比我想象中的还要大，盘踞在黑暗幽影中，凝视我们，一动不动。

则——必须擦（查）——清。黑暗中传出话语。

1 “维多利亚”（Victoria）在英文中是“胜利”（victory）一词的变体。后面的“格洛里亚娜”（Gloriana）则有光辉荣耀之意，是“光辉”（glory）的变体。

“确实如此，陛下。”我的朋友说。

一条触手伸展开来指向我。丧（上）——前。

我想要行走，但双腿却不听使唤。

我的朋友解救了我。他挽住我的手臂，扶我走向女王陛下。

汝不必惧怕。有能力。好助手。这就是我听到的。她的声音甜润低沉，夹杂着遥远的嗡鸣声。她的触肢展开伸直，碰触了我的肩膀。一瞬间，前所未有的痛苦席卷了我；但那只是一瞬间。紧接着舒适感取代了痛楚，充盈全身。我能感觉到肩部的肌肉舒展开来。这是自我从阿富汗回来后，第一次远离痛苦。

我的朋友走上前来。维多利亚女王对他讲着什么，但我却无法听到；我猜这大概就是史书中所写的“女王告谕”——直接用思想进行交谈。过了一会儿，他大声回答：“当然，陛下。我可以向您保证，昨晚在岸沟区您侄子的房间里还有两个人。这从脚印可以看出，虽然它们有些模糊，但却不会有错。”过了一会儿，他接着说，“是的，我明白……我相信如此……是的。”

当我们离开宫廷时，他未发一语。坐车回贝克街的路上也保持着沉默。

天色已晚。我不知道在宫廷里到底待了多长时间。

黑沉的雾气拂过街道，遮蔽天空。

等回到贝克街，从卧室的镜子中，我发现肩膀上本如雾色般死白的肌肤已被淡红的嫩肉取代。我希望这不是我的臆想，也不是月光透过窗户留下的幻象。

四 演出

肝脏不适？！胆汁沸涌？！神经失调？！咽喉红肿？！关节发炎？！这许许多多的病症都可以通过专业的“放血疗法”治愈。在我们的办公室里有无数“证书”可供大众随时查看。别把你的健康交到菜鸟手中！！我们从事此业历时久远：V. 切帕史[1]——专业放血师。（记住！发音是Qie—Pa—Shi！）罗马尼亚、巴黎、伦敦。你已经试过那么多——现在该试试最好的！！

我早就猜到他乔装打扮的本领必定出众，但还是吃惊不小。在之后的十天里，各色人等在我们贝克街的公寓里进进出出——一个垂老的中国人；一个年轻的浪荡子；一个身材肥胖的红发女人，不难猜出她之前是做什么生意的；一个衣衫褴褛的老头子，脚肿得老高，被绷带裹成一团。他们每个人都径直走进我朋友的房间，接着（杂耍戏院的“快变艺术家”[2]变戏法的时间），我的朋友就会从房中走出来。

这种时候他通常不太说话，而是宁愿放松一下，目视虚空，间或顺手抓起随便什么纸片做些笔记。我曾看过这些笔记，但说实话，完全无法理解。他将全部身心投入此案，我开始担心起他的健康来。直到有一天，在接近傍晚的时候，他穿着正常的衣装回到家里，神色轻松愉悦，并问我是否有兴趣一块儿去剧院。

“谁能拒绝这种邀请？”我回答道。

1 弗拉德·切帕史·德古拉，即吸血鬼德古拉伯爵。

2 一种快速脱换衣服的游戏。

“那就赶快去拿你看戏用的望远镜，”他对我说，“我们要去德鲁里街。”

我本以为是看一场轻歌剧，或是类似的东西，结果却发现自己置身于一家名叫“皇家宫廷”的剧院门口。虽然它名字冠冕堂皇，但肯定是德鲁里街最糟糕的剧院——说实话，它甚至说不上是在德鲁里街，而是坐落在沙夫茨伯里街尽头，靠近圣贾尔斯贫民窟的地方。在朋友的建议下，我小心收好自己的钱包，并学着他的样子，拿了一根结实的手杖。

等我们到包厢坐好（我从一个向观众贩卖水果的可爱小姑娘那儿买了三便士的橙子，在等待开幕前吃起来），我的朋友悄声说：“你应该感到幸运，不用陪我去那些赌窝、妓院，或是疯人院——根据我的调查，弗朗兹王子也曾莅临过那里——不过那些地方，他都只去过一次。除了……”

这时，乐队开始演奏，舞台的帷幕渐渐升起，我的朋友便止住话头。平心而论，这是一场相当不错的演出：一共包括三部独幕剧。幕间还有滑稽歌手献唱。男主角身材高大，行动慵懒，倒有一副漂亮的嗓音；女主角端庄雅致，声音穿透整个剧院；那个丑角的饶舌歌也很有一套。

第一出是个老套的身份错位的喜剧：男主角一人饰两角儿，扮演两个从未谋面的双生子。他们容貌全无二致，却被一连串的偶然所捉弄，和同一位年轻女子订了婚——她竟以为自己只是和一个男子定下婚约。演员的角色不断变化时，舞台上的假门也开合不息，让观众目不暇接。

第二出戏，是个令人心碎神伤的悲剧，讲述一个卖温室紫罗兰的孤女在雪夜挨饿冻死的故事。最终，她的祖母认出她就是十年前被强盗掳走的婴儿，但为时已晚，这个冻僵的小天使就这样吐出生命的最后一息。我必须承认，自己不止一次用亚麻手绢拭去泪水。

最后的压轴戏是一出激动人心的历史剧：是距今七百年前的故事。整个剧团的演员扮演一个海边渔村的居民。他们看到幻影自远方海面升起。英雄欢欣雀跃地向村民宣布，如预言所示，古圣者已然到来；自利耶之城，自幽暗的卡考萨城，自朗戈之原[1]，自这些他们沉睡、等待、度过漫长死亡光阴的地方，回到我们的世界。那个丑角以为其他的村民吃了太多的馅饼，喝了太多淡啤酒，空想出这些幻影。还有一个身材健硕的绅士扮演了罗马诸神的祭司，他对村民说这些海中幻影是怪兽和恶魔，必须被毁灭。

在高潮部分，英雄用他的十字架把那个祭司抽打至死，然后就开始准备迎接“古圣”的降临。女英雄则开始吟唱婉转动人的圣歌。此时，在神奇的灯光特效下，我们仿佛看到“古圣”的身影掠过舞台后面的天空：不列颠女王本人，埃及黑尊者（他的身形和凡人差不多），接着是上古山羊，万众之父，华夏全境之帝，圣权沙皇，总统新大陆者，南极永冻地的白女士，以及其他帝王。每当一个巨影划过或是出现在舞台背景上，剧院里每个人的喉咙中，都情不自禁地吐出一个强音——“啊！”直到连空气都仿佛随之震动起来。月亮开始在背景天空中升起，到最高点时，最后一个神奇的特效出现了：古代传说中苍白泛黄的月亮，变成了今日夜空中舒适宜人的红宝石。

演员们在掌声和欢呼中鞠躬谢幕，最后幕布缓缓落下，演出宣

1 这些地名都是洛夫克拉夫特小说中，古圣者长眠等待的地方。

告结束。

“嗯，”我的朋友说，“你觉得如何？”

“精彩，真是非常精彩！”我对他说，同时还在不停拍手，弄得掌心生疼。

“我的好伙计，”他笑着说，“让我们到后台去。”

我们走出剧院，经旁边的一道小巷，来到后台门前。那里有一位瘦小的女子正在织东西，她的脸上长了个粉瘤。看过我朋友递上的名片，她将我们带进房子，上楼到一间窄小的公用换衣间。

油灯和蜡烛熏灼着镜子，一群男女正在屋里卸妆换衣，完全无视男女之别。我把自己的视线移开，但我的朋友似乎不为所动。“我可以和弗尼特先生谈谈吗？”他大声问道。

一个年轻女子指了指房间尽头。她曾在第一出戏中扮演女主角最好的朋友，而在最后的戏里则演一个酒吧老板的漂亮女儿。“雪利！雪利·弗尼特！”她喊道。

一名青年男子站了起来，他身材瘦削，此时看来，倒不如刚才在舞台灯光下那么有古典美。他用探询的目光看着我们，说：“我想我还未能有荣幸……”

“我的名字是亨利·坎伯利，”我的朋友用低沉的喉音说，“你应该听说过我。”

“我必须承认，还未能有此殊荣。”弗尼特说。

我的朋友将一张精致的凸纹名片递给这名演员。

他看着名片，脸上露出掩饰不住的兴奋。“戏剧经纪人？从新大陆来的？天啊，天啊。那这位……？”他看着我问道。

“这是我的一个朋友，赛巴斯蒂安先生。他不是干我们这行的。”

我嘀咕几句“演出非常成功”之类的场面话，并和他握手。

我的朋友问：“你去过新大陆吗？”

“我还没有这个荣幸，”弗尼特承认道，“尽管这一直是我最大的心愿。”

“很好，”我的朋友用新大陆人那种不拘小节的轻快口吻说，“也许你就要实现这个愿望了。你们最后这场戏，非常好。我之前还从没见过这么出色的剧目。这是你写的吗？”

“天啊，当然不是。剧作家是我的一位好朋友。不过是我设计了那些奇妙的光影特效。如今，您不会在舞台上看到比这更好的了。”

“你能告诉我剧作者的名字吗？也许我应该和他直接谈谈，你的这位朋友。”

弗尼特摇了摇头说：“恐怕这不大可能。他是个有高尚职业的人，并不想把自己和舞台剧的牵连公之于众。”

“我明白。”我的朋友从口袋里拿出一支烟斗，叼在嘴里，接着拍了拍衣袋。“很抱歉，”他说，“看来我是忘了拿烟草袋了。”

“我抽烈性粗烟丝，”弗尼特说，“如果您不介意……”

“当然不！”我的朋友热切地叫道，“怎么会呢？我自己也抽一种烈性粗烟丝。”他把弗尼特的烟丝塞到自己的烟斗里，接着两人就开始吞云吐雾起来。我的朋友开始向他描绘演出前景：他需要一个剧目，用来在新大陆的各个城市中巡回上演，从曼哈顿岛直到大陆最南端；第一幕将是我们刚刚看到的最后那场戏，接下来也许应该讲述古圣考统治凡人和那些过去的神祇的故事，也可以讲讲如果人们失去皇室家族的庇荫将会怎样——那会是一个野蛮黑暗的世界。“你那位神秘的朋友将是这出戏的作者，这个故事到底该怎么讲都要由他来决断，”我的朋友继续说，“我们的戏应该由他创作。但我可以向你保证，观众之多将远远超出你的想象，门票收入也会相当丰厚。让我们先算作五五分成吧！”

“这太令人兴奋了！”弗尼特说，“我希望这可别是什么烟熏出来的幻梦啊！”

“不，先生，不会的！”我的朋友吸着自己的烟斗，被他的笑话逗得笑了起来，“明天早餐过后请到我在贝克街的办公室来，就定在十点吧，带上你的作家朋友。我会起草好合同，恭候你们光临。”

这位演员站上他的椅子，拍拍手让众人安静下来。“剧团的各位女士、先生，我要宣布一件事，”他大声说着，洪亮的声音在房间里萦绕共鸣，“这位绅士名叫亨利·坎伯利，是剧团经纪人，他计划带我们越过大西洋，去追寻名誉和财富。”

一阵欢呼响起，那个丑角说：“哦，我们终于要摆脱腌鱼和泡菜了。”整个剧团的人都哄笑起来。

我们在众人的欢笑声中走出剧院，来到雾气笼罩的街道上。

“我的好伙计，”我说，“这到底……”

“别说话，”我的朋友说，“这座城市里耳目众多啊。”

我们招来一辆马车，爬进车厢，沿着查理十字街颠簸而去，两人都没有说话。

紧接着，在开口前，我的朋友将烟斗从嘴里拿出，把烟钵里还未燃尽的烟丝倒进一个小锡罐中。他安好盖子，把它放回自己的衣袋。

“好了，”他说，“我可以用人格保证，我们算是找到那个‘高个儿’了。接下来，就只能期待那个‘瘸医生’的贪婪或好奇心足够强烈，能在明天早上把他带到我们面前。”

“瘸医生？”

我的朋友哼了一声，说：“这是我给他起的诨号。这很明显，从鞋印和其他很多地方都能看出，当我检查王子尸体时，就知道那晚房间里曾有过两个人：一个高个儿——如果没猜错的话，此人我们刚刚见过——另一个身材矮些，还有点瘸，就是他用专业手法解剖王子的，这说明他学过医术。”

“医生？”

“没错。我很遗憾这是真的，根据我的经验，一名医生如果成为罪犯，将比最残暴的凶徒更阴狠，更黑暗。休斯敦、酸浴人，还有坎贝尔——就是他把伊令城放上普洛克鲁斯忒之床[1]……”在我们剩下的旅程中他的心情一直低沉忧郁。

马车在街边停下。“一先令十便士。”车夫说道。我的朋友扔给他一枚弗罗林[2]。车夫接在手里，摘下高帽行了个礼。“很荣幸为您效劳。”他高喊着把马车赶进浓雾之中。

我们向公寓正门走去。在我敲门时，我的朋友说：“奇怪，刚才街角有个人叫车，可那车夫理都不理。”

“他们跑最后一趟时都会这样。”我对他说。

“嗯，没错。”我的朋友说。

那晚，我梦到了幽影，许许多多幽影，遮蔽天日，无可计数。我绝望地向它们呼喊，但它们并没听见。

1 来自希腊神话，此人会把俘虏绑到床上，如果超出界限脚就会被砍掉，如果身高不够，就强行拉长。

2 英国的一种银币，值二先令。

五 皮与核

今年早春将至，让我们带着跃动的步伐迎接它吧！杰克[1]牌长靴、皮鞋、粗革鞋。省下你的鞋底！穿穿我们的新品！杰克牌。别忘了光顾我们在伦敦东区刚刚开业的衣物鞋帽专卖店——各式夜装一应俱全，高顶帽、特制新品、精致藤杖、藏剑棍杖，应有尽有。皮卡迪利大街杰克专卖店，就在今春！

莱斯特雷德警长很早就来到我们的寓所。

“你已经把人布置在街上了？”我的朋友问。

“是的，”莱斯特雷德说，“都下了死命令，随便谁进来都可以，但都别想出去。”

“那么，你带着手铐吗？”

莱斯特雷德把手伸进衣袋，面色凝重地拿出两副手铐来。

“好了，先生，”他说，“在我们等待的这段时间里，你能不能告诉我到底是要等谁？”

我的朋友拿出他的烟斗，但并没有叼在嘴里，而是把它放在面前的桌上。接着，他拿出昨晚那个小锡盒，以及一个玻璃瓶子——我认出这和那天在岸沟区他所用的瓶子一模一样。

“这个，”他说，“如果我的推理没错，将揭开我们那位弗尼特先生的庐山真面目。”他顿了顿，拿出怀表来，把它轻轻放在桌

1 此杰克为19世纪伦敦都市传奇之一。当时的伦敦，曾有多次目击报告声称见到一个可以跳得很高的人影，高挑、瘦削、古怪，身穿黑色大衣；有多起杀人案据说与他有关。人们将这个怪客称作“弹簧脚杰克”。

上。“在他们来之前还有几分钟。”他转头问我，“你听说过复旧党徒吗？”

“绝非善类。”我回答道。

莱斯特雷德咳嗽两声说：“如果你们谈论的这个东西和我听到的是一回事，那我们最好还是别再多说。适可而止吧。”

“已经太迟了，”我的朋友说，“复旧党人认为，古圣降临并非世人皆知的那样是天降福音。他们是些无政府主义者，意图让世界退回旧轨——让人类可以控制自己的命运，按自己的意志行事。”

“我不想听这些背谬的言辞！”莱斯特雷德高声说，“我必须提醒你……”

“我必须提醒你别像傻瓜一样，”我的朋友说，“正是复旧党人杀害了弗朗兹·德拉戈王子。是他们设计，他们下手的。意图是迫使主宰们弃世人而去，将我们独自留在黑暗之中。王子是被一个‘Rache’所杀——这个古老的词汇意思是猎狗，警长先生，如果你已经按我的建议查过字典就会知道。它也有复仇的意思。某个‘猎狗’在凶案现场的墙纸上写下这个字，就像艺术家要在画卷上签名一样。不过此人并非杀害王子的人。”

“是瘸医生！”我叫道。

“完全正确。那天夜里现场有一个高个儿——人总是在视线平齐的地方写字，所以我可以判断他的高度。他抽烟斗——壁炉上留下了烟灰和残余的烟丝——而且他能很轻松地在炉架上磕烟斗，个子矮小的人做不到这一点。另外，那些烟丝是种很特别的混合烟草。屋子里留下的脚印，几乎大部分都被你的警员弄得模糊不堪，不过在门后和窗台上还是留下了几个清晰的印记。有人等在那里，从步距来看是个矮子，而且把体重放到右腿上。在外面的路上我找到了几个清晰的脚印，而门口刮鞋器上那些不同色泽的泥土则给我提供了更多的线索：一个高个儿，陪同王子进了房间，后来又走了出去。在房间里等待他们的就是那个将王子肢解到令人毛骨悚然的医师。”

莱斯特雷德很不舒服地哼了一声，但没说什么。

“我花了好几天时间来追溯王子殿下的行程。我去了地狱般的赌窝，去了妓院，去了小餐馆和疯人院，就为了寻找那位烟斗客和他的朋友。尽管如此，我还是毫无进展，直到我想起应该查看波希米亚的报纸，以便寻找王子最近行踪的线索。终于，我在那上面读到了一则某英国巡回剧团上个月曾在布拉格进行演出的消息，就在弗朗兹·德拉戈王子驾前……”

“上帝保佑，”我说，“所以那个雪利·弗尼特……”

“是个复旧党徒，毫无疑问。”

我叹服地摇了摇头，惊叹于我朋友的才智和观察力。这时，外面响起了敲门声。

“我们的猎物来了！”我的朋友说，“小心行事！”

莱斯特雷德把手伸进衣袋里，我想那里一定是把手枪。他紧张地咽了口唾沫。

门开了。

来的并不是弗尼特，也不是什么瘸医生，而是一个街上跑腿赚钱的小阿拉伯人——“行脚公司，听各位老爷差遣。”就像我小时候人们常说的那样。“请原谅，”他说，“这儿有没有一位亨利·坎伯利先生？有个绅士让我带来一封信。”

“我就是，”我的朋友说，“这里是六便士，可以告诉我们给你这封信的那位绅士长什么样子吗？”

这个自称是威金斯的年轻人咬了下硬币，将它放进口袋。他告诉我们，给他这封信的豪爽老板身量很高，发色黝黑，而且他补充道，此人还抽着烟斗。

我至今保留着这封信，并不揣冒昧，将其转录于此。

亲爱的先生：

我不想称呼您为亨利·坎伯利，因为这个名字并不属于您。我很惊讶您没有吐露真名，那是个好名字，是个给您带来荣誉的名字。我曾读过许多有关您的报纸——所有我能找到的都看了。实际上，两年前看过您发表在《小行星的运动》[1]上的那篇文章后，我还曾有幸就一些超乎常人想象的理论问题和您通信做过探讨。

我很高兴昨晚能遇见您。在此，我想给您几点建议，以便让您在日后的工作中能避免犯同样的错误。首先，一个抽烟斗的人确实有可能会在衣袋里放着一只从未用过的、商标崭新的烟斗，而且还没带烟丝。但这种概率实在太小了——小得就像一个剧团经纪人居然对巡回演出的报酬惯例毫无概念一样。而且，他的同伴还是个沉默寡言的退伍军官（服役于阿富汗，如果我没猜错的话）。顺便提一下，您关于伦敦街道中耳目众多的判断是正确的，所以您日后最好不要上第一辆马车。车夫也有耳朵，如果他们想用的话。

您还有一个猜测也是正确的：确实是我将那个杂种怪物带到岸沟区公寓去的。

1 在《恐怖谷》中曾提到过，福尔摩斯的老对手詹姆斯·莫里亚蒂教授发表了《小行星的运动》一文，福尔摩斯曾指出其中的一些错误。

希望这段叙述对您有所帮助。我了解到他的一些消遣嗜好，便对他说我可以给他提供一个女孩，是一个刚从康沃尔一所修道院诱拐出来的女孩，从没见过男人。只有这样的女子才会忍受他的碰触，他的容貌，并与他共赴完美的癫狂。

如果这个女孩真的存在，他定会饱食她的疯狂，就像一个人吸吮成熟的桃子那鲜美多汁的果肉一样，最后只剩下皮与核。我曾见过他们做这种事。我曾经看过他们干的别的一些行径，比这还要可怕得多。难道我们要为和平或繁荣付出这样的代价吗？我不这么认为，它太过高昂。

我亲爱的医生朋友也同样有此信念。关于剧本的部分我没有说谎，他是很有些取悦观众的手段的。自然，在屋中等着我们的，也正是他，以及他的刀。

我将这封信寄给您，并不想表达“想抓我就来吧”之类的嘲弄。因为我们——可敬的医生还有我——都已然离去，您不会再找到我们。不过我想告诉您，我感觉很好，虽然这只有短暂的一瞬，但我仿佛找到了一位优秀的对手，远比那些从地狱而来的非人之徒优秀得多。

另外，我恐怕滨岸剧团得去找个新团长了。

我不想以弗尼特作为签名，除非狩猎结束，世界重回旧轨，我都希望您仅将我视作：

Rache

莱斯特雷德警长跑出房间，招呼着他的人马。他们让小威金斯带他们去找这个人，就好像弗尼特会老老实实在那里叼着烟斗等他们似的。我们——我和我的朋友——在窗口看着他们跑远，都摇了摇头。

“他们会让所有驶离伦敦的火车停开，仔细搜查，还有一切准备离开不列颠，开往欧洲和新大陆的船只。”我的朋友说，“他们会寻找一个高个儿男子，还有他的同伴，一个又矮又壮的医师，腿有点儿瘸。他们会关闭码头，封锁出境的所有路线。”

“那么，你觉得他们能逮到他吗？”

我的朋友摇了摇头。“如果我没有搞错，”他说，“我敢打赌他和他的朋友现在就离这儿一英里左右，在圣贾尔斯贫民窟里。那个地方要是没有一队人马，连警方都不敢进入。他们会藏在那儿，直到风声过去，接着又会开始他们的行动。”

“你为什么会这么想？”

“因为，”我的朋友说，“如果我们异地而处，我也会这么做。顺便说一下，你应该把这封信烧了。”

我皱了皱眉。“但这无疑是证物之一。”我说。

“这只是叛乱分子的胡话。”

我本该把它烧掉。事实上，当莱斯特雷德回来时，我就是这么对他说的，他还夸奖我有敏锐的判断力。莱斯特雷德保住了他的工作。阿尔伯特王子写了封信，祝贺我的朋友又一次成功运用了他的演绎推理，并对凶手还逍遥法外表示遗憾。

他们终究没能捉到雪利·弗尼特——无论他的真名到底是什么——也没找到那位同谋者的蛛丝马迹。只是根据一些不确定的证据，认定他名叫约翰（或者詹姆士）·华生，是个退伍军医。有趣的是，根据调查，他也曾在阿富汗服役。我很想知道我们是否曾经相遇。

我的肩膀上被女王碰触的地方又长了肌肉，一切都在逐渐痊愈。不久以后，我又将是一名神枪手。

几个月后的一天晚上，我们独自在家。我问我的朋友是否还记得自称Rache的人在信中提到的那些往来通信。我的朋友说他当然记得，这位“斯哲森”（那演员在信中用这个名字称呼自己，还说自己是冰岛人[1]）自称看到我朋友研究出的一个等式，深受启发，进一步提出了一些疯狂的理论：有关质量、能量和理论光速之间的相互关系。“只是疯话，”我的朋友神色严峻地说，“不过，却是些危言耸听但又富含启迪的疯话。”

皇室最终传话过来说，女王对我的朋友在这件案子中取得的成果十分满意，此事终告了结。

但我相信，我的朋友不会这么轻易放手；除非他们两人中有一个倒下，否则此事永远不会结束。

我还保留着那封信。在整个故事的叙述中，我提到了一些不应吐露的事。如果我是个聪明人，就该把这篇文章赶快烧掉，但正像我的朋友所说的那样，就连灰烬都会泄露秘密。所以，我宁愿将这文章锁在银行中我的保险箱里，并留下指示，除非所有当事人都早已逝去，否则不可将其开启。不过，从最近在俄国发生的那些事情[2]来看，我恐怕这一天要比我们所有人敢于设想的，都近得多。

---

1 在《归来记》中，福尔摩斯提到他消失的三年中所用的假名。

2 1881年3月，沙皇亚历山大二世被刺杀，同时俄国无产阶级迅速兴起。

S________M____上士[1]（退伍）

贝克街，

伦敦，新不列颠，1881[2]

（马骁 译）

1 塞巴斯蒂安·莫朗，莫里亚蒂教授的左右手，是个使枪的行家。

2 柯南·道尔在1881年发表了第一篇福尔摩斯小说《血字的研究》。

仙舞

年轻时，梦遥遥，死迢迢，
若能再回当初，莫要分魂丢魄才好。
一半流连人世，一半向往仙踪，
倏忽间，心魂飘上曲径去，窄窄细细西又东。
路上候有小女仙，先微笑，再鞠躬，还有甜吻三个整，
只见她，野鹰身上取翎毛，把我闪电树上钉端正。
我心要走要跑要奔逃，
被她张开星网捕了去，随身带走无处找。
待到后来她厌烦，再也不看不玩不想要，
丢在溪边不理会，恰有棕肤男孩来捡到。
又抻又拽又揉搓，叫它细长不忍睹，
然后三刀切四份，装上提琴变弦束。
他们在我心头弹起歌，怪诞狂野又神伤，
日日夜夜永相奏，闻者莫不舞癫狂，

连唱带跳、连踢带踏、连蹦带滑、连转带滚，

到头来，双眼红亮如火炭，全身崩碎化飞灰，细粉铺洒戎金轮……

可惜青春早不再，我心已失六十载，

羁留太阳山谷外，杀人曲声今犹在。

看旁人，一心一意魂魄整，个个叫人妒，

不觉月上风，不闻仙子舞，

不扰仙子停舞步，气息不能被偷走。

叹我年轻气盛慕仙踪，只好醉生梦死到尽头。

（张秋早 译）

椅中的十月

椅中坐的是十月。因此眼下暮色沁凉，小树从四周落叶飘零，红橙纷杂。他们十二个围坐在篝火边，烤肥美的香肠，品新鲜的苹果酒。油脂落在燃烧的苹果木上。香肠烤出了裂纹，发出爆响。新酒入口酸甜，浓烈刺鼻。

四月文雅地咬了一口香肠，肠衣绽开，滚烫的肉汁溅在下巴上。“啊，这尿溺的蠢物！”她说。

矮胖的三月坐在她身边，低声坏笑几声。他拿出条脏污的大手帕：“给你。”

四月擦擦嘴。“谢谢，”她说，“天杀的坏肠子烫死我了，明天怕要起疱。”

篝火那边，九月打了个呵欠：“你也太娇气了，说话改不了这腔调……”他留着一字胡，脑袋前面头发稀少，显得额头很长，睿智多谋。

“别说她，她很敏感。”五月说。她足蹬舒适的靴子，一头黑发剪得紧贴头皮，手中那支褐色小雪茄上散发着浓郁的丁香味。

“哦，拜托，饶了我吧。”九月说。

椅中的十月明白自己责任所在。他啜了口果酒，清了清喉咙，开口道：“好啊，谁先开始？”十月身下那把椅子由整块橡木雕出，以梣木、雪松和樱桃木点缀。其余十一人都坐在树桩上，整齐地绕篝火一圈。树桩表面已被漫长的岁月磨得光滑舒适。

“和时刻们玩吧？”一月说，“我坐大椅子的时候，大伙儿老跟他们玩。”

“但现在你没坐椅子，亲爱的，对不对？”九月说。要假意哄人时，他真是一把好手。

“和时刻们玩吧？”一月又说了一遍，“不能不管他们呀。”

“让那些小变态一边待着去。”四月说着，伸手掠了掠长长的金发，“我觉得，就让九月先来吧。”

九月暗自得意，点头道：“不胜荣幸。”

“等等，”二月说，“等等等等等，管事儿的还没点头呢。十月没点人，谁也别张嘴。其他人都别言语。就不能稍微懂点儿规矩吗？”这一身蓝灰色，矮小苍白的人儿不依不饶地盯着大家。

“没什么。”十月说。他长着秋日灌木般五颜六色的胡子。或深褐或亮橙或酒红的色带乱糟糟地纠结在下半张脸上，露出苹果般红彤彤的面颊。十月像一位老朋友，你从小就认识他。“九月先来，我们赶快开始吧。”

九月把最后一截香肠吞进嘴里，不失风度地嚼下去，又将杯中果酒一饮而尽。他站起来，对众人鞠躬，开口说道：

“劳伦·德莱是全西雅图最好的大厨。至少，他本人认为自家厨艺无人匹敌，餐馆门前的米其林之星就是明证。当然，此人手下功夫的确非凡，他的羊肉馅奶油蛋卷屡次获奖，烟熏鹌鹑和白松露小方饺也被《美食家》杂志誉为‘世界第十大奇迹’。不过故事要从他的酒窖说起……哈，酒窖……那才是他自信的源泉，也是他热情的摇篮。

“对于这点敝人感同身受。大部分红葡萄在我的时段成熟，还有最后一茬白葡萄：我欣赏美酒，芬芳涌动，佳酿味醇，后韵无穷。

“劳伦·德莱通过拍卖从私人收藏家和中间商手中买酒。每瓶酒的酿造记录他都要审过。现在黑市上名酒空瓶开价从数千到十万不等，美元英镑欧元通吃，诈骗多多，不可不防。

“有一瓶酒，是温控酒窖中的绝顶珍藏，酿中奇品，王中之王——1902年藏拉斐红酒。在酒水单上，这瓶酒开价十二万美元。不过，真要计较起来，同类拉斐红酒全球已独此一瓶，可谓无价之宝……”

“不好意思，打断一下。”八月客气地说。十二人中数他最胖，稀稀拉拉的金发一绺绺地趴在淡粉色脑瓜上。

九月不高兴地低头瞪着邻座：“怎么？”

“这个故事是不是说……一个有钱人出钱买了这个酒，然后大厨觉得他点的餐配不上酒，给他换了一席菜，然后那富佬吃了一口，就，那什么，引起什么罕见过敏症发作，然后就死了。然后再没人喝那瓶酒了？”

九月一言不发，神色十分难看。

“这个故事你以前就说过，有些年头了。当年听着烂，现在一样烂。”八月欣然微笑。他粉白的脸蛋映着篝火闪闪发光。

九月说：“显然，对某些人来说，悲剧氛围和文化内涵不能投其所好。有的人更喜欢烤肉和啤酒，有的人则是——”

七只手举了起来。四个人垂臂不动：二月，九月，一月和七月。（“不是我跟你闹情绪，”七月有些过意不去，“纯粹是为了规矩。今天破了例，以后就有借口了。”）

“就这么定了，”十月说，“故事开始前，还有人想说什么吗？”

“呃，我要说。”六月说，“有时候，有时候我觉得林子里有人往这边看，我扭头去找又一个人影也没有。可我就这么觉得。”

四月说：“因为呀，你是个小疯子。”

“嗯，”九月对大家说，“这就是我们的四月。她很敏感，但也最残酷。[1]”

“够了。”十月说着，在椅子里伸了伸腰。他咬开颗榛子，将果肉剥出来，把碎壳扔进火里。果壳在火上嘶嘶作响，爆裂着蹦开。他开口了。

从前有个男孩，十月说，他在家里过得很苦。家里没人打他，但他就是不合拍。他和家人合不来，和镇上的人合不来，和自己的生活合不来。男孩有两个哥哥，是一对双胞胎。他们要么欺负他，要么当他不存在。镇上的人都喜欢这两个哥哥。他们踢足球，有时候一个得分高，有时候另一个进球多，轮流当场上英雄。他们的小弟弟不踢球。两人给弟弟起了个名字，叫他“小东西”。

小东西在摇篮里时他们就这么叫，一开始爸爸妈妈听了还会骂他们。

双胞胎说：“我们三个就他最小嘛，看看我们，都这么大了。”

1 此处为改用艾略特《荒原》“死者葬礼”一节中诗句：“四月是最残酷的月份。”

那时候，两个哥哥刚六岁，父母觉得他们很可爱。外号这种东西传得像瘟疫一样快。很快，除了不怎么认识他的人，只有祖母打电话来说生日快乐的时候才会叫他的本名“唐纳德”了。

可能名字真的是有魔力的。他就是长不大，总是一副瘦骨伶仃、紧张兮兮的小模样。打出生起他就老流鼻涕，长到十岁也没好。饭桌上，双胞胎要是碰上爱吃的，就偷他那份去分；要是东西不合胃口，他们就合计着把吃的挪到弟弟盘子里，将浪费粮食的罪状留给他。

镇上有球赛时爸爸从不缺席。比赛之后，他会给得分最多的儿子买个冰激凌作为奖励，再给得分没那么多的儿子买个冰激凌作为安慰。妈妈总说自己“在报社工作”，其实她就管卖广告位，再加征订报纸——双胞胎一长到不需要人在家照顾的年纪，她就回去工作了。

班上的男孩子都佩服他的两个哥哥。一年级头几个星期他们还叫他唐纳德，后来就被两个哥哥传染了。他又成了“小东西”。老师们基本连叫也不叫他。不过，据说私下里聚在一起时，老师们都惋惜科维家最小的孩子不如哥哥勇敢，不如哥哥机灵，没有哥哥那样好命。

小东西自己也说不好离家出走的主意是什么时候钻进脑袋里的。他更不知道白日梦怎么就成了现实。他决定离开时，车库塑料布下的储存罐里已经存了不少东西：三根玛氏巧克力条，两根银河棒，一袋坚果，一小包甘草片，一支手电，几本漫画，一袋没开的牛肉干，三十七美元（大部分都是二十五分硬币）。小东西其实不喜欢牛肉干，不过既然故事里的探险家可以接连几周只靠牛肉干吊命，这玩意儿一定不坏。他把牛肉干袋子扔进食品罐，盖子扣上时冒出“啪”的一声清响。就在这一刻，他知道，自己非走不可。

他读过些书，也看报纸和杂志。他知道出走之后可能碰上坏人，坏人会对你使坏。但他也读过童话，明白世界上也有很多善良的人。妖怪出没的地方，总有好人相助。

小东西就是这么个小东西。整十岁的小身板，有流不完的鼻涕，一脸呆板傻相。如果混进一群男孩子里，你绝对找不出他来。无论你选谁都不对，角落里那个被你一晃眼看丢了的孩子才是他。

整个九月，他把出走的日子推了又推。最后，一个特别特别恶心的星期五，两个哥哥坐在他身上欺负他，其中一个放了个屁，吵死人地狂笑起来。小东西突然觉得，无论大千世界中的怪兽有多可怕，他也一定能忍下来——说不定怪兽比起哥哥还要讨人喜欢。

周五过了是周六，两个哥哥本来该在家照顾他，但两人去镇上找他们喜欢的女孩子玩了。小东西从车库后的塑料布下面拿出储存罐，带回卧室里。他把书包里的东西都倒在床上，装进糖果、漫画、零钱和牛肉干，又用苏打水瓶子灌了些水。

小东西走进镇里，坐上巴士，凑零钱买了车票。往西去了十美元的车程以后，他见四周一片陌生景象，觉得这是个开始流浪的好地方，就跳下车步行起来。人行道已经不见了，每有汽车开过，他不得不避进路边水沟里。

太阳高悬。男孩觉得有些饿，便从包里掏出玛氏条来吃，可刚吃完又渴了。一口气灌下半瓶水以后，他突然想到自己应该省着点喝。以前他以为只要出了镇子一定满地都是清泉，可眼下一眼泉也没看见。要说河倒有一条，河上还有座挺宽的桥。

小东西在桥中间站住，低头看浑浊的河水，想起学校里教的事儿来：所有河流都要汇入大海。男孩从没见过海。他顺着河堤爬到岸边，沿水流方向走去。这里有条泥泞的小路，偶尔能看见啤酒罐和零食包装。以前也有人来过这一带，不过他一路走去时只有孤身一人。

水喝完了。

男孩很好奇人们是不是已经开始找他，脑袋里想象出一批批警车、警犬、直升机。这些他都能躲过去。他一定能见到海。

河水流经一片岩地，卷起点点白浪。蓝鹭展开宽大的双翼，从他头顶掠过。他看见季末的蜻蜓跳起孤寂的舞，间或还有成群蠓蚊，欣然享用风和日丽的深秋时光。日近黄昏，蓝天暗淡下来，一只蝙蝠扑腾着飞落，在半空中捕食飞虫。小东西不知今晚在哪儿过夜才好。

不久小路分岔，他向远离河水的方向走去，希望能遇上人家——有空窝棚的农场也好。又走了一会儿，天更黑了，前方出现一户农舍。小东西绕着它打量起来，只见屋舍凋敝，山墙半塌，模样让人很不舒服。男孩越走越觉得，这屋子无论如何进不得。于是他翻过一道破栅栏，来到废弃的草场上，用书包当枕头，在长草间躺下身来。

男孩仰面朝天，仰望夜空，浑身衣服穿得好好的。他一丁点儿也不困。

“他们现在该想我了，”他自言自语道，“他们会着急的。”

他想象自己几年之后回到家中，沿路向门口走去，父母兄弟脸上是说不尽的喜悦。家人来接他，家人爱他……

几小时后，他醒了。皎洁的月光照在他脸上。整个世界都在他眼前，草木宛然，清晰一如白日，仿佛童谣一般。不过面前景物褪去了颜色，显得苍白冷寂。今天是满月，虽然并不完全。他想象在月球表面的阴影与沟壑间，有张脸向下看着他。月亮脸上没有他看惯了的严肃与苛责。

这时，有人说："你是从哪儿来的？"

他坐起来，还来不及害怕，就四下看过一圈。树依旧。草依旧。"你在哪儿？我看不见你。"

草场边一棵树下，什么东西动了动。他原以为那不过是树影。小东西看见一个和他年纪相仿的男孩。

"我离家出走啦。"小东西说。

"哇喔，"那孩子说，"你一定胆子大极了。"

小东西自豪地咧咧嘴。他不知道说什么才好。

"想走走吗？"那孩子邀请道。

"好啊。"小东西把书包挪到一根篱笆桩下，方便稍后来找。

两人走下坡去，有意和老房子拉开一段距离。

"那儿有人住吗？"小东西问。

"不算有。"另一个孩子说。他生着纤细美丽的金发，被月光染成荧荧的白色。"很久以前有人住过，不过他们不喜欢这儿，就搬走了。然后又有人住进来。不过现在里边没人了。你叫什么名字？"

"唐纳德。"小东西说着，又加了一句，"不过大家都叫我'小东西'。别人怎么叫你？"

男孩犹豫了一会儿。"吾爱。"他说。

"这名字好酷。"

吾爱说："我还有其他名字，不过现在已经看不清了。"

前方有扇铁门，锈得厉害，半开半合。两人从门下挤过去，站在坡底一片小草地上。

“这地方真酷。”小东西说。

草地上有几十块大小不一的石碑，高的比孩子们整个人都大，小的刚好坐上歇脚。四周也有些碎石。小东西知道这是什么地方，但他一点也不害怕。这里弥漫着爱意。

“埋在这儿的都是什么人？”他问。

“大部分普普通通，还算不错，”吾爱说，“树那边以前有个镇子。后来铁路通过这里，在下个镇上修了车站。我们这儿就渐渐缩小，消失不见了。原来是镇子的地方现在都是灌木丛和大树。你可以躲进树丛，钻进老房子再跳出来。”

小东西问：“老房子都和上边那房子一样吗？”如果老房子也是那副样子，他才不想钻进去呢。

“才不。”吾爱说，“除了我老房子里没人。有时候也有动物，但小孩只有我一个。”

“明白。”小东西说。

“我们可以去房子里玩。”吾爱提议说。

“酷毙了。”小东西答道。

十月刚刚开始，夜色完美无瑕：暖如夏日，秋月当空。一切尽收眼底。

“哪一块是你的？”小东西问。

吾爱骄傲地挺起胸，拉起小东西的手，把他带到草地一角。这儿草势特别茂盛。两个孩子拨开长草，露出一块平嵌在地面上的石碑。碑上刻的日期离现在有一百多年了，大部分字迹已经蚀平，但日期下还有几个词隐约可见：

吾爱哀逝，永志不……

“我敢打赌，后面一定是个‘忘’字。”吾爱说。

“是啊，我也觉得。”小东西赞同道。

他们出了铁门，走下溪谷，来到已成废墟的老城。树在房屋间生长，建筑东倒西歪。不过一点也不吓人。他们玩了捉迷藏，又一起探险。吾爱带小东西看了些“酷毙”的地方。有座一间房的小屋，据说是全郡最古老的房子。年纪这么大的房子还能有这副模样，实在保存相当完好。

“有月亮照着我看得真清楚，”小东西说，“连屋里也明明白白的，我以前都不知道。”

“是啊，”吾爱说，“再过一阵子，就算没有月亮你也一样能看见。”

小东西有点嫉妒他。

“我想去厕所，”他问吾爱，“附近有吗？”

吾爱想了一会儿。“我不知道，”他说，“我用不着上厕所。附近可能还剩几个，但也许不太安全。最好还是到林子里解决吧。”

“对，像熊一样。”小东西说。

他从后门走出去，钻进紧贴房屋山墙生长的林子，躲到树后。他从没在野外解过手，现在觉得自己像头野兽。完事后他用树叶擦了擦，走回前面来。吾爱坐在一地月光中，等着他。

“你怎么死的？”小东西问。

“我病了，”吾爱说，“肚子里直叫，难受得厉害，然后就死了。”

“如果我留下来陪你，是不是一定也要先死掉？”小东西说。

“也许吧，”吾爱说，“我猜是这么回事。”

“死是什么感觉？”

“没什么感觉，”吾爱坦承道，“没人跟你玩儿才是最讨厌的。”

“草地那儿一定有很多人，”小东西说，“他们不和你玩儿？”

“不，他们大多时候都在睡觉。就算起来了，也不爱就这么走走看看，做些事情。他们不爱搭理我。看见那棵树没有？”

九十年前大约曾是小镇广场的地方，有棵山毛榉树。光滑的树皮在岁月蹉跎中绽开裂纹。

“看见了。”小东西说。

“想爬吗？”

“这么看挺高的。”

“是啊，特别高，不过很好爬。你看我爬就知道了。”

的确如此。树身上有不少落手处，两个男孩爬在高高的山毛榉树上，像猿猴、像海盗、像勇武的战士。他们从树顶俯瞰世界。天色渐亮，东方露出一线光。

一切都在等待。夜色将尽，世界收敛呼吸，准备迎接新开始。

“我长这么大，就今天最棒。”小东西说。

“我也是，”吾爱说，“接下来你怎么办？”

“不知道。”这就是回答。

他幻想自己继续旅程，穿越了世界，终于来到海边。他幻想自己长高长大，自力更生。有一天，钱多到数不清的时候，他会回到老房子找双胞胎哥哥。他坐在漂亮的跑车里，一直开到门前。也许他会出现在球场上，友好地俯身打量他们。在他的想象里，双胞胎还是童年的身量模样。他要在城里最好的饭店请父母兄弟吃饭，家人说，他们误会他太深，待他太坏。四个人痛悔当初，痛哭流涕，他却从头到尾一言不发。家人的歉意潮水般漫过他。最后，他送给每个人一件礼物，再次离开他们的生活，永不回头。

是个好梦。

其实他很明白，自己只会继续走下去，过不了两天就被找回去。回家之后一顿臭骂，一切照旧。日日夜夜，时时刻刻，他永远永远只能是个小东西。这次出走能把他们气疯，仅此而已。

“一会儿我就要睡觉了。”吾爱开始往树下爬。

小东西发现下树难于上树。因为看不见落脚处，只能探腿下去瞎寻摸。他踩滑了好几次。好在吾爱在他下面，可以动辄提醒他“向右一点”之类。两人安全着陆。

天越来越亮，月亮渐渐失去了踪影，视线反而更加模糊。两人又爬回溪谷上头。小东西老是觉得吾爱不在了，可在坡顶站起身时，他看见男孩等在那儿。

他们一路无语，走回有石碑的草地。两人一步步爬上山坡时，小东西搂着吾爱的肩。

“好吧，”吾爱说，“谢谢你来玩儿。”

“玩得真开心。”小东西回答。

“我也是。”

树林里，不知什么地方，有鸟儿啼唱。

“要是我想留下来……？”小东西突然脱口而出，但他没说完。要告别过去，机会只此一次，男孩想。否则他永远看不见海。他们不会放他走。

吾爱一言不发，良久，良久。世界是灰的。鸟声越来越多。

“我下不了手，”他终于说，“也许他们可以。”

“谁？”

二月说：“不是我说，八月说得也有道理。我们得说新故事。”

九月扬起一边眉毛，嘴一撇。“我说完了。”他突兀地说，随即坐回树桩上。

火堆旁，十二个月面面相觑，你看我，我看你。

宽厚而清雅的六月举起手，说道：“我有个故事，是说拉瓜迪亚机场透视仪操作员的。这姑娘能从屏幕上的箱包X光图像中读出行李主人的一切。有一天，她看见一幅绝美无伦的透视图，马上爱上了那名旅客。可排队的人很多，她不知道行李主人是谁。月复一月，相思之苦让她憔悴不堪。最后那人终于再次出现，她也认出他来。他是个枯瘦的老印第安人。她呢，却是个年轻黑人姑娘，二十五岁左右。她知道两人没有未来，就眼看他走了。因为男人的行李也告诉她，这个人没几天可活了。”

十月说：“好得很啊，年轻的六月，就讲这个吧。”

六月古怪地盯着他，像只受惊的小兽。“可我已经讲完了呀。”她说。

十月点点头，抢在其他人开口前说：“好，算你讲完了。”然后，他继续道：“那么，就轮到我来说吧？”

二月嗤之以鼻：“老大，顺序错啦。别人都把故事说完，才能轮到管事儿的。大轴怎么能随便搬出来呢。”

五月在格架上烤了十二个栗子，她边说话，边摆弄着栗子，排出花样来。“要是他想说，就让他说吧。”她说，“还会比红酒传奇更臭不成？快点，我还有事呢。花可不会自己开。大家都没意见吧？”

“你要搞投票？”二月说，“难以置信，难以置信！”他从袖子里掏出一整把面巾纸，擦了擦额头。

“他们在那儿。”漂亮孩子指着坡上那半塌的农舍。扭曲残破的窗棂在破晓的天幕上投下黑色剪影。

小东西抖了一下：“那里有人？我以为你说里边是空的。”

“不是空的。”吾爱说，“我说里面没‘人’了，有别的东西。”他抬头看了看天，又说，“我得走啦。”他握握小东西的手，消失不见了。

小小的墓地旦只剩小东西一人，清冷的空气中飘着鸟儿的歌。他向坡上走去。自己走比有人陪累多了。

男孩从篱笆桩边捡起书包，吃掉最后一根银河棒。他看着废屋，屋子也用空荡荡的窗户打量他。

里面很黑。全世界最黑的黑。

院子里杂草丛生。他吃力地拨开草，来到门廊里。木门剥落，只余小半。男孩犹豫不决，不知自己是不是在犯傻。潮湿的腐味钻入他鼻端，腐味之下另一种气息涌动。他隐约听见有东西在动，也许在屋子深处，也许在地窖，也许在阁楼，也许是拖沓的脚步，也许是乍然一跳。他说不清。

最后，他走进门去。

大家都不说话。十月说完，在木杯里加满果酒，一饮而尽。他又倒了一杯酒。

“这是个故事，”十二月说，“我觉得，只是故事罢了。”他伸手揉了揉淡蓝的双眼。篝火快熄了。

“然后怎么样了？”六月紧张地问，“他进屋了，然后呢？”

她身边，五月伸手搭在六月胳膊上：“最好别往下想。”

“还有谁有故事？”八月问，回答他的是沉默，“那么，就到此结束了。”

“总得正式宣布才算完。”二月强调。

“今天就到这里，都同意吧？”十月问过，大家齐声说好。“有人反对吗？”又是沉默。“那么，我宣布现在解散。”

众人从火边站起身来，伸着懒腰，打着呵欠，纷纷走回林间，有的孑然一身，有的三三两两。最后只留下十月和他的邻座。

“下次这椅子轮到你坐。”十月说。

“我知道。”十一月脸色苍白，生着一副薄唇。他扶十月从椅子里起身。“你的故事我全喜欢。我的故事调子都太暗。”

“我不觉得。”十月说，“只是你的夜晚更漫长，你也不太温暖罢了。”

“这么说我是好受些。”十一月说，“我想，生而为谁，是没有办法的事。”

“就是这话。”他的兄弟说道。两人牵着手，离开橘红的余烬，带着种种故事回到黑暗中去。

（谨以此文献给：雷·布拉德伯里）

（张秋早 译）

秋屋

屋中鬼影并不可怕，最不必挂怀。
个人认为，没有他们窸窣作响，
才叫人心神不宁。
夜间一声吱扭，楼梯上的脚步，
挪走东西，藏起玩意儿的把戏，
调皮可爱，何来烦忧？
有他们，这儿才有家的暖意，
像个住所。
除了鬼魂，也无他人久居。没有猫，
没有老鼠，没有苍蝇，没有梦，没有蝙蝠。
两天前，我看见
一只蝴蝶，
在屋间穿梭，姿态仿佛王者，

栖在墙上，候在我身旁。
屋内空空无花绽放，
我怕蝶儿挨饿，便
推开一扇窗，
拢起扑腾的小身体，
她温柔地拍翼吻在掌中。
我放她出去，看她飞远。

这里，气候常令我不快，但
你的出现，竟拂去冬日寒意。
请四下转转，尽情探索。
我这里，
与老段子略有出入，
即便有上锁的偏房，也不会叫你发现，
地窖壁炉中没有剩骨，没有头发，
没有血迹。
注意：
只有普通玩意儿，洗衣机，烘干机，
水壶，一串钥匙。
你不会受惊，诡暗之物一件没有。

可能，你觉得我挺阴森，有我这样经历的，
实在难免阴森。
不幸，不慎，苦痛，最叫人难忍的，
是失去。

你见我眼中仍有心碎，你梦想
能让我忘记过去，
从你踏足屋中之时重新开始。
你的一颦一笑，是崭新的夏日。

当然，你在这里，会听见
鬼声，只一屋之隔。
夜半在我身边醒来，你明白
世上有无门的屋子，
有不存在的禁地。你听他们
缠斗，回响，撞击，再撞击。

若你聪明，就该逃入夜色，
扑着翅膀，
宽松的睡袍镶满花边。
小路上碎石尖利，
划破你脚底，血迹淋漓。
只要我愿意，大可紧随你身后，
吮吸鲜血，品味你泪落如海。
但是，我只愿等待，
在这里，守着这处所。不久我要
点一支烛
映在窗前，为你照亮归路。吾爱。
世界振动，如小虫扑翼。看来
每想到你，我都会忆起，

曾头枕你胸前起伏，
聆听你的心房。

（张秋早 译）

凶夜厄榭无面家仆禁腐烈欲记

一

有天夜里，有个地方，有人写书。

二

女孩掠过夹道树，不要命地往前跑，踩得脚下砂砾咯咯直响。心跳很急，肺叶不住吞吐夜间冰冷的空气，仿佛要爆炸。她紧盯前方的屋子。顶楼那一星灯火呼唤着她，好似诱惑飞蛾的烛焰。她前方，大屋后幽深的森林里，暗夜生灵粗声喘息，嘶哑咆哮。她身后，什么东西发出短促的哀啼。她心中暗想，许是某只小动物刚成了猛兽的消夜，不过也未可知……

她头也不回，跑得飞快，一直冲到门廊里，仿佛地狱群魔倾巢出动，在身后紧追不舍。月光苍白清冷，映得廊柱仿佛森森白骨，恍然一副巨兽遗骸。她抓着木头门框，喘着气，回头张望来路，若有所盼。接下来，她开始敲门，起初小心翼翼，后来力度渐增。敲门声在屋中回荡。她恍惚觉得，有人远远地在敲另一扇门，声音低回，沉闷如死。

“求求你！”她喊道，“要是屋里有人——要是有人——请让我进去吧。发发慈悲！开开恩吧！”她觉得自己的声音听来十分古怪。

顶楼的光闪烁了一下，消失了，然后又出现在下方的窗户里。看来，那是一人一烛。烛光渐渐隐没。她匀着气。仿佛过了整整百年，脚步声才在门后响起。歪斜的门框上有道木缝，缝隙中漏出一点昏光。

“有人吗？”她问。

门后的声音如枯骨般干涩，仿佛即将归于尘土，散发着羊皮残页和墓上帷帐似的霉味。“啊，来者何人？”那声音道，“竟于这万夜之夜前来唤门。”

听了这话，她的心依旧悬着。大屋仿佛黑暗中的孤岛。她看着夜色，站直身子，掠了掠鸦翅般乌黑的卷发，开口说道：“小女阿米莉娅·恩萧，近日家中不幸，身成遗孤，此行原是要为法肯莫爵士一双子女执教。在伦敦寓所小会期间，爵士无情的目光让我不安，却又令我向往。他那鹰隼般的容貌始终萦绕我梦中，挥之不去。”

“既是如此，您于这万夜之夜拜访本处，又欲求何

事？法肯莫堡离此二十里有余，隔着一片荒沼。”

“车夫要么是个坏心眼的东西，要么就是害了或真或假的哑病。一路上他沉默无言，只知哼哼唧唧，做些怪声响。离这里还有一里来地，他就停了车，摆手表示再不前进，还催我下车。我决意不动，那坏东西便将我推在冷冰冰的地上，径自打着可怜的马儿，循原路狂奔而去。我的包裹行李全被他一并带走。可怜我百般呼唤，也没能叫他回头。我身后，深邃的黑暗在阴森丛莽中蠢蠢欲动。我见贵处有光亮，就……就……”话到此处，她再也无力逞强，终于呜咽起来。

“令尊莫非是……”门那边的声音说道，“……休伯特·恩萧大人？”

阿米莉娅连忙止住眼泪。“是，是，正是家父。”

“您……您说令尊已经过世？”

女孩又想起父亲来。她还记得遭遇漩涡那天，他身穿一件软呢夹克。父亲被大浪抛在礁石上，永远离她而去。

“母亲遇难，家父搭救不成，两人不幸双双溺死。”

她听见钥匙在锁眼里沉闷地转动。铁闩抽去时，门后传出两声隆隆巨响。“欢迎回来，恩萧小姐。您已是这无名大宅的新主。啊——您竟于这万夜之夜归来。”

门开了。

门后之人手持一炷牛油黑烛。烛光从下方照上去，那张脸在一明一暗中十分怪诞可怖。该不会是南瓜灯成精吧，阿米莉娅暗想，老年版巨斧杀人狂也不是毫无可能。老人招手叫她进屋。

“你为什么老这么说？”她问。

“老怎么说？”

“‘万夜之夜’呗，你都说了三遍啦。”

那人盯了她一会儿，什么也没说，又探出根色如枯骨的手指，让她进门。女孩一踏进屋子，老人就将烛火举到她脸旁，直勾勾地打量。那眼神并非全然疯狂，可也沾不上半点理性之光。他仿佛掂量了一会儿，随即咕哝一声，点点头，只道：“这边。”

她随着他，走过长长的走廊。烛火在两人身边投下古怪的影子。无论老爷钟，旋梯，还是桌子，都在昏光中舞蹈跳跃。老人摸出钥匙串，在楼梯下打开一扇门。黑暗中，一股气息扑面而来，那是霉烂，是尘斑，是长年弃置的冷寂。

“这是要去哪儿？”她问。

老人没听懂问话般点点头，说：“有真实者，也有不可以表象论者，更有以表象为表象者。记住我的话——牢牢记住，休伯特·恩萧之女啊，你懂了吗？”

她摇摇头，可老人已经头也不回地走去。

女孩跟着他走下楼梯。

三

遥远的另一时空中，年轻人将鹅毛笔狠狠掷在稿纸上。黑墨染了整整一令纸，又溅在整洁的桌上。

“不行啊。”他一边沮丧地说，一边用纤细的食指涂着新墨迹。棕柚桌面显得更暗了。他心不在焉地抬起手指，揉了揉鼻梁，在脸上留下黑黝黝的一抹。

“不行吗，少爷？”管家已经悄没声息地走进屋里。

“又是这样……图伯[1]。趣笔总想露头，自我谐拟[2]在事物背后低语。我忍不住打趣自己，打趣写作——这涂涂抹抹的勾当！”

管家目不转睛地看着小少爷：“我想吧，有些圈子里是很看好幽默感的。”

年轻人托着脑袋，焦躁地用指尖揉额头。“话不是这么说，图伯。我想再现生活，还原世界本相，反映人类境遇。可是，一旦下笔，不知怎么就放肆起来，像个恶作剧的小学生，只知道玩些小花招，拿同行那些穷讲究寻开心。”说话间手上的墨已经沾了一脸，“都是上不了台面的小把戏。”

阁楼上，从禁室里传来一阵哀号，声音怪诞悠长，在屋中久久回荡。年轻人叹了口气：“该去给阿加莎婶婶送饭啦，图伯。”

“好的，少爷。”

年轻人拈起羽毛笔，心不在焉地用笔尖挠了挠耳朵。

在他身后昏光中悬着的，是曾曾祖父的画像。很久以前，油彩涂就的双目就被细细挖去。眼下，一双货真价实的眼睛泛着琥珀流金，从画布空洞中望出来，打量着作家。若年轻人回身看去，一定会觉得那要么是个大猫，要么是只畸形猛禽，绝非人类的双眸。可是，他没有回头，只拿过纸，用笔蘸了新墨，又写起来。

---

1 “图伯”来自20世纪初一首叙事诗，诗中，名叫图伯的管家将一群奢靡颓废的客人引下“越来越窄，越来越黑，越来越热”的转梯。

2 作者在作品中刻意模仿自身风格的写作手法。

四

“啊……”老人将黑烛放在一架沉默的小风琴上，“他是我们这群奴隶的老爷——虽然大家都愿意自欺欺人，忘记身为仆役，可每到他有所希求之时，我们有责任，也有义务……”他浑身一抖，深吸一口气，简单说道，“满足他所需。”

风暴渐渐逼近，风从空窗框中灌进来，吹得窗帘猎猎作响，仿佛蝠翼。阿米莉娅在胸前握紧一方蕾丝手帕。那手帕正面绣的，正是她父亲的名号。

“那扇门怎样了？”她轻声问道。

“早在您先祖时就已封了。他留下永不开启此门的命令，然后再没人见过他。不过，相传地窖与墓地间仍有秘道相连。”

“那么，第一位费德列克爵士夫人……”

老人黯然摇头：“疯疯癫癫，无药可救。顺便说，那女人大键琴弹得可真烂。爵士一直说她早死了，这话也许有人信。”

女孩低声重复一遍最后几字。再抬头时，眼中已满是决然之色：“我自己呢？现在，我已明白自己为何在此，依你看，我该怎么办？”

老人环视空旷的大厅，急切地说：“走吧，恩萧小姐。趁现在还有时间，离开此地，为了活命快些逃吧，为了你永生不……呃啊。”

“我永生什么？”问话的音节还未从女孩朱唇上滑

落，老人已经颓然倒地，只见半支银矢兀然没入他脑后。

“他死了。”她惊道。

“是了。”大厅那头，一个无情的声音遥遥应道，“姑娘，他早就死了。说真的，我看他很久很久之前就不活了。”

女孩讶异着，眼看尸体开始腐败，肌肉溃烂，化成脓汁，骨骼碎裂，转为粉末。很快，老人的身形就变成一摊恶臭的秽物。

阿米莉娅蹲下身来，用手指蘸着那堆恶心东西舔了舔。她做了个鬼脸：“无论阁下是谁，这话说得不假。要我说，他已经死了百八十年啦。”

五

“我想写个现实故事，忠实反映当代生活。”年轻人对女仆说，“可是每次动笔，只能写出恶心吧唧的烂小品。怎么办呢？埃瑟……我该怎么办？”

“您问我，我问谁去啊，少爷。”年轻貌美的女仆说道。几周前，她刚在神秘机缘作用之下来到大屋。她又拉了几下风箱。炉火燃成温暖的橙白色。“可以了吗？”

“当然，不了，当然。”年轻人说道，“你可以走了，埃瑟。”

女孩提起空空的煤桶，不急不缓地走出休息室。

年轻人却站在壁炉旁沉思起来，完全没有回到书桌边的意思。

炉架上有枚头骨，头骨上方悬着一双十字挂剑。

煤条断了，炉火噼啪一响。

脚步声。

就在身后。

年轻人转身面对来者：“是你？”

来人年纪约莫是他两倍。褐发间那一绺霜色无比有力地证明两人血缘相通。这陌生人双眼深黯狂野，一张嘴生得既显狂躁，又透着种古怪的坚毅。

“不错！是我。亏你还记得我这兄长。这些年来，你一直以为我死了。可我没死，或者说，我又活过来了。是了，我经过旁人唯恐避之不及的险路，终于回到这里，讨要属于我的东西。”

年轻人一扬眉毛：“不错，我知道了，这一切都是你的。可你要拿出证据，表明你确是家兄。”

“证据？我不需要证据！我的权利与生俱来，与血俱来，与死俱在！”说话间，他从壁炉上取下双剑，将其中一柄倒提，递向兄弟，“自卫吧，我的弟弟。愿强者得胜。”

火光中，剑身精光闪烁。黏，击，黏。戳刺与闪避连成精妙的对舞。有时两人仿佛踩着雅致的碎步，有时像在互相配合，演习宫廷礼仪，有时却又散发着纯粹的兽性气息，叫人目不暇接。两人在屋里来回，一圈，又一圈，斗下楼梯，斗上夹道，斗到大厅里。他们时而攫住窗帘，时而攀上吊灯，在桌间跳上跳下。

哥哥显然更为老练，或许剑术也更为娴熟。可是年轻人有股初生牛犊的蛮劲，出起招来好似着魔，逼得对手一退再退。咆哮的炉火燎着兄长后背，他探出左手，抓起火钳，没头没脑地向弟弟挥去。年轻人矮身一挫，手向前一递。这一剑轻巧漂亮，竟将兄长刺了个对穿。

“啊，我完了，我死了。”

年轻的兄弟脸带墨迹，点了点头：“或许这样便是最好。真的，我不想要宅子，也不想要土地。我但求安宁。”

哥哥躺在地上，灰石地面被鲜血染得殷红。“弟弟？握着我的手。”

年轻人早已跪下，拉住将死者的手。他觉得，那只手已经开始变冷。

“我就要去往夜之国度，无人能跟随我的脚步。可是，启程之前，有些话一定要与你说。首先，我相信，我死之后，我族诅咒自会解消。第二……”他喘息起来，口中冒着血沫，但仍艰难地继续，“第二……那……那……渊中之物……小心地窖……小心老鼠……小……它来了！”话音未落，他的头垂到地上，双眼一翻，什么也看不见了。

屋外，渡鸦叫了三回。屋里，尖锐怪诞的乐声从地下室飘起来。有东西已开始为死者守灵。

年轻的弟弟又一次暗自确认，家族衔位已名正言顺地落在了自己头上。他拿起铃，晃了晃。铃声还在回荡时，管家图伯已来到门口。

“把这里打扫一下。”年轻人说，“好生去办。他这一死，不只是为救自己，或许也是为救你我。”

图伯一言不发，只点点头，表示得令。

年轻人走出休息室，进入镜厅。厅中所有镜子都已移出，只在木板墙上留下各式痕迹。见四下无人，他大声自语道：

“看，我不是说吗？这样的事儿是多么寻常啊。可是，若让我自己写来，一定又免不了奚落调侃。”

他一拳打在墙上，恰恰砸在一块六角形痕迹里：“我怎么了？我到底是出了什么毛病？”

有东西窸窸窣窣地动。厅那头的幕帘里，高高的黑木椽子上，四墙板壁后……充满了它们叽叽喳喳的聒噪。不过没有一个字是在回答小少爷。

他本来也没想得到答案。

年轻人走上旋梯，走过昏暗的大厅，走进书房。他发现，他的稿纸被人动过。也许今天晚些时候，大会之后，他就能知道是谁干的了。

他坐在桌前，蘸了蘸羽毛笔，又写起来。

六

屋外，食尸鬼王恼羞成怒，饥饿地咆哮。贪婪更助长了暴怒。他们一次次合身撞上大门。幸而门锁牢靠，阿米莉娅倒也全不担心。

伐木人对她说了什么？在这节骨眼上，他的话从脑海中浮出来，仿佛他本人此刻仍在身旁，对她附耳低语。那时，她柔美的曲线咫尺之外就是伐木男子魁伟的身躯。汗水的味道包围着她，像种刺鼻的香水。“小姑娘，我以前可不是你眼前这副模样。我有过其他名字，有过和砍柴伐木全不沾边的日子。可后来……我跟你说，我叔叔灌多了黄汤松了口，提起书桌里有个夹层……”

书桌！就是它！

女孩冲向颇有年头的书桌。一开始，她看不出夹层的痕迹，只得逐一拉开抽屉。一只抽屉比其他的短些。她将抽屉拖出来，探入白生生的柔荑摸索，终于在后壁上发现一个按钮。她马上不顾一切地按下去。什么东西弹开了，女孩触到一幅紧缚的卷轴。

阿米莉娅抽出手。只见卷轴之上又束有黑色丝带。她解开丝结，展开纸卷，手指不住颤抖。卷轴用古语书就，字迹已经暗淡。读着读着，女孩一张俏脸渐渐苍白如死，紫罗兰色的双眸也笼上一层迷雾。

屋外，敲击声越来越响，抓挠声愈来愈大。她毫不怀疑，不用多久，它们就能破门而入，而她也会落入魔掌。在这些东西面前，没有久攻不破之门。

除非，除非……

“住手！”她颤声高叫，“我给你们自由！——每一位，所有人！尤其是你，朽坏之主。你我族人间曾有约为凭，我就以这契约之名，给你们自由！”

外面骤然静下来。女孩觉得，那是震惊后的缄默。

一个嘶哑的声音打破了寂静。

“契约？”

许多苍白缥缈的声音随之附和，交汇成不自然的沙沙声：“契约？”

“正是！”阿米莉娅·恩萧说道，她的声音已不再颤抖，“就是那契约。”

那幅长久不见天日的卷轴原是大屋主人与地窖居民所立之约，年代已经久远。契约中详述了一连串噩梦般恐怖的祭礼。祭礼环环相扣，数百年来坚不可摧，由血、盐，以及其他莫可名状之物共同铸就。

“休伯特·恩萧之女啊，你既读了契约，便该明白我们所需。”门外，一个低沉的声音说。

“新娘。”女孩的回答非常简洁。

先是一个声音在低语，继而更多声音加入进来，附和着，回响着。最后，整幢房子都像得了生命一般，随两个音节战栗，悸动：“新娘！”短短两字中，饱蘸着希求、爱，以及贪婪的渴求。

阿米莉娅咬了咬嘴唇：“不错，我将为汝等带来新娘——人人有份。”

她声音很低，但它们无疑听见了。门外安静下来。深邃安宁的寂静，天鹅绒般轻柔。

突然，一只小鬼嘶嘶嘀咕道：“好啊，大伙儿，你们觉着，除了这个，能不能再让她给咱搞点小菜，配人肉花卷吃？”

七

年轻人双眼盈满热泪。他扫开面前的稿纸，远远地把笔扔出去。可怜的鹅毛笔飞过房间，将墨溅在曾曾曾祖父半身像上。墨迹衬着淡淡的白色大理石，分外显眼。那尊像上本有只阴沉的大渡鸦，这时骤然一惊，忙拼命扑了几下翅膀，才没失足摔下去。它笨拙地蹦跶着，转过身来，用黑豆似的眼睛盯着小少爷。

“啊，真受不了！”年轻人脸色苍白，浑身发抖，“我没救了，永远也写不好啦！我要诅咒我自己，以……”他顿了顿，脑中回顾着整个家史，琢磨怎么把祖宗名号填进恶咒。

渡鸦完全不为所动：“先别急着赌咒。打扰列祖列宗安眠之前，你不妨回答我一个问题。”

黑鸟歪过小脑袋：“你喜欢写这种东西吗？”

“什么东西？”

“‘反映生活’的东西呗。我有时候从你肩后瞟上几眼，间或也读过几段。你自己写起来高兴吗？”

年轻人低头看着鸟。

“这就是文学了。”他像教小孩似的辩解道，“正统文学要再现真实的生活、真实的世界。艺术家好像镜子。我们的责任就是展示现实。”

屋外，霹雳将天空一分为二。年轻人眺望窗外：闪电曲折刺眼，无论嶙峋的枝丫还是山顶那废弃的小修道院，统统叫炫光映成狰狞不祥的剪影。

渡鸦清了清喉咙：“听清了，我是问，你自己喜不喜欢？”

年轻人看看鸟，看看窗。他一言不发，只摇了摇头。

“所以你才总给自己捣乱。”鸟儿说，“你并不是在讽刺生活单调，不过实事求是让你无聊罢了。懂吗？”它说着，顿了顿，闲下嘴来理顺一羽翅翎，这才把目光移回年轻人脸上，“你想过改写幻想小说吗？”

小少爷哈哈大笑：“幻想小说？你看，我是写文学作品的。幻想小说太脱离生活了——怪力乱神，小众文学，一百人写一百人看的东西，那是——”

“若你还明白好歹，就知道那才最适合你。”

“我向往经典。”年轻人伸手抚着一架大部头——《奥多芙》《奥特朗托城堡》《萨拉戈萨手稿》《修道士》，诸如此类，“这才是文学。”

“莫再复焉。”这就是黑鸟留给年轻人的最后忠告。它从半身像上跃入空中，展开双翼，飞出书房，投入静谧的黑暗。

年轻人打了个寒噤。无数幻想题材在他脑中闪过：汽车，操盘手，上班族，家庭主妇，警察，报刊专栏，肥皂广告，所得税，廉价馆子，杂志，信用卡，路灯，电脑……

“没错，这的确是逃避现实，”他大声说，“可是，人类的至高追求，不正包含在‘自由’与‘解脱’四字中吗？”

年轻人回到桌边，收起没写完的小说，随手丢进最下层抽屉。那里有发黄的地图，神秘的遗嘱，用血订立的文书。他又一次拿起了笔。

八

阿米莉娅·恩萧把全麦面包片放进面包机，推下按钮。她按照乔治的口味，将定时器设在“深焦”位置上。其实，要是她自己，烤得略黄就够了。比起全麦制品，她也更喜欢白面包些，有没有维他命根本无所谓。她已经有十年没吃上白面包了。

乔治在早餐桌边看报纸，头也不抬一下。他从来不抬头。

我恨他，她想。感觉一旦形成文字，连她自己也吓了一跳，干脆又在心里默念了一遍。我恨他。这念头简直像首歌。我因为面包的事恨他，因为他的秃顶恨他，因为他给美女同事献殷勤恨他（那些刚出校门的小姑娘都背地里笑他），因为每次他不愿被我叨扰时都无视我而恨他，我讨厌每次问点事他都说“怎么了，亲爱的”，跟想不起我叫什么一样，他都忘了我还有名字。

“炒蛋还是煮蛋？”她大声问。

“怎么了，亲爱的？”乔治·恩萧还是挺喜欢妻子的。要是发现她这么恨自己，他估计要大吃一惊。这屋里有很多东西都陪了他十年，并且依旧运转良好，比如电视，比如割草机。在乔治看来，妻子和这些东西没什么不同，他像喜欢这些东西一样喜欢她。他觉得，这就是爱。“知道吗，我们也该去参加次游行，算是表明立场。”他点着社论版说，“对不对，亲爱的？”

面包烤好了，面包机砰地一响，只吐出一片焦黑色面包。阿米莉娅拿出刀，把另一片卡在机器里的面包挑出来。面包机是约翰叔叔送的结婚礼物。过几天她要去买台新的，要么就得像妈妈以前那样，亲手在烤架上烘面包。

“乔治，你想吃炒蛋还是煮蛋？”她非常平静地问。这句话里有什么引起了丈夫的注意。他抬起头来。

“爱怎么弄就怎么弄，亲爱的。”他温和地说。

这天晚些时候，乔治在办公室里逢人就说，他永远不会明白（事实的确如此），为什么妻子听了这话，手拿面包站在原地，失声痛哭起来。

九

羽毛笔沙沙地摩擦纸面，年轻人全神贯注地写着，脸上漾着奇妙的满足，眉梢眼角都挂着笑意。

此刻，他心无旁骛。

板壁后，有东西抓抓挠挠，跑来跑去，他也充耳不闻。

阁楼上，阿加莎婶婶怪叫着，号哭着，弄得锁链锵锵直响。废修道院里飞出一串怪笑，在夜色中盘旋回荡，撒下一片癫狂的欢乐。大屋远处的森林里，幢幢怪影蹒跚而行，吓得卷发女孩落荒而逃。

“我要你发誓！”备餐室里，管家图伯对乔装成女仆的勇敢姑娘说，“埃瑟，我今天说的事，绝不许对活人露半点口风……”

窗边有无数面孔窥伺，鲜血书就的字句宛然犹在。地窖里，一只孤独的厉鬼咯吱咯吱地啃着什么死物。分叉的闪电掠过檀木般漆黑的夜空。无面者四下逡巡，世界安宁如常。

（张秋早 译）

记忆小径拾零

我觉得，凡事都要像个故事才好。

然而，现实并不如书，生活中偶有古怪遭遇，也往往不成篇章，结局无一让人满意。再者说，重述种种咄咄怪事正像与他人说梦：事虽能说清，梦中心境却无论如何无法传达。如短了这份心境，梦也就失了精髓，不能让人醒来后整日沉浸其中。

小时候，我相信，有些地方是闹鬼的。废屋之类都叫我害怕。为避免撞邪，我干脆敬而远之。结果，姐姐妹妹们都有得意的看家故事，自称曾见怪影从空屋向外窥伺。我的经历却暂时还只是一张白纸。

以下是我自己的鬼故事。毫不例外，也是不成篇章的琐事。

那年我十五岁。

我们刚搬了新家。说新也不新，是在老屋花园里造的。我还挺想旧家的：那是座古老的庄园府第，我们只住半边。因为另半边屋里的住户要把房产卖给开发商，爸爸也就顺水推舟，把我们那半也卖了。

屋子在苏塞克斯郡。零子午线从小镇中穿过，我住东半球，每天去西半球上学。

老屋里遍地是宝：闪光的大理石块，装满水银的玻璃灯泡，砖墙封上的门，神秘的玩具，各种又老又旧、没人惦记的玩意儿。

后来我自己有幢房子在美国中部，是维多利亚式砖石建筑，据说里边闹鬼，已经没人敢单独在屋里过夜了。我的助手说，孤身一人时，瓷小丑音乐盒会自动在深夜演奏。她敢打赌有东西在暗中窥伺。其他人留宿后也抱怨不休，具体故事大同小异。

我倒没碰上什么怪事。话说回来，我从不只身留下过夜，以后也大抵不会尝试。

“我可没见有什么鬼。”有一次，别人问我那房子是不是真闹鬼，我矢口否认。有人调侃道：“你自己就是鬼吧！”我实难苟同。我想若真有鬼魂与我等相伴，它必定是胆小羞赧的。它害怕我们，比我们怕它还要多些。

说回老屋。爸爸转手卖出，开发商就派人把它拆了。（说来，我可以任老房子空着，却看不得推土机开来，轧得它分崩离析。我的心早已留在老屋里。直到现在，晚上入睡前，我还能听见老屋卧室窗外花楸树上的风声。那是二十五年前的树，二十五年前的风。）我们搬进新家。前面已经说了，新房子是在老屋花园里造的，我们在里面又住了好几年。

屋门外有条燧石小径，四周都是田野、树丛之类，前不着村后不着店。要是现在回去，燧石路一定早没了，田野上也建起了无边无际的新房。当然，我是不愿回去的。

当年我十五岁，又瘦又呆，拼命扮酷。那一天时值秋季，天已经黑了。

屋门外有盏路灯，是盖房子那会儿立的，竖在一片野地旦怪突兀的，和《纳尼亚传奇》里的路灯同病相怜。它是盏钠灯，光线发黄，把四周景物浣成黄黑两色。

故事里的姑娘不是我女朋友。我女朋友在克罗伊登（我就在那儿上学），生着一副灰眸，金发飘逸，美得不可思议。她常常对我嗔道，真不明白为什么会和我在一起。这里说的女孩只是普通朋友。她住老城区，在田野那边。从我家走到她家只要十分钟。

当时我正往她家走，准备一起听几张唱片，坐下聊聊天。

走出家门后，我踩着草地跑下斜坡，踏上车道，突然浑身僵硬，呆在当场。我面前，路灯下站着个女人，正抬头打量我家。

看打扮，女人要么是舞台剧里的吉卜赛女王，要么是位摩尔公主。她并不美，样子却洒脱大方。除了黄黑色灯影，我不记得她身上有其他色彩。

在这里撞上人完全出乎意料。我不免窘迫，只得说："你好啊。"

女人看着我，一言不发。

"找人？"我问了句。具体已经记不清了，反正是寒暄。她并不答话。

这凭空出现的女人，她的目光凝在我身上。四周是荒野，只有我与这装束出奇的梦境来客。她依旧一言不发，却倏地露出微笑。那笑容并不友善。

这时，我怕了。怕极了，吓坏了，像噩梦里无助的主角。我沿车道大步走过转角，一颗心怦怦直跳。

从房子那已经看不清这边了。我站住，愣了许久，这才回头张望。只见灯光中空无一人。

家门就在五十步开外。但我不能回去，也不敢回去。实在太可怕了。我跑进黑暗，沿着燧石路奔进老城区，转了一个弯，又一个弯，终于逃进女孩家。当时我吓得要死，上气不接下气，舌头打结，说出话来无人能懂，仿佛方才地狱恶犬倾巢出动，一路对我穷追不舍。

我把事情告诉那位朋友，我们给爸爸妈妈打了电话。他们说刚才灯下什么人也没有。两人不太高兴，但答应开车来接我回家。那天晚上我死活不敢自己走回去。

至此，我不成篇章的遭遇便画上句号。如果还有下文该多妙：真希望我能告诉你，两百年前我家附近曾有吉卜赛营地被大火吞没。无论如何，最后能有个像样结局才好，否则怎能算个故事？可惜现实如此，没有吉卜赛营地，没有大火。

于是，这件事再无下文，永远无解，成了又一件偶然闯入正常世界的怪事。不成篇章，不是故事。

而我的记忆里，也只剩下女人黑黄的笑容，以及那一晚如影随形的惧意。

打烊时分

伦敦仍保留着俱乐部传统。那些或旧式或仿古的，都有上了年纪的沙发，噼啪作响的壁炉，以及免费报纸供应。有的常有演讲，有的偏好静默。至于新生会所，则是演员记者亮相之处，例如格罗秋俱乐部及其无数翻版。一众名人在此冷眼相对，各自为战，有时也会难得寒暄几句。我的朋友里，去两种地方的都有，可伦敦所有俱乐部会员名单上都没有我。我早已置身圈外。

很久很久以前，我只有现在一半年纪，还是个年轻小记者。那时，根据禁售法，所有酒吧晚上十一点打烊时分之后不得卖酒。有一家第欧根尼俱乐部，打着俱乐部的幌子，专门钻禁售法空子营生，我就是那儿的会员。由托特纳姆府路拐进一条小窄巷，从唱片店上楼，二层那一间小屋就是它。俱乐部老板娘叫诺拉，是个快活的胖女人，血管里流的都是酒精。不管你是否问起，她一定要热心解释一番：之所以这地方叫作“第欧根尼”，是因为她本人仍在寻找一位老实男人。逼仄的楼梯上，俱乐部从来没有固定营业时间，一扇屋门是开是闭，全凭诺拉一时兴起。

酒吧打烊之后，大家就聚来这里。从第一天起，第欧根尼俱乐部就作为深夜酒廊存在，诺拉供应餐点的努力往往以失败告终。即使她向所有成员分发月报，好心提醒大家餐点服务已经开始，一切依然照旧。数年前，诺拉的死讯传来，叫我很是难过。上个月去英国时，我又回到当年的岔路，寻找第欧根尼旧址，第一眼却看错了地方。后来才见边上那家手机店二楼，褪色的绿色雨篷下露出家西班牙小吃店来。时过境迁，何其悲凉！没料到我竟如此感伤。只见雨篷下那排窗户上画着只大桶，桶里套着个俗气的招牌人像。画很难看，简直不成体统，我却不禁回忆起往事来。

第欧根尼里没有壁炉，也没有摇椅，不是个端坐炉边打开话匣的佳处，彼间却不缺故事。

虽然偶有女性登门，去喝酒的大多还是男人。诺拉最近又为俱乐部添了一道魅力四射的新风景：一位名曰“老板娘助理”的金发女郎。她是波兰移民，不管跟谁，张嘴就是“亲爱的”。这姑娘站吧台时爱自斟自饮，喝醉了就老说，按继承权排下来，她在波兰该算个女伯爵。她还叫我们发誓别声张出去。

当然，那里也有演员，作家，有电影导演，广播员，警局巡官，还有酒鬼。他们干的不是朝九晚五的工作，有的深夜不能回家，有的深夜不愿回家。有些晚上，俱乐部里能聚起十几个人。有时更多。当然我也曾晃进店门，发现除我以外空无一人。若是如此，我往往只买一杯酒，喝完走人。

那天晚上，外面有雨。午夜之后，第欧根尼里还有四个人。

诺拉和助理坐在吧台后，一心一意写着剧本。那是部情景喜剧，发生在某个畅饮俱乐部里，老板娘是个快活的胖女人。她雇了个神经兮兮的金发外国贵族当助手，助手说起英语总出糗。诺拉跟人说，这剧拍出来就像《干杯》一样。她把我的名字安在剧中滑稽的犹太房东头上。有的时候，两个女人还让我念剧本。

四个人里，除我之外，有个叫保罗的，是演员。大家都管他叫“角儿保罗”，以防与“巡官老爷保罗”和“下岗整形大夫保罗”混淆。还有个电游杂志编辑，叫马蒂。大家多少有些交情，于是一起坐在窗边，眼看雨落下来，模糊了巷子里盏盏街灯。

最后一个人比我们年长许多。他面无血色，头发灰白，独坐一角慢慢品一杯威士忌。只见那身软呢夹克两肘上都打了棕皮补丁。这个细节我记得分外清楚。这位客人不和我们说话，不看报，只一味枯坐。他看着雨幕，看着小巷，间或啜一口杯中酒，样子却兴味索然。

午夜将近，保罗、马蒂和我说起鬼故事。我刚讲完“绿手的故事”。那是我上学时听来的，据说“百分之百真人真事”。预科学校里，校园传说有云：有倒霉的男生见过一只发光的绿色鬼手，目击者不日即死。我们都很走运，从没亲眼见过绿手。传说中，那些不幸的目击男生只有十三岁，却纷纷一夜白头。据说他们去了康复中心，住院一周不治身亡，至死一言不发。

“别忙，”角儿保罗说，“如果这些小孩真‘一言不发’，其他人怎么知道他们见过绿手？别有原因也是极有可能的。”

以前听故事时我年纪尚小，自然虑不及此，现在一听此言，马上觉得其中确实大有问题。

“可能他们还会写东西吧。”我底气不足，勉强圆道。

我们咂摸了一会儿，都认为绿手在鬼圈里只能算末流角色。后来，保罗也说了个“真人真事”。他有个朋友，晚上捎了个搭车的，按那姑娘说的一路送到家门口。第二天早晨再去时，却发现人家已成坟场。我说，一模一样的事儿，我也有朋友遇上过。马蒂的朋友更绝：搭车的姑娘看着身上很冷，这朋友就把外套借给人家披上。转天一早，他在墓地里发现那件外套，已经整整齐齐叠好，搁在姑娘坟头上。

马蒂说完，又拿了几杯酒。大家说真不明白为什么全国女鬼都一窝蜂似的整夜游荡，还要搭车回家。马蒂觉得，这年头要是碰上个活人搭车，那才叫稀罕。

这时，有人开口说道："大家若没意见，我也来说个真人真事。这还是我第一次与人说。从头到尾，句句属实。故事主角不是别人，不是朋友，就是我本人。不过，也不知算不算鬼故事。可能不是那回事。"

那天距今已有二十多年。岁月间，我遗忘甚多。可是，那一夜，我一直记着。故事之后的事我也一直想着。

那天晚上，第欧根尼俱乐部里，最后一个故事是这样的：

那一年，我九岁上下。时值六十年代末，我在离家不远的地方念私校。学校规模不大。入学还没够一年，我已给校长贴上了"讨厌鬼"标签。她当初买下这所学校就是为了叫它倒闭，好把地卖给开发商。我毕业后不久，她就得逞了。

学校关门以后，楼空了一年，也许更久。后来，人们捣毁了学校建筑，在废墟上盖起办公楼。小时候我很喜欢到处乱钻，拆楼前好奇地回去看过一眼。记得我找了扇半开的窗子，挤进屋子，穿过空荡荡的教室。四下还残留着粉笔灰味儿。我只拿走了一件东西：美术课上我自己涂的画。画里有一座小房子，大红色门环形状怪异，挂的不是恶魔就是小妖怪。纸上还写着我的名字。画本来贴在墙上，我把它取下来，带回家。

学校还没关门的时候，我每天放学都走路回家。一路上要先穿过镇子，再沿一条黑黢黢的小路翻过沙石山。小路上长满大树，还有一间没人用的警卫室。走过这儿就亮堂多了，小路延伸，穿过一片田地，我就到家了。

以前到处都是老宅子。维多利亚古董房子半死不活地空着。后来推土机开来，摇摇欲坠的房子不见了，残破不堪的庭院不见了，取而代之的是毫无个性、千篇一律的现代宜居住所。屋舍俨然，家家相连，簇拥条条大道，不知通向何方。

回家路上也会碰到其他小孩，记得大多是男孩子。大家互不相识，却也会交换消息，仿佛一支支小游击队，分别盘踞一方。可怕的是大人，其他孩子却没什么。你看那些捉对儿一起玩，或者三五成群一块儿疯的孩子，可不一定都是认识的。

故事发生那天，我正放学回家，在小路最黑的地方碰上三个男孩子。他们好像在找东西。水沟里，树篱里，警卫室前密不透风的杂草里……到处都叫他们翻过。三个人都比我大。

“你们找什么呢？”

最高的孩子瘦得像竹竿，生着深色头发，一张刀削脸。“看！”他说着，拿起几张撕成两半的纸。看样子一定是从很旧很旧的黄色杂志上扯下来的。画上的女孩子都是黑白的，老照片里我姨姥姥就梳那种头。纸已经撕碎了，纸头整条路都是，有的还飘进警卫室前院里去。

我也加入搜纸大行动中去。四个人一通忙活，最后差不多凑出一整本《秀色可餐》来。大家翻过墙头，跑进一片没人管的苹果园，验收方才的战果。一张张都是许多年前的黑白裸女。四下里飘着苹果味儿，有鲜的，有烂的，有的已经酿出了酒香。直到今天，每每闻见苹果酒，我仍恍惚感觉自己踏足禁地，坏了规矩。

另外两个孩子矮小些，一个叫西蒙，一个叫道格拉斯。不过他们跟我比起来都成了大块头。瘦竹竿当时兴许已经十五岁了，叫杰米。不知他们三个是不是一家的。我没问。

大家都在看杂志。他们说："我们要把这个藏进秘密基地去，你一起来吗？要来的话，你得保证不跟别人说。谁也不许说。"

三个人往手心里吐唾沫，叫我也吐。大家把手按在一块儿。

所谓秘密基地，就是座废弃的铁水塔。水塔修在田里，田边分出条小路，沿着路能走到我家附近。我们顺着高高的梯子爬上去。塔身漆成暗绿色，里面却是满墙满地的红锈。地上躺着个钱包，里面没有钞票，只有几张香烟画片。杰米拿画片给我看，只见画上都是老早老早以前的板球明星。他们把书页搁在地上，拿钱包压着。

道格拉斯说："下次我们还去燕庄吧。"

燕庄是一片大宅子，离路有一段距离，就在我家附近。以前爸爸跟我说，那庄子是坦特登伯爵的。后来伯爵死了，他儿子继承了爵位，就把燕庄封了。我曾在庄边晃悠过，却没往深处去。我觉得庄里不像没人，至少花园还挺齐整。有花园，就一定有园丁。反正那儿肯定有大人。

我跟杰米他们说燕庄可能有人。

杰米回答说："我敢打赌肯定是空的，也许每个月有人去除除草什么的。你该不是害怕吧？我们都去过好几百次了，几千次也有了。"

我当然害怕，不过在他们面前打肿脸充胖子。我们沿着大路走到燕庄大门口，只见铁门紧闭，于是四个人从铁条下面挤了进去。

车道两边都是杜鹃花丛。主宅前有座小屋，我想可能是园丁住的。小屋旁，草地上有几个生锈的大铁笼，不管是大猎狗还是小男孩，都能塞进去。四个人走过小屋，踏上马蹄形车道，径直来到主宅门前。大家趴在窗上往里窥。屋里漆黑一片，什么也看不见。

我们绕到屋后，穿过一丛杜鹃时，眼前豁然开朗，现出一片人间仙境来。原来此处别有洞天。只见石块交叠，蕨类丛生，植物形态奇异，仿佛身在异域，属我毕生未见。有紫叶的，有羊齿叶的，还有宝石似的小花，藏在草丛里，只露出半边脸。一条小溪从园中穿过，涓涓细流蜿蜒石上。

道格拉斯说："我要往水里嘘嘘！"还真是言出必践，只见他走到溪边，脱了短裤，对准水流开尿，石头上溅起一片水花。另两个也毫不示弱，各自掏出鸡鸡，站成一排大尿特尿起来。

我记得很清楚，当时被他们吓了一大跳。也许是看他们居然干坏事还能这么开心，也许是觉得仙境受到了玷污。水不清了，园子也没了魔力，成了三个人的厕所。反正感觉很坏。

完事之后，三个人没马上穿好裤子，反而晃了晃小鸡鸡，都指向我。杰米的鸡鸡后边长了些毛。

"我们是保皇党！"杰米说，"懂吗？"

我倒是知道英国内战，一边是保皇党（虽然他们错了，却很浪漫），一边是圆颅党（虽然他们很正义，却也很讨厌）。不过我知道他说的恐怕不是这个，于是摇摇头。

"我是说，我们都没割过包皮。"他解释道，"你是保皇党还是圆颅党？"

现在我懂了。"我是圆颅党。"我嘀咕道。

“拿出来看看。来啊，拿出来。”

“才不，不关你的事。”

我以为要闹僵了，可杰米突然笑了，三个人把鸡鸡塞了回去。他们互相讲起荤段子来，就算我小时候再聪明，也听得不大明白。不过，硬记下来的倒也不少。几周之后，我跟一个男同学现学现卖了一段，他回家又说给家长听，搞得我差点给学校开除。

段子里提过“操”字。我就在一片仙境洞天里，听着黄色笑话，第一次听人说“操”。

犯事以后，校长把爸爸妈妈都叫去学校，说我讲了坏话，具体字句不便重复，就算跟我爸妈也不能说。

那头晚上回到家，妈妈问我究竟说了什么。

“操。”我说。

“这个字，你以后绝对绝对不要说。”妈妈平心静气、毫不犹豫地说。她是为我好。“再没有比它更坏的词了。”于是我对她保证，以后再也不敢了。

可是，区区一个单字居然有如此力量，多么令人惊奇！打那以后，只身一人时，我经常小声自言自语，说“操”。

那天，秋天里，下午放学后，三个男孩就在园子里说着段子，笑了又笑。虽然我实在不明白有什么好笑的，也跟着一起干笑。

我们从园子里出来，走进货真价实的花园，只见有池塘上架着一座小桥。大家紧张地走上去，生怕木头在户外暴露时间太长，会发生不测。好在黑黝黝的池水里有大金鱼游来游去，冒落水之险也值了。接着，杰米带路，沿砂砾小路走进一片林地。道格拉斯、西蒙和我跟在他屁股后头。

比起花园，林地又是另一番景象，明显乏人问津，植物横七竖八，到处乱长。一进这里就感觉四下无人。小路几不可见，在树木间延伸，通向一片空地。

空地里有座小房子。

看来是座玩具屋，大概四十年前搭给孩子玩的。窗格交叉成菱形，有都铎时期风格，屋顶也是仿都铎的。脚下的石板路一直通到屋门口。

我们走到门前，四人一起。

门上悬着一个金属门环，染成绯红色，形状不知是按什么妖怪做的。可能是贼笑的皮克精，也可能是恶魔。只见小东西盘着腿，双手固定在环轴上。我想想……怎么说呢，此物绝非善类。首先，那张脸就不像个好东西。我很奇怪，玩具屋上居然会装这种门环，真不知道谁盖的。

我害怕。空地里，树荫下暮色渐浓。我离开屋子，退到安全的地方。杰米他们跟了上来。

“我要回家了。”我说。

显然，我说错话了。三个人转过脸来，哈哈大笑，挤眉弄眼，说我是胆小鬼，是小狗。他们说，他们不怕这房子。

“去敲门！”杰米说，“看你敢不敢！”

我摇摇头。

“不敲门的是小狗，”道格拉斯说，“我们以后不跟小狗玩了。”

其实这话正中我下怀。我觉得，他们属于另一个世界，我还没准备好，不想跟他们走。可是我也不想当小狗。

“去啊，你看我们都不怕。”西蒙说。

我记不清他说这话时语气怎样。是高兴，还是心里害怕，虚张声势？已经过去太久，真希望能记得。

慢腾腾地，我又走上石板路，回到屋门口。我伸出手，握住笑脸小鬼，重重地敲了一下门。

真要说，我这么用劲不过是做给他们三个看——看，我一点儿也不害怕！我什么也不怕！可是，就在这时，事情不对劲起来，完全出乎我意料。只听门环扣在门上，声音沉闷。

“你得进去！”杰米兴奋极了。我听得出来。我心里想：难道带我来之前他们就知道这地方是怎么回事？难道以前他们也带别的孩子来过？

我一动不动。

“你们进去。”我说，“你说敲门，我就敲门。现在轮到你们了，你们三个。看你们敢不敢！”

我绝不进去。毫无疑问。现在不进，以后永远不进。敲门时有东西在动。笑脸小鬼撞上大门时，我觉得手中的门环扭曲了。那时候我还小，感觉敏锐，绝对没错。

他们一言不发，也一动不动。

这时，门慢慢开了。在他们看来，可能是门边的我推了一下，也可能是我敲门太用劲了。我敢肯定，绝对没那回事。门开了，是因为时候到了。

我本可以拔腿就跑，一颗心已经跳得像在敲鼓。可是魔鬼攫住了我。我原地站着，望向路那头三个大孩子，说：“你们怕了？”

他们沿小路走向小房子。

“天要黑了。”道格拉斯说。

三个人从我身边走过，一个接一个，进到玩具屋里。可能他们也是打肿脸充胖子。三人往里去时，屋里有张白森森的面孔转向我，质问我为什么不跟上。我敢打赌，绝对没错。可是，走在最后的西蒙刚进去，砰的一声，门关了。上帝做证，我一指头也没动。

木头门上，恶魔低头冲我笑。灰蒙蒙的暮色中，一抹绯红分外刺眼。

我绕到屋边，从窗户往里瞅，看了一扇又一扇。里面黑黢黢，空荡荡，不见一点动静。我想，难道他们躲在屋里耍我不成？也许三个人背靠墙站着，拼了命忍住坏笑。我想，是不是大孩子就喜欢这么玩？

我不知道。我说不好。

天越来越暗，我站在玩具屋前，等着。过了一会儿，月亮出来了。秋夜里的月亮又大又圆，金黄如蜜。

后来，又过了一会儿，屋门开了。没人出来。

这时空地上只有我孤身一人。林中一片空寂，好像另三人从未来过。夜枭叫起来，我意识到：我自由了，可以走了。于是，我转身离去，拣另一条路走出空地，再没接近小屋。借着月色，我翻过栅栏（还把校服裤子屁股后面挂开一个大洞），往回走去。我没有跑，没必要。穿过一田大麦茬，翻过一道篱笆梯，一条硬石小路出现在面前。沿着它一直一直走，就是我家房子。

没多久，我到家了。

爸爸妈妈一点儿也没担心。可他们看见我身上的铁锈和屁股上的大洞，还是发火了。“你到底哪儿去了？”妈妈问。

“四处转了转，”我说，“没留意时间。”

于是，事儿就算完了。

已经快半夜两点了。波兰女伯爵早就走了。诺拉哗啦啦地收拾起酒杯托盘，一边擦着吧台。“游魂野鬼还不少啊，”她高高兴兴地说，“我倒也不烦。亲爱的，我喜欢有人陪着，否则就不做生意了。可是，我说，你们几个不会无家可归吧？”

大家对诺拉道了晚安，她叫我们在她脸上亲了亲。第欧根尼的门被关上，我们走下窄楼梯，经过唱片店，来到巷子里，终于重返人间。

几小时前地铁就收车了，不过夜班巴士总是有的。有钱的话还能打的。（当年我是打不起的。）

几年以后，第欧根尼俱乐部关门了，一来因为诺拉的癌症，二来，我想也是因为禁售法有变，深夜到处都不难买酒了。不过，那天以后，我就不太去第欧根尼了。

“我说，”大家走到街上时，角儿保罗说，“后来还有那三个小孩的消息吗？你看到过他们没有？要么，有失踪报道吗？”

“都没有。”说故事的回答道，“我再没见过他们，当地警方也没组织过搜索行动。就算有我也没听说。”

“玩具屋还在吗？”马蒂问。

“不知道。”说故事的答道。

“嗨，我可是一个字儿也不信。”马蒂说。大家已经来到托特纳姆府路，往夜班巴士站走去。

打烊时分已过。街上走的除了我们三个，还有一个人。我不该忘了提他。唯一还没说话的，正是那肘上打补丁的老人。他也和我们一起出门，这时第一次开口。

“我信。”他语气温和，声音发虚，仿佛在致歉，“我说不好，可我信。父亲死后不久，杰米也死了。道格拉斯不愿回去，把老庄子卖了。他想让人把那儿都拆了。但他们还留着那屋子。燕庄啊。那东西他们是不会拆的。我猜其他东西早就不在了。”

那天晚上很冷，间或还有几滴细雨。我打着寒战，真的，就因为冷。

他说：“你说的那些锈铁笼，车道边那几个，五十年来我一直不去想。我们淘气起来，他就把我们关在笼子里。我们当初一定坏透了，是吧？特别淘气，特别坏。”

他站在托特纳姆府路上，左右张望，好像在找什么。然后，他又说：“十年前，道格拉斯自杀了。那时我还在坐牢。我记事儿已经不行了，比当年差远了。不过你说的肯定是杰米，太像了。他就喜欢叫我们记着他是老大。知道吗？我们一直不许进玩具屋。父亲盖那东西不是给我们玩的。”他声音发颤。一瞬之间，在我眼中，苍白的老人又成了昔年男孩。“父亲自己玩自己的。”

说完这句，他挥了挥手，叫道：“停车！”一辆出租车在路边停下。“布朗旅馆。”老人说着，钻进车里。他没对我们道晚安，就拉上了车门。

与此同时，我听见，有许许多多门与车门一齐关闭。那些门远在漫漫时光之中，早已不再，永难重开。

（张秋早 译）

隐于野

解开衣衫，抛开典籍，扔开外套，
滑脱生命的重担。抖落一切，如空茧，如落叶。
去采食吧，去寻觅清泉，
畅饮一片沁凉。

我要找一棵树，十个胖子加起来和它一样宽，
清水流过灰色根梢。
我要寻莓果，寻山楂，寻板栗。
在树下安家。

无人知我真名，我已寄之风中。
人生辗转间，恍然入林，
癫狂携我们起舞，将我们抛下。
今日起，皮囊之中有我面容。

我是疯了。鞋子没了，房子没了，常识一并消失。
腹中绞痛时，我脚步蹒跚，穿过绿色，
回归我的根，我的叶，我的荆棘，我的新芽，
独自颤抖。

远离言辞迷宫，漫步山野林间，
我属于森林，问候阳光。
寂静之花在舌尖绽放，
如言如语。

（张秋早 译）

苦磨咖啡

1.“早点回来，否则永远别回来”

无论从哪一方面看，我都已是个死人。也许，内心一角，我还在咆哮，痛哭，号叫，十足像只野兽。可这一位早已是非我的存在。无论脸，嘴，唇，还是头颅，都不归其所有。表面上，我照常耸肩，照常微笑，一切运转无恙。如果静静等待，死亡就可降临，如果走出生命边沿与轻轻跨过门槛难度相仿，我一定欣然赴死。可我每晚入睡，第二天仍照旧醒来，虽失望万分，也只得听天由命继续生存。

有时候我给她打电话，响一声就挂。最多两声。

痛哭的那一位在我心中埋得太深，无人知其存在，连我也几乎彻底遗忘。究竟是如何想起的呢？有一天我坐进车里，下定决心非去商店买苹果不可，结果却经过店门口，一直开，一直开下去，向南之后，再折向西。如若向北或向东，开拓世界之举未免很快宣告结束，实在扫兴。

上了高速，又开出几个小时，手机突然响起。我摇下车窗，将它扔出窗外。不知谁能捡到我的手机，不知他们是否会接电话，也不知接过电话之后，他们可否获得馈赠，接管我的生命。

停车加油时，我拿出所有银行卡，提完取款上限之内全部现金，此后几天日日如此。从取款机到取款机，直到所有户头再也提不出钱方才作罢。

我在车中睡过前两夜。

穿过半个田纳西州时，我发现，虽然难免破费，我确实到了不得不洗澡的地步。于是我在汽车旅馆落脚，伸展四肢，躺进浴缸熟睡，水温转凉时才终于醒来。我从旅馆赠品里拣出剃刀和剃须膏，小心刮过胡子，这才跌上床去，再入梦乡。

清晨四点，我醒了。该上路了。

我走进旅馆大厅。

前台有人。他发色银灰，我看年纪却不过四旬——刚过三旬也未可知。此人生着一副薄唇，一身皱巴巴的上好西装，正说道："一小时前我就叫出租车了！已经一小时了！"他一边说，一边用钱包敲打桌面，敲击节奏衬托语句重音，恰到好处。

夜班经理耸肩道："我再叫一次。可他们没车了，自然没法派来。"他拨完号，对话筒说："还是夜色旅馆前台……是啊，我跟他说了……是啊，我也说了。"

"嗨，"我说，"我不是开出租的，却也不赶路。要搭车吗？"

男人看疯子一样看着我，眼中瞬间掠过一丝疑惧。不过，转眼之间，他的表情又像是在说"你一定是神派来的"了。

“天啊，当然要。”他说。

“你说去哪儿我就去哪儿，”我说，“说过了，我不赶路。”

“电话给我。”灰头发男人拿过话筒，“别派车了，上帝刚给我派了个好撒玛利亚人[1]！你这辈子碰见各种人，其中总有缘由。说得真好。阁下自己慢慢受用去吧。”

他拿起手提箱，与我一同走向停车场。我们一样，都没有带大行李。

车在黑暗中前进。那人膝上摊开一张手绘地图，用钥匙扣上的吊坠电筒照着，不时指点道“向左，走这边”之类。

“你人真好。”他说。

“倒不麻烦。时间这玩意儿，我有的是。”

“真得谢谢你。发现没有？现在我们这样，好像都市传奇一样，最老土那种。在乡村路上开夜车，神秘的撒玛利亚人端坐身旁。搭车类鬼故事。我下车以后跟朋友提起你，他们一定会告诉我，你已经死了十年，至今仍在四处游荡，捎人搭车。”

“倒可以广交朋友。”

他咯咯发笑：“你做什么的？”

“上一份工作结束，下一份还没着落。”我说，“你呢？”

“我是人类学教授。”他顿了顿，“不好意思，早该说的。我在基督教会学院教书。一般人都不信教会学校还开人类学课，不过事实如此。有学校的确开。”

“我信。”

1 来自《圣经·路加福音》中基督说的故事，一个被强盗打得半死，躺在路边的人，被祭司和利未人无视，最后被一个好心的撒玛利亚人救了。因此撒玛利亚人常被用作好心、见义勇为的象征。

又是一顿："我的车坏了。巡警捎我去的旅馆，他们说不到早晨没有拖车。我睡了两小时，警察打电话到房间里，说拖车上路了，我得回车边等着。你说，这可算怎么回事？若我不在，他们就算开到车边，也要视若不见，扬长而去。出租也叫了，死活等不来。希望我们到得比拖车早。"

"尽力而为。"

"也许坐飞机才好。我倒不是怕高，退机票就为省钱。我要去新奥尔良，飞一小时，四百四十美元就没了，开一天车只要三十美元。省下四百买点什么不行？花这钱也不用和别人报告。昨天住店花了五十，不过这些事都没法子。学术会议嘛，我第一次去。系里不拿他们当回事，可这都没准。我还挺想去看的。都是人类学家，从世界各地来。"他报出一串在我看来意义成谜的名讳，都是学界名流，"我要去会上发表篇论文，讲海地咖啡女孩的。"

"咖啡女孩？种咖啡的，还是喝咖啡的？"

"卖咖啡的，大清早的，在太子港挨家挨户卖来着，是上世纪初的事。"

天边透出一抹微光。

"大家觉得她们是僵尸。"他说，"知道吗？活死人。我觉得好像从这里右转。"

"真的？她们是僵尸？"

听我发问，他好像非常高兴："这么说吧，人类学中，僵尸研究分为几派，一言难尽啊。和《巨蟒与彩虹》那种通俗读物截然不同。我们得搞清楚：提到僵尸，究竟指的是乡野传说，僵尸粉[1]，还

1 一种鸡尾酒，酣乐欣药片粉与可卡因混合调制而成，因饮用者精力不减但头脑发昏而得名。

是活死人？”

“不清楚。”我只知道《巨蟒与彩虹》是部恐怖片。

“都是小孩，五到十岁的小女孩。在太子港挨家挨户敲门，卖菊苣咖啡，趁太阳升起前活动，就现在这个点。有个老太婆管着她们。下个路口左拐。后来老太婆一死，小女孩也全不见了。书里就是这么写的。”

“你是怎么写的？”

“我的车！”男人显然松了一口气。只见路边停着一辆红色本田雅阁，旁边还有辆拖车。拖车车灯闪烁不休，有人站在边上抽烟。我把车停在拖车后。

车还没停稳，人类学家就推开门，连人带箱一起冲出车去。

“你要再不来，过五分钟我就走了。”拖车司机把烟头丢在路面水洼里，“车险卡我用一下，还有信用卡。”

男人伸手去摸钱包，神色瞬间古怪起来。他双手插兜，说：“钱包。”

他走回我这边，打开客座车门，弓身检查座位。我也打开内灯。人类学家拍着空荡荡的椅子。“钱包。”他又难过又委屈，又念了一遍。

“旅馆里你还用过钱包，”我好心提醒道，“是拿在手上的。”

“操！操他妈见鬼！”

“没问题吧？”问话的是拖车司机。

“这样，”人类学家十万火急地下达命令，“就这么办。你马上开车回旅馆，我一定把钱包忘在桌上了。我稳住他，等你回来。五分钟，五分钟足够。”他说着，看我脸色不对，又补充说，“记住，你这辈子碰见各种人，其中自有缘由。”

我耸耸肩，不禁生气。世界以这男人为中心转动，形成旋涡，我被吸入其中实属不幸。

只见人类学家关好车门，对我竖起拇指。

要是能绝尘而去，置之不理该多妙。然而眼下为时已晚。我已经向旅馆方向开去。夜班经理将钱包还给我，据说是我们走后不久在柜台上捡的。

我打开钱包，所有信用卡上，户主姓名都是杰克逊·安德森。

我开了半小时才找对路回去。天色灰亮，已然拂晓。拖车踪影全无，红雅阁后车窗碎了，驾驶席车门大敞。莫非不是这辆车，我走错路了？然而，拖车司机扔的烟蒂仍赫然躺在路上。一只手提箱倒在附近水沟里，箱口大开，里头空空如也，旁边却落了几件东西：一个牛皮纸文件袋，装有十五页打印稿；一张新奥尔良万豪酒店订房凭证，费用已付讫，住客全名杰克逊·安德森；还有三枚安全套，螺纹套装，情趣益增。

打印稿首页写道：

“‘人言道：僵尸乃无魂之躯壳，复生之死者，曾居黄泉，蒙召归于人世。’——赫斯顿，《与马说》”

我没有碰手提箱，只拿走了论文。天空色如珍珠，我一路驱车向南。

你这辈子碰见各种人，其中自有缘由。实在精辟。

所有收音频道信号都不稳定。最后，我将旋钮播到“搜台”位置，任指针扫过各频道，义无反顾，永无止境。福音布道迅速变成老故事，又变成圣经段落变成成人节目变成乡村音乐……三秒一台，间杂大段噪声。

……拉撒路是死了，错不了，他是死了。我主将他带回来，给我们看，我认为，是为了给我们看……

凤点头这招，啊呀呀，广播里说好不好呀？你看吧，你不是搞在她嘴里吗？在女生脑袋后面捶一下，就都从她鼻子里喷出来了，我屁眼都笑掉了……

如果你今夜回家，我将在黑暗中等待。等我的女人。一手酒瓶，一手拿枪……

基督问你是否会在，你是否会在？何时何日再临无人知晓，你是否会在……

总统今日公布一项新立法提案……

为你，为我，为大家。每日清晨新鲜研磨，每一天都是新的……

一遍又一遍。我整日驱车，在乡村车道上飞驰，开下去，开下去，声波一浪浪漫过我。

越向南去，当地人越有人味儿。餐馆里不只供应咖啡、食物，还能收获各式评论、各种问题，有招呼，也有微笑。

这天晚上，我吃着炸鸡，绿甘蓝和玉米粉丸子。女招待笑脸相迎。食物固然淡然无味，但并非他们厨艺不精，问题出在我身上。

我彬彬有礼地向她点头。她会错意，过来给我续了杯咖啡。咖啡苦得恰到好处，不至入口无味。

“您的话，”她说，“要我说，一看就像个有体面工作的。到底是做什么的，说说可好？”这就是原话，一字不差。

“倒也无妨。”有东西在心中滋长，攫住了我，叫我自负满满，态度却不惹人讨厌，仿佛菲尔茨[1]，或是肥佬教授（不是杰瑞·刘易斯演的，是后来那胖子）。虽然按我这身高，还要胖上几磅才合适。“我是个人类学家，要去新奥尔良开会。那里有很多同行，大家开开会，谈谈事，套套近乎之类。”

“我就知道，”她说，“一看就知道，您一定是教授，牙医也有可能。”

女孩又笑了。我想，永远留在小镇里倒也不赖，无论早点晚餐都来这餐馆。有苦咖啡可喝，有她的笑容可看。日复一日，直到咖啡喝光，现金花完，时间耗尽。

我给她不少小费，继续向西南方去。

2.“都怪舌头”

新奥尔良市里，所有旅馆全部订完，市郊也住满了。名为爵士音乐节的热潮席卷而来，不留一间空房。在车里睡实在太热。扭下车窗后虽略可忍受，却又不够安全。新奥尔良是个真真切切的城市。我住过不少地方，能让我感受如此深刻的寥寥无几。可它并不友善，并不安全。

身上又臭又痒。我想洗澡，想睡觉，想让身周世界停止旋转。

我开过一间间廉价汽车旅馆，来到市中心，终于开进运河街万

1 W. C. 菲尔茨，美国喜剧演员，最著名的银幕形象是一个目空一切的憎恨人类者。

豪酒店停车场。我就知道，终点一定在此。至少，他们一定还有一间空房，订房凭证就在牛皮纸袋里。

“给我开间房。”我去前台找了个女接待。

她查也没查，就看着我说：“全满了，周二前没有空房。”

刮胡子、洗澡都无法再拖，睡眠也势在必行。大不了能怎么样？我想，她会说“抱歉，据记录您已经入住”不成？

“我订过房了，学校已经付款。我叫安德森。”

她点点头，往电脑里敲了几个字，问：“杰克逊？”我拿到房间钥匙，签过字。她指点我去电梯。

电梯边站了一名矮个子，梳马尾辫，面孔干练，脸色黝黑，下巴上满是白色胡茬儿。两人一起等电梯时，他清清喉咙，说：“好望市来的安德森？《人类学异端学刊》上，我们的文章是邻居。”只见他穿一身白T恤，上书“人类学家：边干边上当”[1]。

“是吗？”

“当然。在下康贝尔·拉科，来自英国诺伍德斯崔汉大学，就是前北克罗伊登理工学院。关于冰岛游灵和守护灵那篇论文是我写的。”

“幸会幸会，”我和他握手，“你说话倒不像伦敦人。”

“我是伯市人。”他说着，又解释道，“伯市就是伯明翰。以前开这种会没见过你来着。”

“的确，第一次来。”

“那跟着我就好，”他说，“你没问题的，包在我身上。记

---

1 数年前英美流行的T恤款式，所印文字多关于某一职业，也与性有关，比如“炮手：专职打飞机”之类。根据作者解释，文中此句字面意指本地原住民常对造访的人类学家撒谎。

得第一次开会我吓得屁都不敢放，从头愣到尾。一会儿我们到二楼夹层拿点东西，打扮干净点。我过来时，飞机上有上百个小崽子，老天做证一字不假。真是此起彼伏，有尖叫的，有拉屎的，有狂吐的。一起开号的从没少于个位数。”

我们在夹层下电梯，拿了证件和日程表。“可别忘了报名参加幽灵之旅[1]，”桌后那位女接待员说，“每天晚上都有，新奥尔良经典幽灵之旅，一次限十五人，报名得趁早。”

洗完澡，我在洗脸池里搓完衣服，挂在浴室里晾干。

我一丝不挂地坐在床上，翻看安德森装在手提箱里的论文。看来是打算用于会场报告的。我一目十行，内容全没过脑。

第五页背后空白处，有一行挤挤挨挨的草书。好在上面的内容大半可以看懂：“不必以心之碎片为代价就可与人上床，世界才可称完美。每个灿烂的吻，每次肌肤相亲，都需付出一片心，永远失去，再难寻回。

“最后，你再也无力独自行走（行动？出走？）。”

衣服干得差不多了。我穿戴整齐，下到公用酒吧里去。康贝尔已经来了。他手拿金汤尼酒，边上还放着一杯。

只见他拿出一份日程表，他想听的演讲和报告会已经圈妥。（“排除大法第一条：除非你自己做演讲，上午那些会都见鬼去吧。”他解释道。）只见我那场报告也被圈中。

“论文报告会，以前可没做过。”我说。

“小菜一碟，杰克逊。小菜一碟，可知道我怎么搞？”

---

1 不少欧美城市均有类似市内徒步观光活动，主题不一，如伦敦的“开膛手杰克徒步探奇”等活动。参与者往往在指定地点集合，由组织者带领前往与主题相关的一系列地点，沿途有导游负责讲解，并用或诡异或欢快的语气及道具制造气氛。

“不知道。”

“只管站起来照本宣读，然后大家提问，顺嘴胡说就好。”他教训道，“扯得灵活点，别太被动。再好也没有了。就乱喷。屁事没有。”

“我太老实，不会瞎扯。”

“那就点头，赞他们问得好，说你读这篇是精简版，论文全文里说得很清楚。要是真有哪个二百五抓住漏洞穷追不放，你就假装生气，告诉他科学讲求实事求是，不要受社会思潮左右。”

“管用吗？”

“还用说。几年以前，我就这么念过篇论文，研究的是波斯军队中的萨吉帮[1]先例。你看，印度人和穆斯林都能当强盗，印度教中迦梨信仰导致暴力都是后来的说法了。这种犯罪形式可能起源于早先的摩尼教秘密结社——”

“还在胡说八道呢？”来人是位女士，高挑苍白，一头浓密白发，一身波希米亚装束明显是刻意搭配，样子咄咄逼人。天这么热，穿成这样实属多余。我不禁遐想她骑在自行车上的壮景——一定是辆前面挂有编织车筐的老车。

“胡说八道？我写了整整一本书呢。”英国人说，“我说，谁想跟我去法国区转转？我倒要看看新奥尔良有什么美味。”

“别算我。”女士板着脸，“这位朋友是……？”

“杰克逊·安德森，好望市学院。”

“写那篇论文的？卖咖啡的小女孩？”她笑了，“日程表上有。相当有趣。我们又和佐拉扯上啦？”

1 萨吉帮，印度一个屠杀旅者、抢夺钱财的松散组织集合，可作为谋财害命的犯罪行为的代称。

“还有《了不起的盖茨比》[1]。”我说。

“赫斯顿认识菲茨杰拉德不成？”自行车女士说，“我孤陋寡闻了。那时候纽约文学圈是够小的，对佐拉这种天才，种族之分倒也不在话下。”

英国人嗤之以鼻：“不在话下？大家勉强寒暄罢了。那女人后来穷死了，死前在佛罗里达当清洁工。人们都不知道她写过什么书，晓得她和菲茨杰拉德合写《了不起的盖茨比》的就更少了。玛格丽特，多么可悲！”

“后世自有公断。”高个女士说着，渐行渐远。

康贝尔盯着她。“长大以后我要像她一样。”他说。

“为什么？”

他盯着我：“对，就是这刨根问底的劲儿。有人写畅销书，有人读畅销书，有人得奖凯旋，有人空手而归。可是最重要的是活出个人样来，对不对？做人成功，首先得像个活人。”

他在我胳膊上拍了拍。

“一起来吧。晚上我带你看种好玩的人类学现象，是网上看来的，鸟不拉屎的肯塔基八成看不到。平日里不给那些娘们一百块别想看她们露胸，在这儿给她们些便宜塑料珠子就成，脱得一个赛一个快。”

“珠子？真是国际硬通货。”

“操，还有篇论文说这个的。来来来。以前没吃过酒泡果冻吧，杰克逊？”

“没。”

---

1 此处“我”将菲茨杰拉德（《了不起的盖茨比》作者）的妻子佐尔达错记为佐拉，讲了傻话，后文两位学者也不懂装懂，假充门面。

"我也没。绝对恶心。去看看吧。"

我们付了酒钱。若没我提醒，他本不打算给小费。

"顺便，"我问，"说到菲茨杰拉德，他老婆叫什么来着？"

"佐尔达吗？她怎么了？"

"没事。"

佐尔达，佐拉。不管了。我们起身出门。

3. "处处照旧"

约莫午夜。我和英国人类学教授在波旁街泡吧。酒吧里有一对黑发女孩，他给她们点了酒。都是烈酒，这地方根本不卖酒泡果冻。女孩长得很像，可能是姐妹，一个系了根红发带，一个系了根白的。她们仿佛出自高更笔下。当然，若真如此，两人一定袒胸露乳，耳上也不会有鼠头形银耳坠。她们很爱笑。

我看见一群学术人从酒吧门口走过，还有个拿黑伞的导游。我指给康贝尔看。

红发带女孩挑起一边眉毛："那是鬼怪历史徒步团，主题是寻鬼。看见这些人，我就想跟他们说，这里来往都是鬼，住客都是死物，伙计，要寻还是寻活人去吧。"

"你是说，这些游客是活人？"另一个女孩假意面露忧色。

"刚来时倒还活着。"红发带女孩说完，两人捧腹大笑。

她们真爱笑。

无论康贝尔说什么，白发带女孩都要笑他。"你再说'操'。"她这么一说，教授又重复一遍。"超！超！"女孩模仿英音道。教授耐心纠正说是“操”不是“超”，她听不出区别，又要笑半天。

两三杯酒下肚，康贝尔和女孩手拉手向酒吧深处走去。那里已经聚了不少人，黑暗里飘出乐声来。人们说不好是在跳舞，还是在彼此身上磨蹭。

我原地没动，红发带女孩陪着我。

她说：“你也是唱片公司的吗？”

我点点头。康贝尔说我们是做唱片的。刚才两个女孩去洗手间时他解释过：“我就不爱讲我是学术圈的。”这种心情完全可以理解。最后他把自己包装成慧眼发现绿洲乐队的伯乐。

“你呢？平时做什么？”

她答道：“我是萨泰里阿教牧师。我的话，天生就是这块料。爸爸是巴西人，妈咪一半爱尔兰血统，一半是切诺基印第安人。在巴西，随便什么人都一起睡觉，生出一堆棕色小宝宝，个个棒得没法说。大家都有黑奴祖先，大家都有印第安血统。爸爸祖上还有日本人呢。他兄弟，也就是我叔叔，样子就像日本人。爸爸倒是除了长得帅没什么特点。大家都觉得萨泰里阿天赋是爸爸传给我的，其实是姥姥。她是切诺基人，不过我看过老照片，觉得她大概也是混血。我三岁就能和死人说话。后来，五岁的时候，我在街上看见一只黑狗跟在人身后，有哈雷摩托那么大。别人都看不到。我告诉妈妈，她跟姥姥一说，两人都觉得我必须了解更多，学习更多。虽然我还小，也能找到导师。

“我从来不怕死人。知道吗？他们不伤人。镇上好多东西对你有害，死人是例外。伤你的都是活人。活人才叫厉害。”

我耸耸肩。

“这里，大家跟谁都上床。你知道吧，我们做爱不止，唯有如此，才能证明大家还在这世上生存。”

不知她是不是在给我亮绿灯。看来不大像。

她问：“饿吗？”

我说有一点。

她又说：“我知道附近有家店，浓汤做得顶呱呱，整个新奥尔良都没的比。走吧。”

我说：“我听说在这里晚上最好不要独自出去。”

“没错。”她说，“可我也一起去嘛。有我在，你没问题。”

马路上，不少女大学生对阳台上的看客突然掀开上衣。每次看到她们露点，上边就一阵欢呼，扔下些塑料珠子来。早些时候红发带女孩自我介绍过，可现在我实在想不起她叫什么。

“以前只有盛宴狂欢节时才有人出来丢人，”她说，“现在来旅游的都惦记这回事。你看，脱的看的都是来旅游的，本地人才不在乎。对了，想上厕所的话跟我说。”

“好。为什么特地说？”

“被抢钱的游客里，大部分都是去小巷里解手时出事的。突然眼前就黑了，一小时后才在海盗巷醒过来，头昏脑涨，钱包也没了。”

“我一定记着。”

我们走过一条小巷，她指给我看。只见里面雾蒙蒙一片，仿佛废墟。“这种地方千万别去。”

最后我们进的还是酒吧，不过这家有餐桌，吧台上还挂了电视。电视开了静音，放的是带字幕的“今夜秀场”。信号不好，字幕经常模糊成一串乱码数字。我们一人点了碗浓汤。

我还以为新奥尔良顶呱呱的浓汤有多妙，其实吃在嘴里淡然无味。不过，我还是一勺勺喝到汤盆见底。我心里明白，饭是不得不吃的，今天一整天我一口饭也没吃上。

这时门口走进三个人来，一个猥猥琐琐，一个趾高气扬，一个踉踉跄跄。第一位戴着高帽，打扮好像殡仪人员——还是维多利亚时期的。只见他脸白得像鱼肚皮，长发纠结，多日未剪的胡须里夹杂银丝。第二人披着长摆黑外套，里面衬的也是黑衣，这一位是黑脸膛。最后一名，那腿脚不灵的，也不进来，就在门口候着，一张脸却有大半看不分明，也不知是黑是白。我见他肤色发灰，脏兮兮的，稀疏的头发垂在额前。这家伙叫我直起鸡皮疙瘩。

进门的两位径直朝我们过来。我突然有点害怕，觉得白人在这里也许是要倒霉的。可他们看都没看我一眼，一心都在红发带女孩身上。两人亲亲她的脸，竟然聊开了。他们说起老朋友，说起有间酒吧里谁把谁怎么着了。要我说，这两个男人正像《皮诺曹》里的狐狸和猫。

“你女朋友挺可爱的，她出什么事了？”女孩问黑脸膛。

男人笑了，样子却一点也不像开玩笑：“谁叫她把松鼠尾巴放在我家祖坟上。”

女孩撇撇嘴：“那你们最好还是分了吧。”

“我就这么跟她说的。”

我又偷眼去瞟门口那个吓人的家伙。这人脏得没法说，瘦得像个抽大麻的，嘴唇泛灰。他盯着地板，一动不动。真不知道这三人搅在一起搞什么名堂：狐狸，猫，还有一个鬼。

白脸人托起女孩的手亲了亲，对她深鞠一躬，又假模假式冲我一扬手。三人扬长而去。

“他们，是你朋友？”

“他们是坏人。”女孩说，“邪道上的，谁的朋友也不是。”

“门边那人怎么了？他病了？”

女孩犹豫半天，摇头道：“也不算。现在没法说，等你有准备了再告诉你。”

电视上，主持人杰伊·利诺正和一位瘦瘦的金发女郎谈天。“电影1/2可&没有，”乱糟糟的字幕显示道，“那你.3/4N见SS过这玩！具人吗？”杰伊从桌上拿起个小玩具，掀起小衣服，假装检查内部结构。字幕显示：（观众的笑声）。

女孩喝完汤，把勺子舔干净才放回碗里。她的舌尖非常、非常红：“好多小鬼都爱往新奥尔良跑，有的被安妮·赖斯[1]洗脑了，想来‘夜访吸血鬼’；有的在家受父母虐待；有的就因为无聊。这些小东西，跟下水道里住的流浪猫似的，都往这里跑。说来新奥尔良地下还真发现个新猫种，你可知道？”

“不知道。”

“屠夫”，字幕说。可杰伊还在笑，“今夜秀场”突然切换成汽车广告。

“他是街上的野孩子，只有晚上才找地方窝起来过夜。是个好孩子，从洛杉矶搭便车到这儿来的。就想一个人待着，抽点大麻，听大门乐队，研究混沌魔法，看阿莱斯特·克劳利全集。最好还能有人给他解决下生理需求，具体是谁倒无所谓。孩子眼睛明亮，扎着马尾巴。”

“等等，”我说，“那不是康贝尔吗？就在外头，刚走过去。”

“康贝尔？”

1 《夜访吸血鬼》作者。

“我朋友。”

“那个做唱片的？”女孩意味深长地笑了笑。她心里清楚，我想，她知道康贝尔骗人，她知道他是什么人。

我往桌上放了一张十美元和一张二十美元，与女孩一起走出去找他，可康贝尔不见了。

“还以为他和你姐姐一起呢。”我说。

“才不是。”她说，“我没姐姐，只有我，只有我。”

转过街角时，一群吵吵嚷嚷的观光客潮水般向我们涌来，每个人都是一朵拍碎在岸上的浪花。不过，来得快去得也快，很快大部队过去，只剩零星几人。一个十多岁的女孩在下水道边吐，边上站着个紧张兮兮的男孩子，一手拿着女孩的包，一手端着半杯烈酒。

红发带女孩也不见了。要是刚才问过名字就好了。我连一开始那家酒吧叫什么也忘了。

本来还打算今晚动身来着。走洲际高速去休斯敦，再转墨西哥。可是眼下实在太累，脑袋也喝得晕乎乎。最后我只有先回酒店房间，第二天一早仍在万豪醒来。昨晚那身衣服上满是腐臭，还掺着香水味。

我穿起T恤长裤，出门下楼，走进酒店附属纪念品店，买了几件新T恤，一条短裤。那位高个女士也在店里。她在我脑海中始终与自行车的想象密不可分。只见她买了些消食药片。

“你的报告会地点改了，”她说，“二十分钟之后，奥特朋厅。你最好先刷刷牙。这么当面直说有点尴尬吧？做朋友的也许不好意思提，安德森先生，我和你没什么交情，倒是无妨。”

我又买了一副旅行装牙具。东西越带越多，实在烦人。我觉得，诸多财物都该一件件摆脱。我要变成空气。我要一无所有。

我上楼刷牙，穿上爵士音乐节T恤。看来做报告这事无论如何必须完成。我命中难逃一劫，要和学术名流“开开会，谈谈事，套套近乎”。再说走人之前我想和康贝尔道个别，他一定在会场。于是，我带上稿子，来到奥特朋厅。厅里已经坐了十五个人。康贝尔没来。

真没什么好怕的。我打过招呼，低头去看第一页。

依旧是佐拉·妮尔·赫斯顿的引文：

> 传说有成人僵尸昼伏夜出，为害人间。亦有幼小女形，为主人所驱，趁黎明未亮之时叫卖小包咖啡。朝阳未出，街头黑暗之处可闻其呼。呼声皆道“有卖研磨咖啡”。除非唤之上前交易不能见其真容。如有唤，可见有矮小死物现其身形，拾门阶而上。

后面安德森还有几段引文，有的出自同期其他作者笔下，有的截自早年留下的海地老人访谈。连我也能看出，此人思维过度跳跃，结论之间毫无关联。异想天开之事被他冠以猜测假说之名，拼凑成桩桩确凿事实。

念到一半，名叫玛格丽特的自行车女士悄悄走进厅里，目不转睛地盯着我。她知道我不是安德森。她知道。可我只有佯装无事，继续朗读。真的，否则还能怎样?

文章念毕。我请观众提问。

有人问佐拉·妮尔·赫斯顿有什么研究背景，我说问得好，刚才我念这篇是精简版，论文全文里另有详述。

另一位丰满的矮个女士站起来，说所谓僵尸女孩根本是无稽之谈。僵尸药只能麻痹神经，使人陷入假死，关键还是心理作用。假死者主观相信自己已是死者中一员，自主意识已经消散。这位女士问道，四五岁大的孩子心智仍不健全，怎能坚信自身已死？她说，这不过是早先传说，和印度绳戏一样，毫无事实根据。

我觉得她句句在理，然而嘴上说道：您观点明确，意见中肯，可在下认为不经思考就简单采信实不足取，探寻真相才是人类学精神真髓所在。

听众热烈鼓掌。会后，有位留胡须的先生还来找我要论文复印本，说要推荐给他编的学刊。我想，这次到新奥尔良真是好事一桩。安德森的学术生涯并未因缺席会议而受累。

提问的丰满女士在门口等我。胸牌上说，她名叫莎奈儿·格蕾芙丽·金。“你的论文，我其实很喜欢，”她说，“不想让你误会，特地说一声。”

康贝尔连自己的报告会也没去。那晚之后他再没露面。

玛格丽特给我介绍了一位纽约来的朋友。她提起佐拉·妮尔·赫斯顿，说她曾参写《了不起的盖茨比》。那人点头称是，还说如今这已是学界常识了。我疑心玛格丽特已经报警，可她表面上友好极了。我有些紧张。要是没扔掉手机该多好。

时间还早，莎奈儿·格蕾芙丽·金女士和我在酒店吃了顿饭。一开始我就说：“莫谈学术。”她说好极，学术问题搬上饭桌实在没趣。于是我们聊摇滚乐队音乐会，聊延缓尸体腐烂的各种构想。后来她聊起自己的情人，说那女人比她大，是开餐馆的。再后来她和我一起回房间。她身上有婴儿粉味，有茉莉花香，赤裸的皮肤粘在我身上，冰冷而潮湿。

数小时过去，三个安全套只剩一个没开。我洗完澡出来，见她已经睡着，便爬回床上，躺在她身旁。安德森写在纸背上的话浮上心头。我摸到论文背面。虽有心再看一眼，但一位女郎正偎依身旁，散发着茉莉芬芳，浓浓睡意实在难以抵挡。

午夜过后，我从梦中醒来，黑暗中飘来女声低语。

她说："他到镇上来了。随身带着大门乐队磁带，克劳利的书，手抄混沌魔法网站列表，一切都完美得没法说。他还收了几个跟班，都是逃家的孩子。生理需求也不成问题，随时可以解决。阳光灿烂，世界美好。

"他越来越自负，自以为浑身本事，无所不能。他是老虎，不是小猫。就这样，他挖出某样东西据为己有。而这东西，对其虎视眈眈者另有其人。

"他觉得那玩意儿能保护他。傻孩子。出事那天晚上，他坐在杰克逊广场，和摆塔罗算命的闲聊，吹吉姆·莫里森，吹卡巴拉学派。有人拍他肩膀，他回头时，那人把药粉吹到他脸上。他一喘气，马上吸入不少。

"一剂药并没吸全，他反应过来，正待自救，却发现全身麻痹，已然无计可施。那粉里有河豚、蟾蜍皮、骨粉之类的东西。他吸的就是这些。

"他进了急诊室，医院的人并没采取多少措施。在他们看来，一只街头毒耗子实在无足轻重。隔日他重新开始动弹，两三天后才能说话。

"麻烦的事在后头。他上瘾了，没那药不行。他知道僵尸粉里藏着个大秘密，曾距他不过咫尺。有人说粉里掺了海洛因之类。真的，完全不必，他已经离不开它了。

"他们说这粉绝不外卖，但若他肯出力做事，就有药粉可拿。

他往嘴里抽，往鼻子里吸，往牙龈上抹，往嗓子里吞。有时候事情太恶心，别人都不爱做，他们就交给他。有时候他们羞辱他。他可以从阴沟里吃狗屎，可以杀人，他们说的他绝不反抗——只要不是去送死。他瘦得只剩一把骨头，为了僵尸粉赴汤蹈火也心甘情愿。

"真正的他缩在心灵一角，始终顽抗，不相信自身已成僵尸，坚持他还身在门槛之外。其实，很久之前，他已经与门外世界永远诀别。"

我伸手摸她。女郎肌肉结实，身材曼妙，体格娇柔，双乳仿佛高更所画。黑暗中，她将嘴凑到我唇边，温暖而柔软。

你这辈子碰见各种人，其中自有缘由。

4."人们应该知道我们是谁，也知道有我们存在"

醒来时我眼前几近全黑，屋里一片寂静。我打开灯，转头去看枕头。那儿也许有一条发带，或白或红，也许有枚银鼠耳钉。可着眼之处空空如也，仿佛昨夜床上除我之外再无他人。

我爬起来，拉开窗帘，向窗外望去，东方天际已经隐隐放亮。

我想，也许我要向南走下去，逃下去，继续假装我仍未死去。然而，现在我明白：一切都太迟了。生死之间有门扉相隔，可以从生入死，也可由死入生。

已经尽力了。

有人轻轻叩响酒店房门。我穿上出门时那身T恤长裤，光脚过去开门。

卖咖啡的小女孩在等我。

门外景物披着一层微光。均匀美丽的熹微之光。清冷的空气中有鸟声啁啾。我身在街边，街就修在山坡上，对面的建筑与其称为房子，不如说是窝棚。地面上低低地飘着薄雾。雾气盘旋，仿佛一场古老的黑白电影。不久雾就要散了。

女孩又高又瘦，看来不到六岁。她双眼充满白霭，可能是白内障，棕色皮肤已经褪成灰白。只见女孩小心翼翼地端着一只酒店用杯，一只小手持把，一只小手托碟。半杯泥浆色液体冒着热气。

我弓下身，接过杯子，品了一口。液体滚烫，味道极苦，我顿时睡意全无。

“谢谢。”我说。

不知什么地方，有人叫我。

女孩耐心等待。我喝完咖啡，将杯子放在地毯上，伸手碰了碰她肩头。

女孩抬起手，灰色小手指一一展开，握上我的手。她知道，我和她是在一起了。无论眼下向何处去，我都会与她同行。

脑海中浮出一句话来，不知在哪儿听谁说过。“没关系。新鲜研磨，每一天都是新的。”我告诉她。

卖咖啡的小女孩表情照旧，只点点头，好像是听到了。她不耐烦地在我胳膊上扯了一下，冰冷冰冷的小手握紧了。终于，我和她，两人并肩走进黎明雾霭中去。

（张秋早 译）

他人

“在此间，时间是不定的。”恶魔说。

第一眼看去，他就知道这是恶魔。毫无缘由，就是知道。同样，他也明白，所谓此间正是地狱。恶魔加地狱，毋庸置疑，绝对的标准答案。

房间很长，恶魔等在尽头，身旁的火盆烟雾缭绕。灰石墙面上挂了许多物件，近看绝不宜人，只有傻瓜才会细瞧。天花板很低，地板样子怪异，有些发虚。

“过来。”恶魔说。他依言照办。

只见恶魔骨瘦如柴，一丝不挂，身上有深陷的疤痕。很久很久之前，也许有人剥过它的皮。这东西没有耳朵，不男不女，双唇薄而严苛。眼睛么，就是恶魔的眼睛：它见识太广，远远凌驾常人，目光所到之处，他只觉自身渺小，不及蝇虫。

“怎么回事？”他问。

“现在，”恶魔语气中无悲恸，无喜乐，只是平板可怖的陈述，“我要折磨你。”

“要折磨多久呢？”

恶魔摇摇头，不予置评。它缓步踱到墙边，瞥了瞥第一件刑具，又转向第二件。墙那头有扇紧闭的门，门边挂着根九尾鞭，由糙铁丝结束而成。恶魔取下鞭子走回来，模样几近虔诚。它手上只有三指。只见这怪物把刑具放在火盆上，眼看它越发红热。

“这不人道。”

“是。”

鞭梢烧得透亮，变成橘红色，如死如魅。

恶魔抬臂，甩下第一鞭。它说：“以后你回想此刻，定会怀念其美妙。”

“骗人。”

“真的，”第二鞭落下前，恶魔解释道，“后面更糟。”

鞭身尖刺嗖地落在他背上。一声爆响。铁的荆棘扯破昂贵的男装，冲击着，燃烧着，撕扯着。他惨叫出声。这是开始，却远远未结束。

屋内共有二百一十一件刑具。他将一一细尝。

最后一件叫作“处女之子”。无数次亲密接触后，恶魔终于将它洗净，挂到墙上，列回二百一十一位。他翕动遍布血痕的双唇，喘息道：“接下来怎样？”

“接下来，”恶魔说，“才是真正的痛苦。”

此话不假。

所有错失，所有自欺，所有谎言，所有伤害，无论大小……一件件从他心中掘出，一尺一寸，一分一毫。已经忘了？不过是借口。恶魔扯去一切掩饰，只留赤裸真相。

真相伤人最深。

“告诉我，她出门时你感觉如何？”恶魔说。

“简直伤心至极。”

“不，”恶魔并无谴责之意，“你毫无感觉。”那双眼毫无情绪，却逼得他移开视线。

“那时我想，太好了，再也不用担心她发现我睡过她妹妹了。”

恶魔将他的人生细细拆开，时时刻刻，尴尬的一分一秒。百年过去，不，或许千年已逝。两人穷尽灰色房间中蕴藏的所有时间。最后，他发现恶魔所言非虚，相比之下，肉体苦痛果然不值一提。

他的一生终于拆分完毕。

然而甫一结束，一切又从头开始。再次开口时，他将自己看得更透，以至痛苦益增。

现在，他一张口说话，就唾弃自己。无法欺骗，无法逃避，除苦楚愤恨之外一无所有。

说着说着，他不再流泪。又一个千年过去，他终于说完一切，满心盼望恶魔能饶过他，去墙边拿剥皮刀，噎口梨，尖头钻……什么都好。

“再说一遍。”恶魔道。

他尖声惨叫，叫声久久回荡。

“再说一遍。”待他叫完，恶魔若无其事地说。

每次重述，都有崭新的发现，仿佛打开俄罗斯套娃。这一次，他发现凡事皆有其果。他发现，生平所为曾带来无穷恶果；不知不觉间曾犯下许多愚行。他发现，世界因他而痛苦，毫无交情甚至素昧平生的好人因他而受伤。这是艰难的一课。

千年过去，恶魔道：“再说一遍。”

他紧闭双眼，委顿于地，蜷在火盆边，身体轻轻摇晃。一生的故事再次开场。说话间，他仿佛再入人世，由生到死，人生历历而过。然而，一切都无法改变，一切都无可挽回，一切都无从逃避。他只能敞开心门。

又一次言毕，他瞑目静坐，只等那声音再催他开口。然而四周寂静。他睁开眼睛。

屋内已无他人。他缓缓站起身。

房间尽头，远远的有一扇门。他看见门开了。

一个男人踏进门来。只见他脸上交织着恐惧、狂妄与傲慢，一身名贵衣物。那人犹豫着走进屋里，随即止足不前。

一见这男人，他顿时心中透亮。

“在此间，时间是不定的。”他对后来者道。

（张秋早 译）

纪念与珍宝

咱是殿下足边狗，摇尾承欢在克佑[1]，

斗胆开口问阁下，不知您是谁家狗？

——《吾赠予殿下之犬所佩项圈上诗一首》

亚历山大·蒲柏

你尽可以叫我杂种。反正无论说法再怎么委婉，事实就是事实。他们“好心为她自己着想”，把我妈关了两年禁闭，结果却生出我来。那是1952年，姑娘家和附近的小伙子们出去疯上几夜，就被人给扣上“病态色情狂”的帽子。只要区区两个医生点头，“病人”就要禁闭起来，“既为她自己着想，也有益社会风气”。投赞成票的医生里，一个是我祖父，另一个是和他一起在伦敦开医务所的同事。

1 此处为音译，指代英国皇家植物园林邱园。——编注我知道祖父是谁。至于我老子，就是个在圣安德鲁收容所日了我妈的鸡巴蛋，不知在楼里，还是在院子地上。收容所，真是个好词！一听就觉着安全得不得了，能给你挡开大千世界里各种凄风苦雨，危情险象。那狗洞里他妈的根本不是这回事。七十年代末，那鬼地方拆迁时我去看过一眼。漫长幽暗的走廊，两边挤着蜂窝似的小房间，扑鼻尿骚里混杂着松香地板清洁剂味儿。如果向往地狱，就去圣安德鲁收容所吧，包您绝不失望。

病历上说我妈是个婊子，是人就能上，我却不以为然。那时候她给锁在屋里，想找她通鸡巴得有钥匙才行。

妈进收容所时才十七岁。我手头有张塞在钱包里的黑白相片，是她关禁闭前拍的。照片上，一辆摩根跑车停在乡间小道上，她就靠在车上，挺风骚地冲拍照的笑。我妈真是个漂亮妞儿。

大学前最后一个暑假里，我正十八岁，整个夏天都在搜寻四个嫌疑最大的准亲爹：两个精神科护士，禁闭病房医生，还有收容所所长。

我也搞不清自己究竟是谁的种，干脆把四个人全宰了。反正这些人都操过我妈。送他们上路前，我让他们说了实话。最妙的是所长。这老淫棍脸膛通红，留着两撇货真价实的八字胡。从那时到现在也有二十年了，我从没在别人脸上见过这种胡子。他的红黑斜纹领带成了绞刑道具。老浑蛋口吐白沫，脸膛青得好像活虾。

圣安德鲁附近还有不少人，都可能是我老子，不过杀过四人之后，事情就乏味起来。我安慰自己说，四大首要嫌犯已死，如果凡是干过我妈的都要干掉，一场屠杀在所难免。就这样，我罢手了。

我妈的病历上说，我被转送当地孤儿院抚养。我一出生，他们就给我妈做了绝育手术。我的问世是场恶心的意外，再来一次可多扫兴。

妈自杀那年我十岁。1964年，我玩着板栗比赛，称霸小糖果店时，她坐在病房的油毡地上，用鬼知道哪儿搞来的碎玻璃划破了手腕。妈连手指也划破了，不过总算没出大纰漏。第二天早上人们发现她倒在屋里，猩红黏湿，冷了，死了。

两年后，爱丽丝先生的人找上我。孤儿院里，副院长一直拿我们这些小崽子当后宫，想调教出一群俯首帖耳的性奴。乖乖听话的，屁眼开花之余，还能拿一根邦帝巧克力棒；要是拒不从命，就有几天小黑屋可待，不光屁眼开花，还要给他揍成脑震荡。我们都叫他老鼻屎——只要他以为我们都没看他，就会自个挖鼻屎。

老鼻屎死在自家车库里。那辆小莫里斯车车门紧锁，有根鲜绿色橡胶软管一头套着排气管，一头伸进车前窗。验尸官宣布他死于自杀时，七十五个小男孩都松了一口气。

不过老鼻屎以前卖过爱丽丝先生一点面子，帮他把几个喜欢搞小孩的警察头头和外国政客伺候得舒舒服服。因此先生顺手派了几个探子，以求万事尽在掌握。后来，这些人发现唯一嫌犯是个十二岁毛孩子，差点没笑到尿裤子。

爱丽丝先生兴趣盎然，又派人来找我。那时候他比现在活跃多了。我琢磨着，当初他曾暗自盼望我是个漂亮孩子，结果不免又失望又失落。那时我已经是现在这副尊容：瘦骨伶仃，侧面看去像把利斧，天生一对招风耳，好像谁忘了关车门似的。而我呢，也只记得他是个大块头。准确地说，是个庞然大物。我想那时候爱丽丝先生还挺年轻的。不过，当年的我并不这么想。只要是大人，当然就是敌人。

我放了学，正在往家走，就给一群狗腿子捉了去。一开始我吓得不清，不过那群弱智倒也不像什么正人君子。要知道，那时我已经躲条子躲了四年了，就算百米开外有便衣也能认出来。他们来到埃奇韦尔路，把我扔进一间空荡荡、灰扑扑的办公室里。

时值冬季，外面差不多全黑了，屋里光线暗淡，只有一盏小台灯在桌上投下昏黄的光圈。桌后坐了个大家伙，正在一份传真末尾飞快地写东西。完事以后，他抬头看着我，从头打量到脚。

“要烟吗？”

他见我点头，马上递过一盒软包彼得烟来。我取了烟，他又掏出打火机给我点上。打火机是金黑两色的。“你杀了罗尼·帕莫斯顿。”他告诉我。这是个陈述句，绝无疑义。

我一言不发。

“嗯？不打算说几句吗？”

“没什么好说的。”我说。

“我听说他坐在副驾驶座上，这才起了疑。这人要是想自杀，就绝不会死在副座上。他得坐驾驶座。要我猜，是你灌过他药酒，把他弄进车里的。一定费了不少劲吧？罗尼块头可不小——好了，药酒加小车，戏码都齐了。你开车带他回家，停进车库里，这时候他已经睡死了，你就折腾出一场‘自杀’来。我说，开车时就不怕别人看见吗？你才十二岁。”

“天黑得早，”我说，“我又走了小路。”

他咯咯发笑，又问了几个问题，学校怎么样啦，家里怎么样啦，我喜欢什么啦……诸如此类。然后，那群手下又把我送回孤儿院去。

没过一周，杰克逊夫妇领养了我。男的是个国际商法学者，女的是防身术专家。我想，因为爱丽丝先生让他们合力供养我，这对素昧平生的好人儿才走到了一起。

不知道那天晚上先生在我身上瞧出什么端倪，我想一定是某种潜质。他觉得，我会是忠心耿耿的手下。我没让他失望。一点儿也没错，我的灵与肉都属于爱丽丝先生。

当然，他不叫爱丽丝。不过即使我写出先生本名也无所谓。你绝对闻所未闻。爱丽丝先生足以跻身世界十大首富之列。我跟你说，其他九个你照样闻所未闻。各种世界巨富榜里都没有他们，这些大佬才不像你们的比尔·盖茨，文莱苏丹之流。我说的，是货真价实的财富。之所以你在电视报纸上看不见半个关于先生的字，都是有专人打点的。这些人的报酬比你一辈子看见的钱全加起来还多。

爱丽丝先生的占有欲极强。我说过了，我就是他的一份私产。他是我不曾拥有的父亲。正是他帮我搞来母亲的病历，挖到准亲爹的消息。

毕业时我送给自己一份大礼：我去见了祖父。（顺便一提，我拿的是商学与国际法双学位，都是一等。）之前我一直忍着，等着，始终以这件事为动力，努力向学。

祖父还有一年就要退休了。他穿斜纹软呢夹克，脸似利斧。时值1978年，有些医生还会做家庭门诊。我尾随他来到伦敦梅达谷，走进一座高楼。他向病患展示过医学智慧，刚出门就被我迎面拦下。他手上提溜着一只黑包。

“嗨，外公呀。”我不想假冒他人——长着这张脸，装也没用。再过四十年，我就是他，两张一个模子刻出来的丑脸。不同的是他头发稀疏，已转为棕灰，我却一头鼠皮色褐发，又厚又多。他问我想要怎样。

“当年把妈妈关起来那事，可是有点不厚道的，你说呢？”我对他说。

他发表了一些意见，大意是让我滚。

“我刚大学毕业。”我说，“你要为我骄傲才对。”

他说他知道我是什么东西，还让我最好马上消失，否则他要叫警察赏我牢饭吃。

我一刀捅进他左眼，刺进大脑。他奄奄一息时，我拿了他的小牛皮钱包，既为了伪装成抢劫案，其实也是要留个纪念。妈的照片就是从钱包里翻出来的。二十五年前的她微笑着，冲镜头直献媚。也不知那辆摩根是谁的。

我让路人帮我把钱包当了，押期满后再亲自去当铺赎回。干净利落，不留痕迹。很多聪明人都因为留纪念倒过霉。有时我会琢磨，已经和祖父一起上西天的那四人里究竟有没有我亲生父亲。不过，就算真问，我也不指望老家伙能吐露实情。话说回来，这也不算什么要紧事，是吧？

那之后，我开始全职效忠爱丽丝先生，在斯里兰卡一带管了几年事，又打着旅游中介商的招牌去波哥达做了一年进出口生意。后来，我一有机会就回派到伦敦，过去十五年一直负责出问题时去平事，要么就是把棘手业务理顺。平事的，嘿，倒是个肥差。

我也说了，想杳然公众视听之外是要花大钱的。这样才能保证你不会踩到“默多克低声下气，众商行架子端高”之类的媒体狗屎。爱丽丝先生带摄影师参观华丽新豪宅？华丽的彩页杂志上绝不会有此类报道。

除了生意，爱丽丝先生另一大嗜好就是性爱。眼下，为了这后一种爱好，我正站在伯爵宫地铁站外，雨披内袋里揣着价值四千万美元的蓝钻白钻。其实，爱丽丝先生只喜欢上漂亮男孩。不过别误会，别把先生想成个娘炮，他是个正正经经的大男人——不过恰巧爱操其他大男人罢了。我得说，世界就是个大杂烩，什么都得来一点。各人取其所需，就像在饭馆里吃饭，菜单人手一份，点餐各不相同。人各有所好[1]，方能各自尽兴。

几年前，正是七月，记得我站在伯爵宫路上，等在伯爵宫前，盯着伯爵府地铁站标志。为什么地名叫"宫"，地铁站却叫"府"呢？人行道上有不少瘾君子、醉汉。我瞟着他们，一边等先生的捷豹车。

我半点也不担心内袋里那些宝贝。怎么看本人也不像值得贼大爷出手的肥羊。再说我也懂得自卫。就这样，我看看嗑药的，瞧瞧醉鬼，琢磨伯爵府地铁站前这片人行道为何特别招他们喜爱。我猜先生的车一定因为修路堵在肯辛顿大街了。

我想，嗑药的还比较好理解：他们在等货。不过灌黄汤的他妈来这儿干吗？又不会有人用棕纸袋包好一品脱酒精或者健力士，来地铁站偷偷塞给你。石子硌着屁股难受，背靠硬墙也不舒服。今天天气如此美好，若我是个酒徒，嗯，一定早往公园去了。

不远处有个二十岁上下的巴基斯坦小伙子，正往玻璃电话亭里贴招妓广告："魅力卷发，男女通吃""金发护士，如假包换""巨乳高校生""美女教师调教少男"……发现我在看时，小伙子瞪了我一眼。他贴完这边，又向下一个电话亭走去。

这时，爱丽丝先生的车停在路边，我马上钻进后座。这车不错，有些年头了。高级是高级，回头率倒也不至太高。

1 原文为法语。

司机和爱丽丝先生在前面，后排却已经坐了个矮胖子。这人剃着平头，穿一身大花格子西装。我一看他就想起五十年代老片里那些衰气十足的绿帽党，往往女方会在最后一卷胶带里甩了他，投入洛克·赫德森的怀抱。我点点头，他却直通通地伸出右手。然后，见我假意略一分神，他才把手收回去。

爱丽丝先生没介绍我们认识。我无所谓：这家伙是谁我清楚得很。其实盯上他、钓他上钩的人就是在下。鱼儿自己还完全蒙在鼓里。他是北卡罗来纳大学的古代语教授，自以为目前正受命于美国国务院，前来助英国情报局一臂之力。这些都是美利坚合众国国务院内部人员亲口面授的。教授听话地对教授夫人说，他此行是来伦敦参加希泰语研究会议，要做报告。话说回来，所谓研究会议倒确有其事——全是我一手操办的。

“你他妈为什么坐地铁？”爱丽丝先生说，“又不用省钱。”

“坐地铁的站在街边等了二十分钟开小车的，还以为你肯定明白我‘为什么坐地铁’来着。”我不是那种直接扑上去摇尾巴的狗，爱丽丝先生也挺欣赏我这把狗骨头，“四百年来伦敦中心区日间平均交通流速毫无改善，还在10英里/小时以下。只要有地铁，我就坐地铁，谢谢。”

“在伦敦你不开车吗？”格子西服说。老天保佑，美利坚学术圈着装美学千万莫要荼毒英伦。我们不妨称他为麦克劳德教授。

“路上没车时例外。”我跟他说，“午夜之后不错，我喜欢半夜开车。”

爱丽丝先生摇下车窗，点了支小雪茄。我见他两手不住发颤，大约心中正满怀期待。

我们从伯爵宫一带开过，穿过好街区，穿过坏街区，途经无数高耸的红砖房旅馆，间杂无数更为俗不可耐的家庭旅店和床位旅社。伯爵宫区仿佛一位随处可见的英国老太太：平时体面得让人难过，干干净净，小心谨慎，可是一旦几杯酒落肚，她就一跃上桌，大扭特扭，给声音所及之处所有听众广播其风流往事。故事里，她还是当年那位天生尤物，不在澳大利亚就在肯尼亚，或者其他鸟地方，专门为几张票子舔鸡巴。

这么一说倒显得我挺喜欢这儿似的。说实话，一点也不。伯爵宫这地界，事儿都不长久。物改改换换，人来来往往，太他娘的快了。我倒没什么文艺情怀，只是个人认为：随便什么时候，泰晤士南岸和伦敦东区都要上等得多。东区就挺合适的：好事坏事都由此开场。那是伦敦的鸡巴，伦敦的屁眼——反正鸡巴屁眼总长在一块儿。而伯爵宫则是伦敦的……妈的，我也不知道。人身上没什么部件像它。人体修辞学完全对付不了伯爵宫。我想，伦敦是个变态。太多小村小镇挤在一起，成了大城市，却永远铭记旧时边界。伦敦集多重人格于一身。

轿车开进一条平平无奇的小路，停在一座高高的平顶大屋前。以前这儿可能是个旅馆。只见几扇窗户用木板封了起来。“是这屋子。”司机说。

“没错。”爱丽丝先生肯定道。

司机绕到另一边给先生开门，麦克劳德教授和我则自己走出来。我左右看了几眼，还好，没什么可疑的。

我上前敲过门，大家一起等着。我点点头，冲猫眼微笑。爱丽丝先生则满脸通红，双手交握挡在裆前，这才不至出丑。猴急的老淫棍。

这地方我以前来过。司机，教授，大家都来过，不过除了爱丽丝先生谁都不敢放肆。

照我看，爱这东西，有人需要，有人无所谓。结合各方面看，爱丽丝先生是比较无所谓的。我自己也一样。等你见多了，就知道谁归哪边了。

爱丽丝先生顶多算个美色鉴赏家。

门里一声闷响，有人抽掉了门闩。来开门的是个老太婆，生了一副古人云“面目可憎，视之胆寒”的尊容。她穿着件口袋似的袍子，脸上布满皱纹，肌肉松弛。我他妈跟你说：有种肉桂面包，大家都说卖相跟特蕾莎修女一样，见没见过？这老太就像个肉桂卷。一张肉桂脸上，赫然瞪着两只小葡萄干眼睛。

老太婆开口了，我听不出她说的是什么话。麦克劳德教授磕磕巴巴地回了几句。那女人狐疑地盯着门外三人，随即使了个眼色叫我们进去，又在众人身后重重甩上门。我合上一只眼，然后干脆两眼全闭，努力适应屋内暗淡的光线。

若单闻这气味，一定会以为屋里塞满了受潮的香料。这笔生意从头到尾都叫我不爽。有奇怪的外国人搅在里面。这帮家伙真搞起他们那些鬼名堂来，真让我直起鸡皮疙瘩。带我们进来的老鬼婆就挺瘆人。现在，我已经把她定位成修道院院长嬷嬷。大家走上层层楼梯，只见一个个黑袍女人，从门拱下窥出来，从走廊里看过来。地毯磨得厉害，鞋钉钩住毛边又拉起来，发出橐橐的声音。墙上大块大块的石膏剥落下来，垂在空中，仿佛不祥的警告。我心里直打鼓，爱丽丝先生不该来这种毫无安全保障的鬼地方。

我们在屋中前进，行动间，四周出现更多如鬼如魅的身形，纷纷默然注视。肉桂脸老鬼婆一路都在跟麦克劳德教授讲话，一会儿说几句，一会儿又几句。教授一边气喘吁吁地爬楼梯，一边尽其所能回话。

“她想知道你们带没带钻石来。”他一边喘一边说。

“告诉她，一手交钱，一手交货。”爱丽丝先生的呼吸倒很均匀。他说话间有一丝若有若无的颤抖，那也是因为被吊足了胃口。

就我个人所知，过去二十年间那些著名少年影星里，有一半都给爱丽丝先生操过，他干过的男模更是比你见过的都多。五大洲最漂亮的男孩尽归他所有。当然他们都不知道插自己屁眼的人是谁。爱丽丝先生给了他们相当丰厚的抚慰金。

屋子最高处有一段没铺地毯的木楼梯，楼梯尽头就是阁楼。只见阁楼入口两侧站着一对大块头黑袍女人，活像两截树桩。不管哪个看起来都能与相扑好手一较高下。不骗你，她们手里还各拿一把货真价实的半月弯刀：女人们守护着的，是沙黑奈[1]的珍宝。两人身上散发着老马似的臭气，借着昏光也不难看出，她们的黑袍破旧不堪，污迹斑斑。

老嬷嬷走上前去。那情形仿佛小松鼠抬头盯着两只斗牛犬。我打量她们漠然的脸，琢磨这些家伙究竟是何方神圣。萨摩亚，蒙古？有可能。也可能是土耳其、印度或者伊朗哪个变态农庄里跑出来的。

老鬼婆只说了一个词，两个壮妇就退了下去，让出门来。我伸手一推。门没上锁，应手而开。为安全起见，我往里看了看，又走进去扫视一周，这才示意先生进来。这样，我成了这一代中第一个直视沙黑奈之宝的人。

他跪在一张行军床边，头颅低垂。

1 作者虚构的民族。

沙黑奈族是传奇的民族。说传奇，是因为我以前从没听说过沙黑奈人，别人好像也一无所知。我开始搜索行动时，即使对沙黑奈略有耳闻的人也不能相信他们确实存在。

我手下有条狗，是名俄国学者。他递过来一份报告，说："亲爱的朋友，你说的这族人，只有几个地方提过：希罗多德写过几行字，《一千零一夜》里有首诗，《萨拉戈萨手稿》里也有段话。除了这些就没有存在证明了。在我们看来，这些消息来源都不足采信。"

可是小道消息传到爱丽丝先生耳朵里，吊起了他的胃口。我敢他妈的打包票，爱丽丝先生想要什么，就能搞到什么。眼下，沙黑奈之宝就在面前，先生高兴得脸都快笑裂了。

少年站起来。床下露出半只夜壶，壶底有些颜色鲜黄的尿。他身穿白色棉袍，利落干净，足蹬一双蓝色丝织拖鞋。

屋里太热了。阁楼两侧，两个嘶嘶作响的煤气取暖器烧得正旺。少年完全与热度绝缘一般，麦克劳德教授却早已汗如雨下。

这白袍少年十七八岁。传说有言，他是世界上最美的男人。个人认为此言绝对非虚。

爱丽丝先生走到他身边，像农民赶集买牲口似的验起货来，掰开嘴看看，试试货色，查过眼睛和耳朵，再拿起手检查手指和指甲。最后，先生例行公事地掀起袍子，看了看男孩未经割礼的阴茎，又拉他转身检查肛门。

从头到尾，少年眼睛发亮，一嘴白牙熠熠生光，满脸欢喜。

终于，爱丽丝先生把男孩拉到身前，在他唇上烙下一吻，动作轻缓温存。他直起身时舔了舔嘴，又点点头，转向麦克罗德："跟她说，这孩子我要了。"

麦克罗德教授对老嬷嬷说了几句，欢快的笑纹在肉桂脸上荡漾开来。她伸出手。

“她想现在收钱。”麦克罗德解释道。

我缓缓伸手摸进内袋里，掏出一个黑天鹅绒小袋。接着又是一个。两袋各装有五十颗四、五级钻石，浑然无瑕，切割完美，没有一颗少于五克拉。我把两袋一齐递给老鬼婆。大部分钻石都是九十年代中期从俄罗斯贱价收购的。一百颗总共价值四千万美元。老太太往掌心里倒了几颗，伸手拨拉几下，又放回袋里。她点点头。

袋子消失在黑袍里。女人走到楼梯上，站在最高处，用她们那诡异的语言大声喊了几句话。

我们脚下，整个大屋里爆发出一阵哀号，仿佛女妖群集，尖声哭叫。我们走下楼，穿过这片阴森迷宫。白袍少年走在最前面。号哭声始终未断。老实说，这一阵哭让我寒毛倒竖，房子里那混着香料气息的潮湿腐臭更是让人欲呕。操，老外真他妈讨厌。

虽然七月里骄阳似火，老鬼婆还是给少年披了好几条毯子才放我们出门，生怕他染上风寒。我们把他连人带毯子塞进车里。

我让他们捎我到地铁站，然后自己去坐地铁。

第二天是周三，我整天都在收拾莫斯科那边的烂摊子。做事要别人擦屁股的蠢货太多了。老天保佑我不用亲自过去就能摆平：俄国菜总让我便秘。

年纪越来越大，我越来越不爱出门。话说打一开始我也没多喜欢旅行。不过，如果有需要，我还是尽量亲力亲为。还记得有一次爱丽丝先生说恐怕麦斯维尔不能再用了，我对他说，放心，这个人我正关照着，多一个字儿也不用说了。麦斯维尔就是个贱人，一条小鱼，态度很烂，嘴却极大。

那件事儿办得叫我自己满意极了。

周三晚上我已经绷得像张拉满弦的弓，干脆打了个电话。他们把詹妮送到我碉堡区的公寓来，这才让我心情有所好转。她是个好姑娘，言行一丝不苟，一点也不像个婊子。

那天晚上，我对她很温柔，事后又塞给她二十英镑。

“你不用给钱的，”她说，“都安排好了。”

“给自己买点变态玩意儿去，”我告诉她，“这些钱都不正常。”我揉弄着她的秀发，姑娘笑得像个乖学生。

周四晚上爱丽丝先生的秘书来电话，说一切都很不错，该付麦克劳德教授工钱了。

我们安排他住在萨伏伊酒店。现在，大部分人会坐地铁去查令十字街，或者在堤畔站下，沿着泰晤士河踱过去。可我宁愿在滑铁卢站下地铁，向北走过滑铁卢桥。虽然要多花几分钟，但风光无与伦比。

小时候，同屋有个孩子告诉我，如果你在泰晤士河上找座桥，屏住呼吸走到桥中间再许个愿，无论什么都能梦想成真。我从来也没什么愿可许，于是只当这是闭气练习。

我在滑铁卢桥尽头找了个电话亭（“巨乳高校生急需调教”“捆着我，绑着我，金发美眉就是我”），拨通了麦克劳德教授的房间电话，让他来桥上见我。

教授穿了件新格子西服，比周二那身更花哨。他给我一个牛皮纸袋，里面是一摞打印文稿。他自个儿做了份沙黑奈语—英语对照句式表。“你饿吗？”“现在要洗澡了。”“张嘴。”诸如此类，都是爱丽丝先生与少年交流时可能用到的。

我把纸袋放进雨衣内袋里。

“想看看风景吗？”我问。麦克劳德教授赞同道，游览城市时有本地人导游再好不过。

“从文献学角度看，这次的工作有点诡异，不过从纯语言学角度看却很有意思。”我们一起沿河岸漫步时，麦克劳德说，“亚拉姆语和芬兰乌戈尔语都与沙黑奈语有共通之处。如果耶稣曾致信爱沙尼亚人的先祖，他用的就该是沙黑奈语。这种语言几乎没掺入任何外来语，我有个假说：沙黑奈人当年一定紧急迁徙过好几次，在每个地方都待不长。我的工钱你带了吧？”

我点点头，从夹克口袋里拿出破旧的小牛皮钱包，抽出一张颜色鲜艳的卡片。“给。”

黑修士桥就在前方。

“是真玩意儿吗？”

“当然了，纽约州彩票。你来英国时在机场突发奇想买的。周六就要开号了。这周结果应该不错，现在这张至少能值两千万。”

教授拿过彩票，放进自己钱包里。那钱包黑黢黢，亮闪闪，上面凸着些塑料装饰。他把钱包放进西服内袋，手却总下意识地摸回去，生怕彩票不翼而飞。要是来上个把小贼，这种自个儿告诉别人“贵重物品在此”的家伙显然是最佳肥羊。

“得喝几杯庆祝才是。”他说。我说，是啊，不过今天这种风和日丽的好日子去酒吧窝着不免可惜。于是，我们走进一家路边店。我给他买了一瓶红牌伏特加，一盒橙汁，又拿了个塑料杯，自己则要了几听健力士。

我们坐在木凳上，远眺泰晤士河南岸。教授又开口道：“你看，沙黑奈族男人很少。每代人里大概只有一两个。他们是沙黑奈人举族之宝。女人守护着男人，养育他们，保证他们平安长大。

“据说亚历山大大帝，罗马皇帝台比留，还有至少两任教皇都曾从沙黑奈族购买男宠。据说凯瑟琳大帝也有个沙黑奈情人，我想这恐怕只是谣传而已。”

我说这简直跟讲故事似的。“我是说，你看，这族人唯一的财富就是本族男色。每过百年，女人就卖掉一个男人，赚来大笔钞票，足够他们全族度过下个百年。”我猛灌一口健力士，“你说，沙黑奈全族是不是都在那屋里？”

“我想可能性不大。”

他往塑料杯里倒了点伏特加，又掺了些橙汁，向我举杯道：“那个爱丽丝先生一定很有钱吧。”

“他混得不错。”

“我对男人没兴趣。”麦克劳德说，他额上汗珠密布，却还不知道自己醉得多厉害，“不过要操那孩子也不在话下。我这辈子都没见过比他漂亮的东西。”

“我觉得他是还行吧。”

“你不想操他么？”

“我不好他那型的。”我说。

一辆黑出租车从我们身后开过，后座并没乘客，“空车”标志却是暗的。

“那你喜欢哪型的？”麦克劳德教授问。

“幼女不错。”

他吞了口唾沫：“多大算幼女？”

“九岁或十岁吧。十一二也还行。真长出奶头和耻毛以后我就兴奋不起来了。就是不对胃口。”

麦克劳德难以置信地死盯着我，好一阵子一言不发。要是我说我喜欢操死狗，估计他最多也就这反应了。他把伏特加喝了个底朝天。“要知道，”他说，“在我们那儿，这种事是违法的。”

“嗯，在这儿他们倒不太管。”

“我想我该回酒店了。”他说。

角落里转出辆黑色出租。这次，“空车”灯是亮的。我伸手叫了车，把麦克劳德教授扶进后座。这是我们的特别出租服务，从来只见活人进去，不见活人出来。

“去萨伏伊酒店。”我对司机说。

“好啊，老板。”司机说着，把麦克劳德教授带走了。

爱丽丝先生对沙黑奈少年关怀备至。我每次去开会或者做报告，都见他坐在先生脚边，先生则无时不在爱抚拨弄他那黝黑黝黑的柔发。可以看出，他们彼此迷恋。的确挺感人的。不得不承认，就连我这种没心没肺的浑蛋，也被他们打动了。

有时候，半夜里，我会梦见沙黑奈女人——那些如鬼魅、如蝙蝠的老鬼婆。她们扑扇着翅膀，栖息在古老腐朽的大房子里。这栋房子是圣安德鲁收容所，也是整个人类历史。有些鬼婆手中提着男人，扑着，飞着，男子们个个灿若阳光。他们的面孔美丽绝伦，直叫人不敢直视。

我恨这种梦，做上一个，第二天就废了。真的，半个字不假。

世上最美的少年，沙黑奈的珍宝。他陪先生过了八个月，然后得了流感。

病人体温高达四十一摄氏度，肺部充满积液，身在陆上却状如溺水。爱丽丝先生找来全世界最好的医生，但少年的生命扑闪几下，如风中残烛般熄灭了。事情就是这样。

我想这族男人本来就不健壮。毕竟，他们并非为力量而活，生命目的另有其他。

爱丽丝先生受到很大打击。他悲恸欲绝，葬礼上一直哭得像个娃娃。看那泪水涟涟的模样，简直像死了独生儿子的妈。不过当时天上飘着雨，不站在他身边是看不出来的。我在墓园那烂泥地里穿坏一双顶呱呱的好鞋，脾气坏得一塌糊涂。

最后，我坐在碉堡区公寓里，练过飞刀，烧了顿波伦亚意面，又打开电视看了会儿球赛。

那天晚上陪我的是爱莉森。我们过得不怎么样。

第二天，我带了几个得力手下，二次造访伯爵宫那栋大屋。不知道沙黑奈人是不是还在附近。按理说，她们应该还藏着几个沙黑奈男人。

可是，石膏剥落的墙面上贴着偷来的摇滚乐海报。屋里再无香料气息，只有新鲜涂料味儿。

一群群澳大利亚人挤在房间里，还有新西兰人。我猜他们是见房子搬空才住进来的游民。厨房里有群人拿着只破烂的罗·怀特牌柠檬水瓶子，正从瓶口吸迷幻剂，看见我们吓了一跳。

我们从地窖搜到阁楼。如果沙黑奈女人曾不慎留下线索，泄露踪迹，或者忘记带走什么东西，爱丽丝先生也许能振作起来。

我们一无所获。

伯爵宫大屋留给我的唯一纪念只有记忆中那一帧图像：一个吸了迷幻剂的姑娘，无知无觉，裸着身子，露出双乳，在楼上房间里熟睡。窗户上没有窗帘。

我站在门口，看了她太久太久，最终画面定格，烙印在我脑海深处。只见两点黑色乳头，衬着丰满的乳房，街灯投下黄色昏光，勾勒出令人不安的曲线。

（张秋早 译）

大家都爱好孩子

孩子们喜欢听我讲童年旧事。《老爸威胁拘捕交警记》《勇碎妹妹门牙两次的故事》《假扮双胞胎传奇》之类，连《失手误杀宠物沙鼠日记》也大受欢迎。

然而，下面的故事我从来避而不谈。你若问起，我也很难说清为何对他们隐瞒。

九岁时，校方让我们随爱好选学一种乐器。男生里有选小提琴、黑管、双簧管的，也有偏好套鼓、钢琴、中提琴的。

那时，论心智我比其他孩子成熟得晚。全校只有我一人选低音大提琴。主要动机如下：一个小男孩，用比他自己高一大截的乐器，带它转来转去，乐在其中，一想就觉得极怪极妙。

提琴由学校提供，样子叫我叹为观止。我学会怎么用琴弓，却对其中技巧兴趣寥寥。相比之下，直接用手拨弄金属琴弦更合我心意。于是，我右手中指上总有一层白色水疱，很久之后才结成老茧。

低音提琴的家史也很有趣：声音尖厉的小提琴、中提琴和大提琴身出同门，它却是已然绝迹的六弦古提琴家族中唯一后代。准确说来，它是一种低音古提琴。比起普通提琴，它曲线更柔和，坡度感更强。

这些都是低音提琴老师教我的。为了我和几个高年级男生，学校专门外聘来这位老音乐家。他头发稀疏，一丝不苟，胡子总刮得干干净净，长手指上有厚厚的老茧。我愿意付出任何代价，多多听他细说低音提琴家史，追忆自由音乐人经历，讲述自行车上的一生。老先生经常穿行乡间，车后座加装了特别装置安放乐器。他宁静安闲地踩着踏板，骑过一幅幅乡野画卷，低音提琴紧随身后。

这位先生终生未婚。他告诉我，凡低音提琴好手，都做不成模范丈夫。类似教诲还有很多。我记得，他还说，男性大提琴手中绝无高人。至于先生对小提琴手的看法，已经实在无从记起。

他提起学校那把低音提琴时一律称“她”。“可以给她刷身好漆，”他曾道，“你对她好，她一定知恩图报。”

其实我的琴技一直无甚提高，没人指导时几乎拿乐器毫无办法。记得当年我不情不愿地加入校乐队，演奏时经常跟不上谱，只好偷眼去瞟身边的大提琴手，等他们翻页再从头找调。于是男生管弦噪音会演中又多出一缕断断续续、低沉单调的琴声。

多年过去，我连五线谱也忘了。可是，有时在梦中读谱，我还会直接去看低音部。牛儿都吃草，大家都爱好孩子。[1]

每天吃过午饭，学乐器的男生都要去音乐部练习，其他孩子却可以躺在床上读书，看漫画。

1 五线谱标记低音部乐谱的字母乐调代码中，线间为ACEG，为方便记忆一般说成All Cows Eat Grass（牛儿都吃草），线上为GBDFA，一般说成Good Boy Deserves Favor Always（大家都爱好孩子）。

相比一板一眼苦磨琴技，我宁愿带书去音乐部偷看。那时候，我坐在高高的琴凳上，一手扶住光滑的棕色琴身，一手虚持琴弓——间或会有人来督练，做做样子必不可少。我懒洋洋的，艺术激情寥寥，琴弓刮刮擦擦，毫无优雅灵动，持弓的手也畏缩笨拙。其他人实实在在，在乐器上苦下功夫，我却不然。只要每天在琴位上坐足半小时便万事大吉。不过，因为低音提琴放在主音乐室陈列柜里，虽不愿苦练，我却占了最大、最好的练习室。

我们学校只出过一位名人校友。此人早已成为校园传奇之一。据说这位前辈曾借酒劲开跑车纵横板球场，被开除后却自己闯出名堂，最终名利双收。一开始他在伊令喜剧团跑龙套，后来混进好莱坞，专演英国地痞。其实也不算个大明星。不过，周日下午学校放电影时，他一出现在银幕上就能赢得满堂彩。

那天，练习室的门突然咔嗒一声，有人在拧门把。我赶紧把闲书放在钢琴上，俯身去翻卷了边的旧琴谱——《低音提琴练习曲52首》。只听校长的声音从门口传来："设立音乐部自有道理……请看，这里是主音乐室……"

一行人走进屋来。

来人有校长，音乐部主任（戴眼镜的老先生，我对他挺有好感），音乐部副主任（管弦乐队指挥，他对我绝无好感）。还有一位，正是那明星校友。有个浑身香气的美女挽着他手臂，看样子也是个影星。

我眼看不必继续装模作样，便滑下琴凳，将琴靠在肩头，毕恭毕敬地站定。

校长介绍了隔音设备，介绍了特制地毯，解释了音乐部设立之初的筹款历程，最后还重点提到重建工程亟须进一步资助。他正在详述双层玻璃的安装成本时，那位香气扑鼻的女士突然说：“看，他好可爱，对不对？”

所有目光齐刷刷地集中在我身上。

“这小提琴还挺大，小朋友怕是架不到脖子上。”老校友道。其他人附和着一阵哄笑。

“琴好大，他又这么小。”美女说，“我们妨碍你练习没有？继续练，没关系的，给我们拉首曲子吧。”

校长和主任满怀期待地微笑，示意“小朋友”慷慨献艺。副主任早对我的才艺彻底绝望，赶紧插嘴说，第一小提琴手就在隔壁，急待为诸位一展所长。

“我就要听他拉。”美女不领情，“小朋友，你多大了？”

“大姐姐，我十一岁。”

“你听，他叫我‘大姐姐’。”美女用胳膊肘捅了捅老校友，样子很高兴，“来吧，给我们拉首曲子。”明星也点点头。于是，大家都原地站定，目光向我逼来。

低音提琴本不适合独奏，连资深琴师也难获观众青睐。我又是个初通皮毛的入门学生。那一刻，我大大咧咧地一挪屁股，坐上琴凳，一手扶住琴颈，一手拿起弓。其实我心里早打起小鼓，明白眼下就要当众出丑。

二十年光阴荏苒，然而，这一刻我依然铭记，分毫未忘。

我一眼没看《低音提琴练习曲52首》。乐声响起……不知哪一曲。时而高昂，时而低回，如歌如诉，余韵悠长。琴弓翻飞来去，一串琶音如异军突起，挥洒无穷自信。我突然撇弓，落指弦上，拨奏声中变化无尽，花样百出。那些老牌爵士贝司手，即使生出四条手臂，也绝无我技艺纯熟。奏下去，奏下去，奏下去，我浑然忘我，与四根钢弦共舞，以全副心魄攫住乐器，仿佛从生到死，世上唯有我与她。一曲终了，我气喘连连，仿佛身经至福极乐。

金发美女率先鼓掌，接着，所有人一起拼命拍手，连副主任也不例外。他的脸色十分古怪。

“没想到低音提琴能奏出这种变化。”校长说，“动听极了。有现代感，也不失古典风韵。好极了。精彩！”说完，他引四个大人走出屋去，只剩我精疲力竭地坐在原处，左手摩挲琴颈，右手轻抚钢弦。

然而，现实往往不尽如人意，故事结局一塌糊涂，令人扼腕。第二天，我扛着巨型乐器去学校教堂练习，天上飘着小雨。走过庭院时我脚下一滑，扑倒在湿砖地上。琴桥顿时粉碎，面板也摔裂了。

琴被拿去整修，送回来时样子全变了。弦的位置高了，非常难拨，新琴桥角度也有问题。虽然我乐感仍未成熟，也能听出音色与之前绝不相同。我待她不好，她自然也不会关照我了。

第二年我转学了，琴技也从此荒废。换新乐器未免有三心二意之嫌，新学校音乐室里那蒙满灰尘的黑琴又不太喜欢我。也许，在她看来，我只能永远属于第一把琴了。当时我也已长高长大，站在琴后早没那么怪、没那么妙了。

而且，我明白，再过不久，我就要找女生玩了。

（张秋早 译）

芬奇小姐失踪案实录

故事的结局是这样的：腌姜呈半透明，颜色粉红。我揭起姜片搁在淡粉色油甘鱼生上，把姜、鱼和寿司米一起蘸进酱油里，有米的一面朝上。然后，没几口这团东西就落了肚。

“我觉得该报警。”我说。

“该怎么开口呢？”简问我。

“按失踪案建档呗，再或者……不知道。”

“请问，阁下是在什么地方最后一次看见这位女士的？”乔纳森装出十足的官腔，“您说什么？哦，我明白了。虚报案件扰乱警务是违法行为，阁下不会不知道吧？”

“可是整个马戏团都……”

“这些均是合乎法定年龄规范的流动人口。他们来来去去，无踪可循。如阁下知悉具体姓名，本人尚可考虑秉公上报……”

我沉着脸吞了个三文鱼皮卷：“好么，我们去报社怎样？”

“大妙！”乔纳森口中说妙，可听那声调，显是觉得此事大大不妙。

“乔纳森是对的，”简说，“他们才不信呢。”

“为什么？我们老实可靠，都是普通良民啊。”

“你是写奇幻的，”她说，“就靠编故事混饭吃。没人信你的。”

“你们俩也是目击者，可以帮我佐证。”

“乔纳森的邪典恐怖片系列秋天就要首映了。别人会说他造廉价新闻搞恶性宣传。我也快出新书了，一样没法说。”

“你是说，这事我们跟谁也不能说？”我喝了口绿茶。

“相反，”简满有把握地说，“想告诉谁就告诉谁，麻烦的是怎么让别人买账。要我说，绝对没人信。”

腌姜刺激着我的味蕾：“也许你是对的。而且，不管芬奇小姐现在在哪儿，恐怕她都比在这儿快活得多。”

“她不叫芬奇小姐，她叫——”接着，简说出一个名字。名字的主人是我们曾经的朋友。

“我知道，但是我第一眼看到她，就想到芬奇小姐。”我辩解道，“就像片子里一样。晓得吧，那种拿掉眼镜，放下头发就能变身的女人。‘哇哦，芬奇小姐，你好漂亮。’”

“她么，一点没错。”乔纳森说，“无论如何，最后就是这么回事。”想到当时的情景，他忍不住一阵寒战。

就这样，现在你知道了，故事的“合”就在此处。几年前，我们三人就此不再过问此事。于是，以下奉上的，是芬奇小姐失踪记的“起，承，转”部分。

首先声明，我一点儿也不指望你相信这件事。嗯，一点儿也不。毕竟我是个职业骗子——虽然我自认是个诚实的骗子。如果这是在绅士俱乐部里，我一定品上一两杯波尔多葡萄酒，趁着夜晚，傍着暗红的炉火给你娓娓道来。可惜我并非绅士，笔头又比嘴皮利落得多。下面，你将认识芬奇小姐（我已经说了，她真名不叫芬奇，也不像芬奇。这里我为当事人考虑，将真名隐去），明白为什么我们吃寿司时已经成了三缺一。信不信由你。现在，连我自己都不能确信这是一份“实录”。当年种种显得如此遥不可及。

故事可以从十多个地方开始，但最佳起始地应该是数年前伦敦的一家旅馆。早上十一点，我在房间里，突然电话铃声大作，我吓了一跳，赶紧起身去接。

“喂？”现在美国那边时间还早，不会有人找我。英国也不该有人知道我的下落。

“嗨，”一个熟悉的声音咬着字不正腔不圆的美音，“我是巨影制片的希拉姆·彭·大嘴德克斯特。我们现在在重拍《法柜奇兵》。新剧本里没有纳粹，只有一群爆乳女。我们听说要找绝世剽悍猛男非你莫属，也许阁下愿意出演男主角明尼苏达·琼斯……”

“乔纳森？”我说，“你怎么找到我的？”

“你知道是我呀。”他马上一改荒腔走板的美国调，换回伦敦口音，不无失落地说。

“是啊，一听就是你。”我说，“问你话呢，理论上没人知道我在这儿。”

“我自有门路。”他不怎么神秘地说，“听我说：我和简要请你吃寿司，怎么样？记得你吃起寿司都是一吨一吨往下吞，让我想起伦敦动物园海象馆……喂你之前，我们还附赠去剧院看戏，你说呢？”

“不一定。我想我会说‘好’吧，不过我也想说‘你小子打算怎么阴我呢’。”

“没打算阴你，”乔纳森说，“其实也不算阴你，不真算。”

“骗我呢，是吧？”

有人在话筒边说了几句。乔纳森接着说：“别挂，简想和你说几句。”简是乔纳森的太太。

“你还好吗？”她接过电话说。

“不错，多谢。”

“你看，你一定一定得帮我们救救急——我们不是不想专门请你，事实上也的确要请……不过，还有一个客人……”

“她是你朋友。”背景声里乔纳森说。

“才不是，我都不怎么认识她。”她远离话筒说，然后又转回来，“呃，你看，有个和我们有点交情的人难得来一次英国，说来说去，我答应要带她玩玩，明天晚上一起过。说实话，她这个人有点可怕。乔纳森听你那电影公司的人说你在伦敦，我们就想，要找人陪场非你莫属……千万要答应我。”

就这样，我答应了。

回头想来，我觉得这件事责任要算在邦德系列作者伊恩·弗莱明账上。上个月我才看过篇文章，弗莱明建议赶稿的新人作家都去旅馆里闭门造书。我没有书稿要交，但手头还有个电影剧本。于是，我买了张飞伦敦的机票，跟电影公司的人说三周后就能完工，然后在小威尼斯一家风格特立独行的旅馆里落了脚。

全英国没人知道我在伦敦，否则我就得成日成夜地见人，没机会盯着电脑屏幕发呆，偶尔写上两笔。

老实说，我已经无聊得有些心不在焉，巴不得有人来打岔。

第二天一大早我就去了乔纳森和简家。他们的房子大约在汉普斯特一带，外面停着辆绿色小跑车。我走上楼梯敲了门，乔纳森马上走出来。他穿了身拉风的漂亮套装。上次我见他时（要么是见真人，要么是看电视），他那头褐发还没现在这么长。

“好啊，”乔纳森说，“我们打算看的戏取消了，不过还能去干别的。你没意见吧。”

我想说我根本不知道本来要看的是哪一出，换什么都没区别，但乔纳森已经往起居室走去。他问过我后拿来瓶碳酸水，保证我寿司一定照吃不误，还说简等孩子睡了就下来。

起居室刚刚重装过。乔纳森管这种风格叫摩尔人妓院。“开始也没想装成这样，”他解释道，“计划时哪种妓院都不像，不过装着装着就这样了，看起来像个窑子。”

“他跟你介绍过芬奇小姐了吧？”简说。上次我见她时那头深棕色秀发这时染成了大红色。她曲线玲珑，如雷蒙德·钱德勒的用喻一样曼妙。

“谁？”

“我们刚在说迪特寇[1]的上色法，”乔纳森表示歉意，“还有尼尔·亚当斯画的那期《杰瑞·刘易斯》。”

“她随时都会来，你要跟他提前说好。”

简是做记者工作的，却误打误撞成了畅销作家。她给一部说两个灵异现象探员的电视剧写了本配套读物，那本书一炮打响，荣登畅销书榜首，排名居高不下。

乔纳森则是主持晚间脱口秀节目出名的。那之后，他那诡异的魅力又在多个领域全面开花。无论镜上镜下，乔纳森的为人如出一

1 史提夫·迪特寇，美国漫画家，笔下主要角色中，以蜘蛛侠最为知名。

辙。这在电视人里还真不多见。

“有点像对亲戚尽义务，没法推掉。”简解释道，“好吧，也不是什么亲戚。”

“她是简的朋友。”做丈夫的高高兴兴地说。

“她不是我朋友，但我也不能不给他们面子，对不对？何况她在英国也就待几天。”

就在这时，门铃响了。我永远没机会知道简到底不能对谁说不，什么叫亲戚间尽义务。夫妻俩把我介绍给芬奇小姐——当然，这不是真名。

她戴着黑色小皮帽，身穿黑色皮外套，黑发在脑后束成一个紧巴巴的小圆髻，用镶陶发带扎住。她的妆化得颇富技巧，衬出那股严酷劲儿，连专扮女王的应召女看了也要妒火中烧。一对薄唇紧抿着，双眼怒瞪世间万物。她戴了副线条刚硬的黑框眼镜——这东西如此强势地插入她脸部结构，大大超出视力矫正道具应有的地位。

“那么，我们就去剧场咯。”她用下达死刑判决的语气说。

“呃，说对一半。”乔纳森说，“我是说，没错，门还是要出的，不过《罗马人在英国》是看不成了。”

“很好，反正也是品位低下的玩意儿。”芬奇小姐说，“我真不知道为什么有人觉得那种污七八糟的东西值得拍音乐剧。”

“我们去马戏团，然后吃寿司。”简安慰她说。

芬奇小姐嘴一绷：“我不赞成看马戏。”

“这个马戏团没有动物的。”简说。

“很好。”芬奇小姐嗤声道。我开始理解为什么简和乔纳森非拖我一起陪死了。

我们动身时飘着淅淅沥沥的雨，街上很暗。四个人挤进跑车里，向伦敦市中心开去。芬奇小姐和我坐在后座上，不怎么自在地挨在一起。

简对芬奇小姐说过我是个作家，而她据说是生物学家。

“准确地说，我是生物地质学家。”芬奇小姐纠正道，“乔纳森，你说要去吃寿司，是真的吗？”

“呃，是啊，你不喜欢寿司？”

“哦，我只吃熟食。”她说着，开始给我们列举鱼生里蛰伏的各种吸虫蠕虫寄生虫。据称只有把东西烧熟才能杀死这些小东西。她对我们描述着小虫的生命周期，其时雨水沥沥而下，将夜伦敦渲染成浮华的霓虹旋涡。简从副驾驶座上送来同情的一瞥，然后重新埋下头，和乔纳森一起研究起一张手抄路引。我们从伦敦桥横穿泰晤士河，芬奇小姐又给我们科普了盲眼、疯癫和肝功能衰退常识。后来，我们从南华克大教堂边拐进一条漆黑的小路，她还在滔滔不绝地描述象皮病的种种症状，看那股得意劲儿，好像这些病恙都是她一手发明的一样。

“马戏团在哪儿？”我问道。

“就在这一带，”乔纳森说，“他们联系我们说最近有圣诞特场，我本来想付钱来着，不过他们坚持免费献艺。”

“肯定很有意思。”简期待满满地说。

芬奇小姐嗤之以鼻。

一个僧侣打扮的秃头胖男人沿着人行道向我们跑来。“是你们！”他说，“我一直留神等着呢，你们来晚了，马上就要开演了。”他转过身，又沿来路跑了回去，我们紧随其后。雨打在秃头上，沿着他的脸往下淌，把肥斯特·阿达油彩妆冲成棕白相间的水道。那人从街边墙上推开一扇门。

“里面请。”

我们进去时，里边已经有五十来人。大家身上滴着水，人堆里冒着热气。一个化着劣质吸血鬼妆的女人手拿电筒四处查票，兼职向无票入场者售票。紧挨在我们前面的是位矮胖敦实的夫人，她抖抖伞上的水，凶巴巴地环视四周，然后对身边那个大约是她儿子的年轻人说：“这玩意儿最好别让我失望！”她付了两人的票钱。

女吸血鬼向我们走来时认出了乔纳森：“他们是跟你来的？四个人对吗？你在嘉宾名单上。”听到这句话，那矮胖女人狐疑地回头瞪了我们一眼。

不知何处的放音机里传出秒针走动的嘀嗒声。房间的一头，一个双扇木门吱吱呀呀地打开，一个低沉的声音回荡着：“进来吧！心甘情愿地来吧！”接着是一串疯狂的大笑。我们走过木门，步入黑暗。

鼻端传来砖石和朽木的味道。我马上明白了：地上列车轨道之下，往往有彼此相连的老地窖，其网络规模庞大，联系着千百种形状、千百种大小的空屋。有些地方被酒商和二手车贩子用作仓库，有些则成为流浪汉的归宿。他们栖身其中，直到对阳光和生活设施的渴求将其逐回地面。大部分房间空置着，静候末日到来，随着拆迁重锤和新鲜空气的侵入，它们再无秘密可留，再无幽奇可守。

有火车咣当咣当地从头顶开过。

肥斯特叔叔和吸血鬼带我们簇拥着前进，走进一个布置成屠宰场候宰栏的地方。我们站下来，等待着。

“我希望，看完这个以后能有座。”芬奇小姐宣布。

所有人站定后，手电筒灭了，聚光灯打了下来。

马戏团的人出场了，有骑小摩托的，有骑沙地车的。他们跑跑笑笑摇摇晃晃。我想，他们的造型师一定脑子里塞了太多漫画，或者看了好多遍《冲锋飞车队》，扮出的都是些朋克修女吸血鬼怪兽脱衣舞娘活死人。

一众牛鬼蛇神在我们周围蹦蹦跳跳，一通群魔乱舞。戴圆礼帽的主持人开始唱艾利斯·库珀那首《欢迎光临我的梦魇》。他唱得很糟。

“我认识艾利斯·库珀，”我从不怎么牢靠的记忆中翻出句挖苦，暗自套用道，“而你，先生，绝不是艾利斯·库珀。”

“真烂。”乔纳森与我所见略同。

简竖起食指，让我们收声。最后几个音符淡去时，聚光灯下只剩主持人一人。他在围栏四周兜着圈子，一边说起话来。

“欢迎，欢迎，欢迎你，欢迎他，欢迎大家，欢迎来到夜梦剧场。”

“哇，是你的书迷耶。”乔纳森低声说。

“我觉得这是《洛基恐怖秀》的台词吧。”我低声顶回去。

“今夜！你们将目睹超乎想象的怪兽、疯汉以及夜的造物。各种神奇技艺会让诸位恐惧尖叫，也可博大家开怀一笑。我们将穿越一个又一个房间，探索地下世界中接踵而来的噩梦、欢乐与奇迹！但是——我要特别提醒各位！为保障您的生命安全，请不要踏出房间中标示的观众区。否则，痛苦的诅咒、肉体的折磨即将降临，永恒的灵魂也难免失落！另外，我还要强调，绝对谢绝使用闪光相机和任何形式的摄录装置。”

听完这些，几个年轻姑娘拿着笔形电筒，引我们走进下一个房间。

“看来是没座的咯。”芬奇小姐完全不为所动。

第一个房间

第一个房间里有个金发女人。她身穿缀亮片的比基尼，双臂下有针孔痕迹。肥斯特叔叔和一个驼子用锁链把她绑在大轮子上。

轮子缓缓转动。有个红衣主教打扮的胖子开始沿女人身体轮廓丢飞刀。然后，驼子给主教蒙上双眼，后者唰唰唰连出三刀，利落地钉在女人头边。他拿下眼罩，另两人也解开女人，把她从轮子上扶下来。四人一起鞠躬，我们纷纷鼓掌。

这时主教拿出把道具刀，假意要割开女人的喉咙。血从刀沿上溢出来。观众中有几人倒吸一口冷气，一位姑娘过于激动，不禁轻叫出声，但她的朋友们咭咭咯咯，笑成一团。

主教和比基尼女人最后一次鞠躬致意。灯灭了。我们跟着手电走进一条砖砌走廊。

第二个房间

湿气更重了，四处散发着霉味，像个惨遭遗忘的地窖。不知什么地方传来滴雨声。主持人向我们引见了"怪物"。"夜的试验台是它的产床，拼合成型的'怪物'力大无穷，惊天动地！"那只弗兰肯斯坦怪物妆化得不怎么专业。不过，肥斯特叔叔在一块大石头上坐下后，它连人带石头一起举了起来。女吸血鬼驾着沙地车开足马力冲出来时，它更是抵得小车无法前进。最后，怪物露了一手绝活儿，吹起一只热水袋，然后把它捏炸了。

"这东西是寿司皮做的吧。"我对乔纳森嘀咕道。

芬奇小姐波澜不惊地指出，传播寄生虫不是寿司的唯一罪状。因为过度捕捞，金枪鱼、剑鱼和智利海鲈鱼都濒临灭绝。这些鱼类的繁殖效率远远不及人为破坏速度。

第三个房间

这片空间纵向延展，渐渐没入黑暗。原来的屋顶不知去向，头顶远处，一处空仓库的天棚勉强算作新顶。眼角处有些飘忽的蓝紫色光影，是紫外线的痕迹。黑暗中，牙齿、白T恤和小块棉绒制品发出荧光。这时，耳边响起一阵颇具节奏感的低沉音乐，大家抬起头。只见头顶高处飘浮着四样物什，分别是骷髅、异形、人狼和天使。他们的道具服也在紫外光下荧荧生光，仿佛一场依附在高空秋千上的陈年旧梦。他们伴着音乐晃过来，晃过去，突然同时放手，四人如一，向我们头顶急坠下来。

我们倒吸一口冷气。不过他们不等砸上大家，就像悠悠球似的高弹起来，重新升到高处，攀回秋千去了。众人这才意识到，虽然黑暗中无法看清，但他们都由橡胶索分别固定在屋顶上。他们在半空中跳着，跃着，坠着，游着，我们一言不发，只顾屏息凝视，拼命鼓掌。

第四个房间

也就是条大号版走廊。屋顶很低。主持人大模大样地走近观众，挑了两个人带到前面：除那位矮胖女士有幸中标外，还有个穿羊皮外套、戴皮手套的黑人。主持人宣布接下来他要展示催眠术，接着，他在空中虚晃几下，把那位女士请了回来，只留下黑人。后者被带到一个箱子上站定。

“都是说好的，”简低声嘀咕，“那人是托儿。”

布景断头台上，铡刀拉了上去。主持人放下刀，将一个西瓜一分为二，以示刀锋之利。接着，他操纵着黑人，让他把手放在断头台上。铡刀再次落下，只见黑人的手和手套一起掉进筐里，手腕处鲜血狂喷。

芬奇小姐发出短促的尖叫。

那人捡起手，跟在主持人身后紧追不舍，一前一后，在我们周围绕圈。这时，屋里响起“本尼希尔秀”里的音乐。

“假手呗。”乔纳森说。

“是啊，我看着它掉下来的。”简说。

芬奇小姐用纸巾擤着鼻子。“我觉得，”她说，“这节目品位很有问题。”

接下来，我们走进——

第五个房间

四周的灯都亮了。一面墙边有张临时木桌，一个年轻的秃顶男人兜售着啤酒、果汁和瓶装水。墙上有去隔壁洗手间的指示牌。简上前买饮料，乔纳森去了厕所。所以，只有我陪在芬奇小姐身边，尴尬地打开话匣。

“说来，”我说，“听说你刚回英国不久。”

“我在科摩多研究龙蜥，”她说，“你知不知道，它们为什么能长那么大？”

“呃……”

“它们适应了环境，可以捕食侏儒象。”

“那儿有侏儒象？”我兴趣盎然，起码这比寿司寄生虫讲座有趣多了。

“是啊，岛上生态环境天然如此，一般来说动物不是体形巨大，就是个头偏小。这是种平衡，你看……”芬奇小姐说这些时，冰封似的脸渐渐生动起来。我听她娓娓细说为什么动物们有的变大有的缩小，不由得生出几分好感来。

简给我们端来饮料，乔纳森也从洗手间回来了。他刚才方便时被粉丝搭话，还给人签了个名，这时虽然心下高兴，也有些摸不着头脑。

“有件事问你，”简说，“我正在做一期《发现未知》，也看了不少民间动物学报。作为生物学家，你——”

“生物地质学家。”芬奇小姐打岔道。

“哦，好吧。反正……有人说现在地球上还存活着一些不为人知的史前生物，科学界也对此一无所知。你怎么看？”

“可能性非常非常小。”芬奇小姐教训人似的说，“生活着猛犸、剑齿虎和隆鸟的小岛？‘失落的世界’式传说？无论如何，绝不可能。”

“听起来是太原始了，”乔纳森说，“你说隆什么？”

“隆鸟，一种不会飞的史前大鸟。”简解释道。

“哦，那个啊，我知道。”她丈夫不怎么领情。

“其实严格说来，这些动物都不是史前生物。”芬奇小姐说，

“最后一批马达加斯加隆鸟三百年前死在葡萄牙水手枪下。根据可靠记录，十六世纪俄国宫廷中有人展示过小型猛犸象。罗马皇帝韦斯巴西安曾从北非带回一群动物。据记载，基本可以确定那是某种剑齿虎。大猫们最后死在马戏团里。这都不是什么史前生物，它们曾和我们共有历史。”

“真不知道长那么长的牙有什么用，”我说，“听起来碍手碍脚的。”

“胡说，”芬奇小姐说，“剑齿虎是非常优秀的猎手。一定是这样。化石记录中剑齿类生物反复出现过好几次。我真心希望今天还有剑齿虎活着，不过这都是做梦。我们已经把地球研究透了。”

“地球其实很大……”简正要质疑，灯光突然忽明忽暗地闪烁几下，一个鬼气森森的声音让我们继续往前走。它还说，今天晚上有个特别彩蛋，除了让人心惊肉跳的表演，下半场节目中，夜梦剧场还将为观众奉上他们引以为豪的“许愿橱”。

于是大家扔掉塑料杯，簇拥着走进——

第六个房间

“有请痛苦之主！”主持人宣布。

聚光灯向上扫去，照在一个穿泳裤的年轻人身上。他瘦得惨无人道，由一副穿过乳头的铁钩吊在半空。一对朋克女上前扶他在地面上站定，给他递上各种道具。男人往鼻子里锤进一枚六寸钉，用舌环举起重锤，又往泳裤里塞了几只雪貂。最后，高个朋克女又准又狠地掷出几枚注射针头，扎在他肚子上。

“这人是不是几年前上过你节目？”简问。

“没错，”乔纳森说，“这人脾气很好的。当年他在上下牙之间点了根炮仗。”

“你们不是说表演里没有动物吗？”芬奇小姐说，“他把雪貂塞进下边去，也不管可怜的动物作何感想。”

“我觉得这要看它们是公貂还是母貂。”乔纳森高高兴兴地说。

第七个房间

一场摇滚谐剧，包袱拙劣低俗。修女袒胸露乳，驼子把裤子丢了。

第八个房间

屋里一团漆黑。我们在黑暗中等着。我腿疼得很，想找个地方坐一会儿。浑身又累又冷，我受够了。

突然有人把光打在我们身上。大家一边伸手遮脸，一边拼命眨巴眼睛。

“今夜……”一个诡异的声音响起，沙哑而阴沉。我敢肯定这绝不是主持人，“就在今夜……诸位当中，将有一位获赠愿望一个。在许愿橱里，您将梦想成真。谁是这位幸运儿？”

“喔哦，我猜又是个托儿。”我想起四号房里那个砍了手的黑人。

“嘘。”简说。

“是谁呢？是您吗，先生？还是您，夫人？”黑暗中伸出一根食指，颤巍巍地向我们点来。那人手提一盏便携式聚光灯，模样从这里看不真切。我猜这人大概穿着猩猩戏服之类，因为那体形并不是人类。他走路的姿势也仿佛猿猴。也许演弗兰肯斯坦怪兽的就是他。“是谁呢，嗯？”我们眯着眼看他，让出一条道来。

突然，他向这边猛扑过来。“啊哈！看来有人自愿了！”他说着，跳过分隔表演区和观众区的绳圈，抓住芬奇小姐的手。

“我才没自愿。”芬奇小姐说着，被那人拖走了。她太紧张，太体面，像个典型的英国佬，实在不适合帮人逗场子。她被拉进黑暗里，消失了。

乔纳森骂了句娘：“我觉着她得把这笔账记上一辈子。”

灯亮了。一个穿着大鱼戏服的人在我们周围骑了几圈小摩托。车绕圈的时候，他站在脚踏板上直立起来，随后沿着四面墙壁骑上骑下。突然摩托撞上一块砖，车轮一滑，摔倒在地，把鱼人压在车底下。

驼子和没穿上衣的修女赶紧跑上来，掀开摩托，把人拖走了。

“我这条蠢腿呀，”两人拖着他时，鱼人开口了，他的声音呆滞死板，“我这条蠢腿呀，我可把它摔断了。”

“你看，是故意的吗？”离我们不远处，一个姑娘问。

“不是。”她身边有人答道。

肥斯特叔叔和女吸血鬼有些不安。他们带我们走进——

第九个房间

芬奇小姐在等我们。

房间很大。即使在厚重的黑暗笼罩下，空间感依然存在。可能是黑暗使我们五感更加敏锐；也可能是平日里我们身边信息繁杂，这时世界消失，一切便清晰起来。人群的挪步声和咳嗽声传出数百尺，才碰上墙壁，发出回声。

我觉得，黑暗中潜伏着可怕的巨兽，它们饥肠辘辘，虎视眈眈。这个念头攫住了我，我带着股疯劲儿，越发信以为真。

灯光缓缓渗入黑暗。芬奇小姐出现在我们面前。直到今天我还在纳闷，那些人从哪儿搞来了她这身行头。

生物地质学家的黑发披在身后，眼镜不知去向。几缕勉强遮体的戏服挂在身上，居然恰到好处。她拿着长矛，面无表情地注视大家。接着，她的大猫走进灯光，脚步轻缓，来到她身边。其中一只扬起头，放声咆哮。

有人哭出声来。我闻见动物身上强烈的尿臭。

两只大猫身量和虎类仿佛，但身上没有黑纹，皮毛仿佛落日下的沙滩。它们眼如黄玉，吐吸中有新鲜血肉的气息。

我打量着它们的口颌。利齿如剑，完全不似大象豪猪那圆滚滚的长牙。这是尺寸惊人的犬齿，专擅撕扯拉拽，剔肉去骨。

大猫在我们四周踱步，缓缓绕圈。我们挤在一起，众人如一。古老的时光依然刻印在大家血脉深处。那时，我们藏身洞窟之中，野兽在夜幕下徘徊。那时，我们的身份，是猎物。

剑齿虎（如果它们真是剑齿虎的话）的样子有些不安。鞭子似的尾巴警觉而焦躁地甩来甩去。芬奇小姐一言不发，垂眼看着她的凶兽。

矮胖女人举起伞，对一只大猫挥了几下："别过来！你这丑畜生。"

虎低声咆哮，像猫似的往后腿上一坐，眼看就要扑过来。

女人脸如白纸，却不依不饶地用伞尖指着圈外，仿佛擎着一柄剑。手电微弱的光驱不散伦敦城下的黑暗，她没想逃跑。

大猫跳起来，优雅地巨爪一挥，将女人拍在地上。它耀武扬威地站在她身上。一声咆哮，那声音如此浑厚，我只觉五脏六腑都在与之共鸣。女人好像昏过去了。我想，这倒不失为她的福气。接下来，双刀般的利齿就要撕裂她那副老皮囊，她最好不再醒来。

我四下张望，想找条生路，可另一只虎绕来绕去，毫不松懈。我们像一群受惊的小羊，困在绳圈范围内。

只听乔纳森把三字骂娘真言重复了一遍一遍又一遍。

"我们要死了，对不对？"是我自己的声音。

"我觉得，没错。"简说。

这时，芬奇小姐走进绳圈中来了。她抓住大猫的后颈，向后拉去。大猫拧着脖子，芬奇小姐又用长矛在它鼻子上狠狠拍了一下。这下，虎尾巴夹了起来，大猫也乖乖地从女人身上退下去。

地上没有血，我看得很清楚。希望那女人除了昏厥以外没再受伤。

地下空间远处，灯光缓缓亮起来，仿佛破晓天光。我看见，雨林中的晨雾笼罩巨蕨和紫萼；远处恍然传来蟋蟀低鸣，还有不知名的异鸟，沐浴晨光，用啼声迎接新一天。

我心中有名纯粹的写手。即使我本人正跌跌撞撞地从车祸现场爬出来，这位写手也能精明地注意到碎玻璃在血泊中的反光方式不同寻常；我遭遇人生中一次次重大挫折时，他能冷静地判定我是否因此心碎，看清每一枚心之碎片形状如何。现在，这位写手想，只要有造烟机，一些植物，一条音轨，不难造出这种舞台效果。当然了，你还得有个一流灯光师。

芬奇小姐无意识地挠挠左胸。她转过身，背对我们，向地下世界中的雨林黎明走去。两只剑齿虎脚步轻柔，伴在她身边。

鸟声高扬，转而啁啾。

晓光重归黑暗，雾气消散，女人和猛兽不见了。

矮胖女人的儿子扶她站起来，前者睁开眼睛。我们见她吓得不轻，但并没受伤。她捡起伞撑在地上，瞪视人群，却见大家突然鼓起掌来。

没人招呼我们。肥斯特叔叔和女吸血鬼已经不见了。我们自己走进——

第十个房间

这个房间是为压轴大戏准备的。观众席上有塑料座椅，本来我们该坐下来欣赏演出终场。但是，坐下之后大家等了又等，马戏团的人踪影全无。又过了一会儿，我们终于明白，再等也是白费。

人们向下一个房间走去。一扇门打开，传来车笛和雨声。

我看了看乔纳森和简，三人一起走过去。最后一个房间里，无人照管的售货台上有各种马戏团纪念品：海报，CD和徽章。桌上还有一个敞开的钱箱。向外的门洞开，昏黄的灯光从街上投进屋来，风吹着没卖出的海报，不耐烦地来回掀弄纸角。

“要不要等她一下？”有人在问。真希望当时说这话的是我。可是其他人纷纷摇头。于是我们走进雨中——雨已经小了，细细地在风里飘着。

我们顶风冒雨，沿着狭窄的街道，走了没一会儿就找到了车。我站在人行道上，等他们打开后门。穿过城市喧嚣和霏霏细雨，我仿佛隐约听见一声虎啸，就在不远处，整个世界随这声音颤抖。当然，可能那不过是过路火车悠长的笛声。

（张秋早 译）

怪姑娘

新时代

她沉着专注，宁静安娴，目光始终投向遥远的地平线。

第一次见面，你以为已把她看透。你错了，一切设想全盘皆错。她胸中自有激情澎湃，奔放如血色激流。

那一刻，她移开视线，面具滑落，你顿时被她俘获。你的未来揭开新一页。

邦妮妈妈

爱一个人，是怎么一回事？

一旦爱上了，就永远停不了。这件事最糟，最坏，比《杰瑞·斯普林格秀》[1]还要命。爱过的人永远永远在你心里。

死后，她愿意忘记一切，只记得爱。于是，她自欺欺人地想，所有殴打都是深情的吻，笨拙的妆容可以遮掩瘀伤，腿上的疤痕并非烟头所烫……她努力相信：打是亲，骂是爱。

她很好奇：不知道女儿长大后事业如何。

她很好奇：不知道女儿长大后性情怎样。

临死时，她手里还捧着蛋糕。她常给孩子烤这种蛋糕。也许他们会从她手中拿过蛋糕，重新烘培。

本来，大家应该坐在一起，边吃，边聊，边笑。三人并肩。就这样，小公寓里渐渐充满笑语，充满爱意。

怪

她试过一百种法子来忘记不光不能忆起而且想都不能想的往事，因为每念及此小鸟就开始尖叫，虫子就开始乱爬，她心中一角也总飘着绵绵不休的小雨。

听说她出国了，临走给你留了礼物。可是，东西还没转到你手上就丢了。后来，一天夜里电话响起，电话那头有人说话，模糊不清，声音像她。没几句就嗞啦一声断了线。

几年过去，你坐在出租车上，瞥见一个似曾相识的影子，站在街边门前。你叫司机停车，她早已踪影全无。这是你最后一次

1 美国脱口秀节目，初衷是让来宾讲述家庭问题，主持人与观众共同帮助其解决。历年来已因其对婚外恋、畸恋等内容的偏好而成为低俗电视秀的代名词，曾被《电视指南》杂志评为“史上最差脱口秀”。

见她。

雨滴落下时，你会念起她。

静

三十五年舞女生涯过去。高跟鞋脱了又穿，穿了又脱，她双脚作痛。她可以头戴四十磅重假发，脚踏细高跟走下楼梯；她可以伴着雄狮一头，脚踏细高跟纵横舞台；如有必要，脚踏他妈的细高跟横穿地狱倒也无妨。

她从以下事物中汲取力量，高昂头颅，走下去，走下去：她女儿；一位芝加哥来客，爱她——虽然爱得不深；一位国内新闻主播，给她付了十年房租，可一个月最多来一次赌城；胸前那两坨硅胶；沙漠烈日之外的整个生活。

很快，她就要当外婆了。

爱

最后，公司的人都挡着她，电话永远打不进他办公室。于是，她拨了另一个号码。连他也不知道她有这电话。接电话的是位女士。她说：不好意思，他现在不理我了，但请您转告他切记我的黑蕾丝内衣仍须物归原主。他曾说要留着它，上面有我的味道，也有他的味道。电话那头的女士一言不发。她又说，可不可以归还前先洗干净，只要平邮就好，往哪儿寄他知道。至此，她大功告成，胜利凯旋，这才将他彻底抛诸脑后，寻找下个目标。

总有一天，她的爱也会离你而去。你将因此心碎神伤。

光阴

她并非在等待。与其说等待，不如说光阴流逝对她全无意义。梦境与街景与她无干。

她在光阴边缘徘徊，永不安宁，毫发未伤，超然于世。终有一日，你睁开双眼，她已近在面前。继而黑暗降临。

收割灵魂？不。你是她轻轻拔取的鸟羽；你是她小心采撷、插入发间的野花。

响尾蛇

她不知道夹克是谁的，派对散场时就剩这件没人要。她觉得穿在自己身上还挺精神。

衣服上印着一个大字：吻。她对这种行为毫无兴趣。人们说她很动人，男人说，女人也说，可她不知道什么叫“动人”。镜子里只有她的脸，没有所谓“动人”。

她不看书，不看电视，不与人睡觉。她听音乐，和朋友出门游玩。过山车急坠，扭曲，上下滚翻，她从不尖叫。

如果有人找她要夹克，她就耸耸肩，随手物归原主。她毫不在意——半点也不。

心如真金

——把话说完。

她们是姐妹。双胞胎？大概。表亲？也许。除非亲眼看见出生证，真相无人可知。当然，证件得看真的，她们拿来办身份证的是假货。

她们步入棋局，取其所需，然后抽身离去。两人以此为生。

交易罢了，并不光彩，有时也不甚合法。交易就是交易。

她们做这个实在大材小用。她们累了。

两人共用衣服、假发、化妆品和烟。她们日夜捕猎，无止无休。一颗心上，分出两种思想。

有时，她们还会代对方——

星期一之子

她站在浴室里，热水在身上流淌。冲走了，一切都冲走了。她发现，最可怕的是，那儿的味道让她想起高中。

走过长廊，心在胸中怦怦乱跳。往事翻涌如潮。

只过了六年，不，连六年也没有。那时，她常常从衣物间疯跑去教室。她喜欢看其他女孩哭，也爱惹她们恼。所有难堪的奚落，所有讨厌的外号，反反复复，她说了一遍又一遍。弱者身后，是如影随形的凌辱伤害，如流感，如瘟疫。积重难返。

她在楼梯井里发现第一具尸体。

这天晚上，她洗完澡，对丈夫说："我害怕。"她要摆脱的，热水冲不掉。

“怕什么？”

“这份工作干得好辛苦。我变了。我都不认识自己了。”

男人把她拉到身边，搂着她。两人彼此依偎，肌肤相触，直至黎明。

幸福

靶场让她心中安详。戴好护耳，人形靶竖起，一切都在等待。

她比了比，想了想，瞄准目标，扣下扳机。在场上，靶子爆头穿心时她不用双眼也能感到。一闻见火药味，她就想起国庆。

主给你的长处，你要用好。以前妈妈这么说过。一听这话，母女俩反而吵得更凶。

再也不会有人伤她。只要笑得淡然，笑得漂亮，径自走开就好。

有没有钱都无所谓。钱这东西，从来无关紧要。

血雨

这是一道选择题。选择权在你。下面两个故事，孰真孰假？

她经历了大战，1959年来到美国。现在，她定居迈阿密，住在公寓里。别人看来，她是个矮小的法国老太太，一头白发，有一个女儿，一个外孙女。她不苟言笑，记忆仿佛一副重担，压得她与快乐绝缘。

以上选项可能为假。另有故事如下：时值1943年，她横穿国境时被盖世太保俘虏。他们把她带到草地里，先让她给自己掘墓，继而一颗子弹射入后脑。

子弹射出前，她最后一个念想，是腹中四个月的孩子。她想，此时如不拼斗一场，我们再没有明天。

迈阿密城中，有老妇一觉醒来，心中迷惘。梦中，野花覆盖了草地，摇曳迎风。

法兰西热土中，当年遗骨仍在。六尺之下，骨头做着梦，幻想女儿的婚礼。佳酿香醇。泪水之下，是一副副笑颜。

真小子

有的女孩其实是男生。
如何看待事物，取决于你的立场。
言语能伤人，伤口能愈合。
这都是真的。

（张秋早 译）

哈勒昆情人

时值二月十四日。早晨，家长已经把孩子送去学校。一家之主们要么开车去了公司，要么呼着白气，裹着大衣，在镇郊火车站下车，准备赶火车通勤去别处。就在此时，我把心钉在蜜西家前门上。心呈暗红色，几近深棕，像一片肝。嗒！嗒！嗒！我大声叩门，抄起我的魔杖——哦，我无与伦比的手杖，我披挂缎带的长枪！再然后，我在清冷的空气中隐去身形，仿佛一缕失去热度的水汽……

蜜西来开门。她一副倦容。

“我的柯龙比娜[1]……”我喘息道。但蜜西一个字也没听见。她偏过头，把街道扫视了一遍，没发现任何异动。远处有卡车隆隆驶过。她走回厨房。我踏着舞步，跟在她身边进屋，静如风，轻如鼠。

---

1 柯龙比娜，意大利名，意为“小鸽子”。即兴喜剧中另一类固定角色，常以女仆或女主角的女伴身份出现，往往敏感轻浮，好事而多诡计。在经典剧情中，她常被皮耶罗所爱，却倾心于哈勒昆。

蜜西从抽屉里拿出个塑料食品袋，从水池下拿了瓶清洁喷剂，又扯了两张台子上的厨房用纸。她走回前门，从漆面木门上拔下针来——那是我偶然得到的帽针。在哪儿来着？我脑子里飞快地打着转，是加斯科涅，是特肯汉姆，还是布拉格？

帽针末端是皮耶罗[1]苍白的脸。

她从针上取下我的心，放进食品袋里，又向门上喷过清洁剂，用纸巾拭去血迹。姑娘把帽针别在衣领上。这白脸好人儿用两只霜色盲眼望着寒冷的世界，冷然紧抿一副银唇。是那不勒斯，我想起这玩意是在那不勒斯买的。卖货的是位抽陶烟管的独眼老妇。那是很久之前了。

蜜西把清洁剂放回厨房桌下，套上那件蓝色旧大衣。这衣服以前是她妈妈的。蜜西系上扣子，一个，两个，三个。然后，她利落地把装着心的食品袋往口袋里一塞，径自出门，沿街走去。

我跟着她，悄悄地，悄悄地，静如风，轻如鼠，有时手脚并用，有时舞步翩翩。但她一刻也看不见我，只裹紧大衣，穿过小小的肯塔基镇，走在经过墓园的老路上。

风扯着我的帽子。有那么一会儿，我怀念起皮耶罗帽针来。不过，我身坠爱河，今天又是情人节。这点牺牲是必需的。

眼下，蜜西想起以前她也曾穿过墓园高耸的铁门：她父亲死时葬在这里；童年里，全校捣蛋鬼聚到墓园过万圣节，吃喝玩闹，互相咋呼；后来，洲际公路上三车追尾，她的恋人死于事故。那时两

1 皮耶罗亦为即兴喜剧中固定角色类型，传统打扮是一身肥大的白衣白裤，用厚厚的白粉敷脸，常以身份低微的男性“灰姑娘”身份出现。不过他虽心地善良，却愚笨呆傻，也不会被仙女教母相救。他往往被哈勒昆捉弄，以衬托其狡黠，对柯龙比娜的爱也毫无回报。

人还未公开关系。她静候至葬礼结束，一切落幕，才趁暮色前来，在新坟上放下一朵白百合。

噢，蜜西，你的娇躯，你的鲜血，你的双唇，你的眼眸……可否让我为之歌唱？若能做你的爱人，便有千万颗心，我也愿为你奉上。我骄傲地凭空挥杖，载歌载舞，无声地唱诵我的荣耀。她和我，我们两个一起走上墓园路。

蜜西来到一座低矮的灰楼前，推门走了进去。她对前台的姑娘致意，问她今天过得怎样，只换来心不在焉的模糊回答。后者刚出校门，眼下正做着杂志上的填字游戏。那杂志除了这个什么也不登，一页接一页，字谜接字谜。如果有人可以聊天，她一定会用办公时间乱打私人电话。不过，我看得很明白，朋友对她来说永远遥不可及。她生了满脸乱糟糟的痤疮脓痘，间杂坑坑洼洼的痘疤。她非常在意，于是从不轻易对人开口。前台姑娘的人生道路在我面前铺展开来：她终生未婚，十五年后因乳腺癌平静地死去，葬在墓园路边的草地上，新碑上刻有她的名字。第一个托起她乳房的男人是名验尸官。他切下花菜似的癌变组织，组织散发着恶臭。医师喃喃自语道："老天爷，看这东西长得多大！她怎么不和别人说呢？"这话实在没问到点子上。

我温柔地在她坑坑洼洼的脸颊上烙下一吻，轻声告诉她她很美。然后，我用魔杖在她头上点了三下。一，二，三！彩带系在她身上。

她猛然一凛，欣然微笑。也许，今夜她会醉酒，走下舞池，将贞操奉上爱神的祭坛。她的王子更在意她的胸，而不是那张脸。将来，也许会有那么一天，他爱抚着她的双乳，轻吮肌肤，说道："亲爱的，这里有个肿块，你看过医生吗？"那时，痤疮已然不见踪影。爱人的抚摩亲吻之下，昔时瑕疵早就沉入遗忘之河……

可是，这一不留神，蜜西就不见了。我跑着，跳着，走进走廊，踩在深色地毯上。只见那袭蓝衫在过道尽头一闪。我紧跟上去，随她走进一间没有暖气的屋子。屋里贴着绿色瓷砖，像个浴室。

浓郁的怪味扑面而来，是种带有油腻气息的腐臭——简直臭绝人寰！屋里的胖子穿着污迹斑斑的白大褂，戴一双橡胶手套，上唇和鼻孔周围抹了厚厚的薄荷膏。他面前桌上躺着一具死尸，死者是个瘦瘦的老黑人，手指生了老茧，胡子疏细。胖子还没注意到蜜西，自顾自地在尸体上切了个口子，剥开皮肤。切口一面极黑极棕极暗，另一面却极粉极红极美。

一台便携收音机大声奏着古典乐。蜜西关掉收音机，开口道："你好啊，弗农。"

胖子答道："你好，蜜西。是来重操旧业吗？"

这人该是医生[1]，我想。他太肥硕，太虚胖，比皮耶罗吃得好，却又不像装腔作势的潘大龙[2]。他一见蜜西，高兴得脸上堆满褶子，姑娘也粲然微笑。我嫉妒他，只觉心中一阵刺痛（这颗心现在躺在蜜西的大衣口袋里，外面罩着保鲜袋），比我用帽针钉它还难过。

说巧不巧，蜜西正从口袋里拎出心来，对那叫弗农的验尸官晃了晃："你知不知道这是什么？"

"心啊，"他说，"肾可不会分出心室来，大脑吗，却要更黏

1 医生，另一个固定角色类型，在剧中常以医生或律师的身份出现。他往往有些学识，狡猾世故，爱好掉书袋，对不甚了了的问题也能信口开河。在对财富的渴望驱动下，他常为自己的儿子和富商（见下注）之女牵线，或计划将女儿嫁给富商本人，是即兴喜剧中"家长"类角色之一。

2 潘大龙，贪婪吝啬的富商角色。他身穿极度夸张的时髦服饰，常被刻画成浮夸自负，有强烈控制欲的形象。一般是恋人中女方的父亲，是另一个"家长"类角色。

糊些。这东西哪儿来的？”

“本来还想问你呢，”她说，“真不是从这儿拿的？弗农，是不是你觉得钉在前门上的人心也算张情人节贺卡？”

男人摇着头。“不是这儿的心，”他说，“你说我报警怎么样？”

她也摇起头来：“按我一贯的运气，警察一定把我当成连环杀手，送我一把电椅坐。”

医生打开保鲜袋，伸出粗短的指头，隔着橡胶手套戳了戳我的心。“是个成年人，”他说，“状况不错，很注意养心，切除手法十分专业。”

听到这话，我骄傲地笑了，随即俯下身去，跟桌上的死人开聊。这家伙胸腔洞开，手指上堆着低音提琴磨出的老茧。“滚开，哈勒昆，”他不想打搅蜜西和医生，只悄悄嗫嚅，“别跟这儿惹事。”

“管好自己的嘴。我爱在哪儿惹事，就在哪儿惹事。”我对他说，“这是敝人的天职。”话虽如此，倏忽之间，我只觉一阵失落。现在我如此凄切怅惘，简直像个皮耶罗。一个哈勒昆落得如此境地，真是可怜可叹。

噢，蜜西，昨天我在街上看见你，跟你进了艾家超值美食店，兴高采烈，满心欢愉。我看出，你将给我至喜至福，我不再属于自己。看看你，可不是我的爱人，我的柯龙比娜？

昨天我一夜无眠，失魂落魄，满镇游荡。那头脑清醒的，我都叫他一同酣醉。三个精明的银行家受了我的蛊惑，在佐拉夫人活报剧酒吧和异装癖们打成一片，大出洋相。我趁人熟睡溜入卧室，绕过他们的眼睛，避开他们的想象。口袋里，枕头下，家具夹缝中，都被我留下凿凿铁证，指向一场场新奇刺激的神秘幽会。第二天，当一条条扯坏的脏内裤大大咧咧地从沙发下现身，从体面的西服内袋里掉出……不难想象它们将点燃多少乐子，引爆多少妙趣！可是我始终心不在焉，满眼甩不脱的，尽是蜜西的脸。

噢，被爱俘虏的哈勒昆真是条可怜虫。

不知道她会拿我的心怎么办。有的姑娘不屑一顾；有的摸它，吻它，爱抚它，用各种方法爱惜折腾它，最后还是扔回我怀中；还有些姑娘根本看不见它。

蜜西把心拿回去，又放回保鲜袋里，封上袋口。

“我能把它烧了吗？”她问。

“也可以呀。你知道焚化炉在哪儿。”医生转身面对音乐家的尸体，“还有，让你来干老本行的事，我是认真的。我缺个好助手。”

我想象那颗心化为烟灰，盘旋上升，漫入天空，覆盖了全世界。我也不知道自己对此作何感想。不过，蜜西坚决地挥挥手，对验尸官道别。她把心塞回大衣口袋里，踱出房子，回到墓园路上，向镇里走去。

我在她面前跳来跳去。最好有些交流。我下定决心，马上付诸行动。她向市场走去时，我变成个弯腰驼背的老妈妈，用褴褛的大斗篷藏起红方格戏服，宽大的兜帽投下阴影，遮住面具。我在墓园路最高处走出来，堵住她的去路。

看我多神奇，多非凡，多绝妙。这老妈妈用最苍老最苍老的声音说：“亲亲小宝贝，赏佝偻老婆子一点小钱吧，让我算个命，包你听了高兴，眼睛放光。”蜜西果然停下来。她打开钱包，拿出一美元。

“给。”她说。

我盘算着要这么说：她会邂逅一个神奇的小伙子。他穿红黄两色衣服，他戴半截面具，他会让她又惊又喜，他爱她，他永远对她不离不弃（呃，对你的小鸽子还是别全说真话为妙）。不过，只听口中那苍老的声音嘶声道：“你听没听过哈勒昆？”

蜜西若有所思地点点头。“听过，”她说，“即兴喜剧里有这么种角色，穿菱形格子戏服，戴面具。我觉得他是种小丑，对不对？”

兜帽下，我摇了摇头。“才不是小丑，”我对她说，“他是……”

眼看真相即将脱口而出，我忙咽下后半句，假装一阵猛咳——这种咳嗽对于老年妇女总有种由衷的偏爱。不知这是不是爱的力量。早已逝去的漫漫岁月中，我见过其他柯龙比娜，我以为我也深爱她们，但那些姑娘从未让我如此不知所措。

我用老妇的眼睛瞥着蜜西：她刚二十岁出头，双唇饱满，线条清晰果敢，像条美人鱼。一双灰色眸子凝神端详时炯炯有神。

“你还好吧？”她问。

我咳了几声，假意呛上几口，再咳了几声，终于喘气道：“没事，我的亲亲小小鸟儿，我挺好的，谢谢啦。”

“那么，”她说，“我想您该给我算命了？”

“哈勒昆把心给了你，”只听我如此说道，“但你必须自己解读他的心跳。”

她莫名其妙地盯着我。我没法在她眼皮底下变身，也没法消失逃走。我浑身僵硬，怒火中烧。这根翻云覆雨三寸不烂之舌，它居然背叛了我！“看，有兔子！”我突然伸手一指。她转身去看，眼神刚移开，我急忙隐身不见。嘭！好像兔子消失在洞里。她再回过头时，哪里还有算命老太（也就是敝人我）的影子？

蜜西继续往前走，我蹦跶着紧随其后，可脚步远不及先前轻快。

中午时分，蜜西又走进艾尔家，买了一小块奶酪，一盒淡橘汁，两只鳄梨。然后，她去郡通银行将活期账户里的钱全取了出来，共计两百七十九美元又二十二美分。我蹑手蹑脚地跟着，甜美如蜜，寂静如死。

“早上好啊，蜜西。”她走进盐罐咖啡店时，老板招呼道。他生着一副漂漂亮亮的胡子，颜色不像盐，倒似胡椒。要是我的心没在保鲜袋里，这时一定要漏跳一拍：这男子显然对蜜西很有些意思。我本有传说级的自信，眼下却心里发虚，很没底气。你可是哈勒昆，我自言自语道，只要身披方块戏服，世界就由我的闹剧主宰。我是哈勒昆，死而复生的浪子，以戏弄生者为乐。面具遮颜，魔杖在手，我就是哈勒昆。

我给自己吹了几声口哨，马上重振精神，自信满满。

“嗨，哈维，”蜜西说，“来盘土豆饼，还有番茄酱。”

“还要别的吗？”老板问。

“不用了，”她说，“这些就够。对了，再来杯水。”

我告诉自己，这个叫哈维的就是傻瓜富商潘大龙。我得忽悠他，陷害他，坑他一个晕头转向无所适从。也许厨房里就有串香肠……我下定决心，午夜之前，我要把欢乐的混乱洒满世界，把迷人的蜜西带上床：这是我送自己的情人节礼物。臆想中，我不住轻吻她的柔唇。

店里还有几个客人。我找了个法子解闷，他们一不留神，盘里的食物就被我掉了个个儿。不过我一点也不觉得好玩。女招待瘦骨伶仃，脸颊边蜷着些惨兮兮的发卷儿。这姑娘对蜜西视而不见，很明显是把她留给哈维招呼。

蜜西在桌边坐着，从口袋里拿出保鲜袋，放在面前桌上。

潘大龙哈维大模大样地走过来，给她端了杯水，拿来土豆饼和一瓶亨氏番茄酱。“拿把餐刀来。”她吩咐道。

去厨房的路上，我伸出脚赏了他个趔趄。见哈维破口骂娘，我才好受了些。终于，我又是我了！一个老头边看《今日美国》报，边拨弄盘子里的沙拉。女招待经过他身边时，我不失时机地戳了下她屁股，姑娘马上恶心吧啦地瞪了老头一眼。我正暗自发笑，突然脑中一阵天旋地转，一屁股坐在地上。

“你吃的什么啊？”女招待问蜜西。

“健康食品，沙琳。”蜜西说，“是补铁的。”我往桌上瞟去，只见她把盘子里那肝似的肉块切成片，抹足了番茄酱，和薯饼一起串在叉子上，送进嘴里大嚼起来。

我眼看艳若蔷薇的朱唇吞噬了我的心。情人节游戏渐渐不那么好玩了。

“你贫血吗？”女招待第二次经过蜜西身旁，手里端着壶热腾腾的咖啡。

“现在好了。”蜜西说着，又叉起一小块心肌送进嘴里，用力嚼了很久才吞下去。

蜜西吃完心，低头看见我四仰八叉地瘫在地上。她点点头，道：“出去，这就走。”说完，她站起身来，在盘边留了十美元。

我出去时，她正坐在人行道边的长椅上等我。外面很冷，街道一片荒芜，犹如废墟。我在她身边坐下。本来该围着她跑跑跳跳的，可现在我一举一动她都能看见，感觉傻极了。

“你把我的心吃了。”我告诉她。一听这语气我就知道自己在怄气，不禁更恼火了。

“是啊，”她说，“所以我能看见你了？”

我点点头。

“快把面具摘了，”她说，“看着真傻。”

我抬手摘掉面具。她好像有点失望：“改善不大。把帽子给我，哦，还有那根棍子。”

我摇摇头。蜜西自己伸手，从我头上摘下帽子，又拿走了魔杖。她摆弄着帽子，摸摸掸掸，折来折去。只见修长的十指上，指甲染得绯红。接下来，她伸了个懒腰，兴致勃勃地笑起来。然而，我的灵魂空空荡荡，半点诗兴也不剩，只能在二月寒风中瑟瑟发抖。

“好冷啊。”我对她说。

“才不呢，”她说，“再完美不过，美妙绝伦，魔力四射，不可思议！今天是情人节，对不对？怎么会觉得冷？这日子多好多妙！”

我低下头去，只见菱形格子变淡了，衣服褪成惨白色。白得像皮耶罗。

“我怎么办？”我问她。

“不知道。”蜜西说，“要么慢慢消失，要么另寻角色……兴许啊，你能做个失意情郎，借着月色苍凉，四下叹惋游荡。不妨去找柯龙比娜。”

“是你啊，”我说，“你就是我的柯龙比娜。”

“现在不是了。”她说，“毕竟哈勒昆的闹剧这样才算绝妙，对不对？我们换了衣服，角色也要改掉。”

说话间，蜜西露出奇妙的微笑，把帽子扣在自己头上——那帽子属于我，属于哈勒昆。她拍了拍我的下巴。

“你要怎样？”我问。

她将魔杖扔入空中。它翻腾，旋转，高高画了个拱形，带出一片红黄彩带盘旋飞舞，随即利落地落回她手中，几乎没发出半点声响。蜜西用杖尖抵着人行道，稳稳当当地站起身来。

她对我说：“我还有事要做，有票要卖，有人要想。”她的家传大衣已经蓝色褪尽，变成淡淡鹅黄，上面缀满红色方块。

接着，她弯下身来亲了我。这一吻结结实实烙在唇上。

不知什么地方传来汽车回火声，我吓得一激灵，转头看了一眼。再回头时，街上只剩我孤身一人。我孤零零地坐了一会儿。

沙琳打开盐罐咖啡店大门，喊道：“嗨，皮特，在外边待够了？”

“什么？”

“快来，哈维说放风时间完啦。再坐下去你要冻坏了，回厨房去吧。”

我盯着她。女孩掠了掠美丽的鬈发，对我绽开微笑，随即又换回寻常神色。我站起来，整了整帮厨小厮的白褂子，跟她走进屋去。

今天是情人节啊，我想，应该向她吐露真情，告诉她你的心意。

不过，我始终沉默，不敢开口，就这么随她走着。沉默掩饰了一切希冀。

厨房里，成堆的脏碟子还在等我。我马上开工，把残羹剩饭拨拉进垃圾桶里。一只盘子上有半只浇了番茄酱的薯饼，还剩了块颜色深暗的肉片。好像是生肉。不过，我还是用它蘸了点半干的番茄酱，趁哈维转身时一把塞进嘴里。肉质坚硬，嚼得很费劲，我不管三七二十一一口吞了下去。你要问起来，我也说不好为何一定要吃。

盘子上滑落一团番茄酱，染红了我的袖口。污迹是完美的菱形。

“嗨，沙琳，情人节快乐！”我向厨房那头大声说，随即吹起口哨。

（张秋早 译）

金发姑娘

分享故事是我们的责任，
像普通人那样，而非作为父女。
这个故事，我给你讲过上百遍：

“有个小女孩，叫作金发姑娘，
因为她的头发金又长，
她走到树林里，看见了……”

“母牛。”你满有把握，
想起了上个月，
我们在屋后林子里看到的，
那群走散的小母牛。

“嗯，好吧，也许她看见了母牛

但她也看见了一座房子。”

“一座好大好大的房子。”你对我说。
“不，一座小房子，干净又整洁，刷得很漂亮。”

“一座好大好大的房子。”
你跟所有两岁孩子一样信心十足。
我真愿也能像你一样。
“啊，没错。一座好大好大的房子。
她走了进去……”

我嘴里讲着故事，
心中却想起，索西[1]的故事里
女主角已是白发苍苍。
老太婆和三只熊……
也许她青春年少时，也曾是个金发姑娘。

转眼间，我们已经讲到麦片粥，
“结果它……”
“太烫！”
“结果它……”
“太凉！”
最后那碗，我们齐声说道：“刚刚好。”

---

1 罗伯特·索西（Robert Southey），英国诗人和散文家，《金发姑娘与三只熊》的原作者，但在他的原作中，金发姑娘是个老太婆。

麦片粥吃完，熊宝宝的椅子被坐散，
金发姑娘上楼去，试过三张床，
糊里糊涂
倒头睡觉。
三只熊回到家中。
我心中还想着索西，嘴里早装出咆哮：
熊爸爸的怒吼把你吓了一跳，也被逗得发笑。

小时候听故事，
我总把自己当成熊宝宝，
我的麦片粥被吃光，我的椅子被坐坏，
我的床上睡着个陌生小姑娘。

我学起熊宝宝的哭叫，
把你逗得咯咯直笑。
“有人吃了我的麦片粥，还把它……”
“吃光了！”你抢着说。这是个回应，
或是赞同。

三只熊犹犹豫豫走上楼，
他们觉得家惨遭外人玷污。
三只熊猜到了金发姑娘的去向，
慌慌张张冲进卧房。
“有人睡在我床上。”
讲到此处，我迟疑片刻，

老段子，荤笑话和低俗的头条
在脑海中回荡。

总有一天，你听到这句话也会撇撇嘴角。
先是失去兴趣，继而失去纯真。
仿佛某种货品的，纯真。
“如果有可能的话，”父亲曾在给我的信中写道，
我小时候，只觉他身量高大，就像头熊。
“我真想送给你所有经验，省下种种磨难。”
到如今，我也想把它们传给你。
但我们都会犯错。我们会糊里糊涂
倒头睡觉。
同样的故事在岁月中不断重演。
等你的孩子长大成人，等你的黑发沾上银丝，
等你变成老太婆，身边只剩三只熊，
你会看到什么？你会讲什么故事？

“金发姑娘从窗口跳了出去，
她……”
我们一起说：“一路跑回家。”

你连声叫道：“再讲一遍。再讲一遍。再讲一遍。”

分享故事是我们的责任。
现如今，我总把自己当成熊爸爸。

出门前，我会锁好门，
回家后，我会检查每张椅子，每张床。

一遍。

一遍。

又一遍。

（马骁 译）

苏珊的问题

她那天夜里又做了梦。

在梦中，她同哥哥、弟弟和妹妹一起站在战场边缘。时值盛夏，绿油油的草场青翠欲滴，是那种健康的绿色，就像板球场，或是南唐斯丘陵的美妙山坡。草地上横七竖八倒着些尸体，但没有一具属于人类。她看到附近有个半人马，喉咙被利刃划开。属于马的那半是鲜活的栗色，上身的人类肌肤也被晒成棕褐。她发现自己正目不转睛地盯着半人马的阳物，揣测他们的交配方式，想象被满面胡须的脸庞亲吻的感觉。她的目光转向脖子上的伤口，还有周围黏糊糊的暗红血泊。她打了个哆嗦。

苍蝇在尸体附近飞来飞去。

野花在草地间纵横杂陈。它们昨天才刚刚绽放，之前已经封冻了……多久呢？一百年？一千年？一万年？她不知道。

她凝视战场，这里原本是茫茫雪原。

就在昨天，这里仍是雪原。永远都是冬季，却怎么也到不了圣诞节。

她妹妹扯了扯她的手，朝远方指去。在绿草如茵的山岗上站着两条身影，似乎正激烈交谈。狮子毛色若金，双手背在身后。女巫一身素白，正冲狮子叫嚷。而狮子则静静听着。孩子们听不清他们的话语，无论是女巫冰冷的怒火，还是狮子厚重低沉的回应都被清风吹散。女巫的头发又黑又亮，双唇艳如桃李。

在梦中，她注意到这些细节。

他们——狮子和女巫的谈话很快就会结束……

教授很看不上自己的一些缺憾。比方说，她的味道。她的味道跟她祖母一样，就是种老女人的气味，永远让她耿耿于怀。所以每天早晨，她起床后都要用加了香精的热水泡个澡，用毛巾擦干身子，然后在穿衣服之前，往腋下和脖颈上点几滴香奈儿香水。她自认为这是她仅有的一点放纵。

今天，她上了点口红，穿上深棕色套装。她把这身衣服看作自己的访谈装，有别于演讲装或居家休闲装。她现在退休了，居家休闲服穿得越来越多。

吃罢早餐，她洗了个牛奶瓶，放到后门外。她发现隔壁家的猫在门垫上藏了老鼠头和一只爪子。看起来就像是有只老鼠在椰衣垫里游泳，大半个身子都没在水下。她抿着嘴，把昨天的《每日电讯报》叠了几折，将老鼠的头和爪子拨到上面，始终没用手碰它们。

今天的《每日电讯报》已经放在门厅，还有几封信件同时送到。她检查了一遍，但没有拆开任何一封，便放在小书房的桌子上。自打退休以来，她除非要写东西，否则根本不进书房。她走进厨房，坐在老橡木餐桌旁，拿起用银链挂在脖子上的老花镜，架在鼻梁上，开始读讣告。

她并没指望读到任何熟人的消息，但这个世界很小，她略带兴奋地发现，讣告栏里有张彼得·布瑞尔·冈恩五十年前的照片，跟两人上次见面时的样子完全不同。那还是几年前在《文学月刊》的圣诞派对上，冈恩显得尖嘴猴腮，因为痛风走路颤颤巍巍，活像一幅猫头鹰的讽刺漫画。但在照片里，他可是个英俊小生，显得野性十足，又气质出众。

她曾在一座避暑别墅中，花了整整一晚上跟冈恩热吻。她记得很清楚，只是怎么也想不起那究竟是哪座避暑别墅的花园。

她推断想必是里德夫妇——查尔斯和娜蒂亚在乡下的那座。也就是说，肯定是在娜蒂亚跟苏格兰艺术家私奔，而查尔斯带教授去西班牙之前。不过她那会儿还不是教授。当年的西班牙是个充满危险和异域风情的国度，人们流行去那儿度假已经是很久以后的事了。查尔斯曾向她求婚，教授不记得自己为何要拒绝，甚至不确定到底有没有拒绝。查尔斯是个很可爱的年轻人，在那温暖的春日黄昏，他在西班牙海滩的一张毯子上取走了教授的贞操。她那时才二十岁，已经觉得自己老朽不堪……

门铃响了，教授放下报纸，走到正门前，把门打开。

她的头一个念头是，女孩看起来可真年轻。

她的头一个念头是，妇人看起来可真苍老。“黑斯廷斯教授？”她说，“我是葛丽塔·坎皮恩。我正在为《文学纪事》撰写您的小传。”

苍老而衰弱的妇人盯着她看了几秒，继而露出微笑。那是个友善的笑容，葛丽塔心中一暖。“进来吧，亲爱的，”教授说，“咱们到客厅去聊。”

“我给您带了这个，”葛丽塔说，“我自己烤的。”她从包里拿出蛋糕盒，只希望里面的东西没在路上颠坏，“巧克力蛋糕，我在网上看到篇文章，说您喜欢。”

老妇人点点头，冲她挤了下眼睛。“没错，”她说，“你太客气了。往这边走。”

教授领着葛丽塔走进一间舒适的客厅，请她坐到扶手椅上，并且明确告诉她坐着别动。老妇人匆匆走出房间，很快端回一个大托盘，里面放着两套杯碟，一壶茶，一盘巧克力饼干，还有葛丽塔的巧克力蛋糕。

茶水倒好，葛丽塔盛赞了一番教授的胸针，然后掏出钢笔和记事本，以及教授最后的著作《儿童文学真意考》——书里夹满了即时贴和碎纸条。她们讨论了前几章的内容。这部分提出了立论：最初并无明确的儿童文学分野，直到维多利亚时期，人们提出纯真圣洁的童年观，针对儿童的文学作品才被要求做到……

“嗯，纯真。”教授说。

“以及圣洁？”葛丽塔面带笑容地问道。

“假作圣洁，”老妇人纠正说，“读起《水娃娃》[1]来，你很难不皱皱眉头。”

她接着谈到过去的艺术家习惯把孩子们画成小号的成人，完全不考虑儿童身体比例问题；还说了《格林童话》原本是供成人阅

1 《水娃娃》是英国小说家、历史学家查尔斯·金斯利创作的童话，讲述了一个扫烟囱的小男孩死后变成水娃娃的奇妙历程。

读，直到格林兄弟发现大家把故事讲给幼儿园的孩子听，这才删去不雅的段落，变成适合儿童阅读的洁本。她讲到佩罗的《林中睡美人》，以及故事原本的末尾部分：王子的食人魔母亲试图陷害睡美人，说她吃了自己的两个孩子。葛丽塔从始至终频频点头，记了不少笔记，时不时紧张地搭两句话，好让教授觉得不是在讲课，而是进行交谈，或者说至少是进行访谈。

“您觉得，”葛丽塔问道，“您对儿童文学的兴趣由何而来？”

教授摇了摇头：“我们的各种兴趣都是由何而来呢？你对儿童文学的兴趣由何而来？”

葛丽塔说：“书籍对我来说，似乎总是最重要的。当然是那些值得一读的书。我从小到大都离不开阅读。就像是罗尔德·达尔笔下的玛蒂尔达……你的家人也嗜书如命吗？”

“算不上……不过他们已经过世很久了。应该说是死于非命。”

“您的家人是同时离世的？在战争中吗？”

“不，亲爱的。我们在战时被疏散了。那是一次火车相撞的事故，战争已经结束好几年了。我不在车上。”

“就跟刘易斯的《纳尼亚》系列一样，”话音未落，葛丽塔已经发觉自己像个傻瓜，而且是个感觉迟钝的傻瓜，“真抱歉，我真话说得太过分了，是吗？”

“是吗，亲爱的？”

葛丽塔只觉满面羞红，开口说道：“只是那段情节给我留下的印象太深了。在《最后一战》里。您知道，返校的火车出了事故，所有人都死了。当然，除了苏珊。”

教授说：“再来点茶吗，亲爱的？”

葛丽塔明知自己不该再碰这个话题，但还是说："您知道，那结局曾让我气得要命。"

"为什么，亲爱的？"

"苏珊。其他孩子都升上天堂，只有苏珊不能去。她不再是纳尼亚的朋友，只因钟情于口红、丝袜和聚会的邀请。我甚至跟英语老师讨论过这个问题，苏珊的问题。在我十二岁那年。"

她本想转开话题，说说在成人信仰体系的构架过程中，儿童文学所扮演的角色。但教授却说："跟我说说看，亲爱的，你的老师是怎么讲的？"

"她说即便苏珊当时不得升入天堂，但她在有生之年仍有机会忏悔。"

"忏悔什么？"

"信仰不纯，我想是。还有夏娃之罪。"

教授给自己切了块巧克力蛋糕，似乎陷入了回忆。她随后说道："家人出事之后，我怀疑她还有多少接触口红和丝袜的机会。反正我肯定没有。只有父母留下的一点点钱——比人们想象的少很多，仅够基本吃穿用度，不用提什么奢侈品……"

"苏珊肯定还有某些不妥的地方，"年轻的记者说，"某些没有告诉我们的地方。要不然她怎么会受到这等诅咒，不准进入天国乐园。我是说，她关心爱护过的所有人都得到了报偿，去往青山绿水、幸福欢畅的魔法世界，只有她被判滞留尘世。"

"我不知道书里的女孩是什么情况，"教授说，"但留在尘世间同样意味着，她必须去辨认哥哥、弟弟和妹妹的尸体。那次车祸中死了很多人。我被带到附近的一所学校——那是新学期第一天，他们把所有尸体都运了过去。我哥哥看起来还行，就好像在睡觉。

另外两个就有些不成样子了。”

“我估计苏珊也会看到他们的尸体，同时心想他们如今都去度假了。完美的学校假期。在绿草如茵的原野上跟能言兽们嬉戏欢闹，那永无止境的乐园。”

“她可能真会这么想吧。我只记得自己在想，两列火车相撞时，居然会对里面的乘客造成如此巨大的伤害。我想你从未去辨认过尸体吧，亲爱的？”

“没有。”

“那是你的福气。我记得自己看着他们，心里在想，要是我认错了怎么办，如果那不是他怎么办？你知道，我弟弟身首异处。如果只因为我喜欢丝袜和聚会，上帝就降下惩罚，强迫我走过那间苍蝇乱飞的学校食堂，去辨认爱德蒙的尸体，哦……这位上帝，他玩得太高兴了吧？就像个猫咪，享受着耍弄老鼠的最后一分乐趣。说来，形容乐趣该用‘一分’还是‘一丝’？我想现如今都爱说‘一丝’的吧。我不知道，真的。”

她话音渐弱，过了半晌才又说道：“抱歉了，亲爱的。我想今天只能到此为止了。也许你的编辑可以给我打个电话，咱们另约个时间把访谈做完。”

葛丽塔点头称是，但心中却有种强烈的预感，深知她们再也没有继续访谈的机会。

那天晚上，教授颇为费力地缓缓爬上楼。她从晾衣橱里拿出床单和毯子，在里间的次卧里铺好了床。房间显得空空荡荡，只有个带镜子和抽屉的朴素梳妆台，是战时留下的，一张橡木床，一组落满灰尘的苹果木衣柜。衣柜里只剩下些晾衣架和一个纸板盒。她在梳妆台上放了个花瓶，里面插好俗而潮湿的紫杜鹃。

她从衣柜的盒子里拿出一个塑料购物袋，里面装着四本老相册。她爬上自己儿时的睡床，躺在毯子里，翻看那些黑白照片、棕褐色照片，和几张颜色很假的彩照。她看着自己的兄弟、妹妹，还有双亲，揣摩他们怎么会那么年轻 所有人都那么年轻。

过了半晌，她才注意到床头柜上放着几本童书。教授有些迷惑不解，因为她不敢相信自己会把书放在次卧的床头柜上，更不用说这里本来应该没有床头柜才对。那摞书最上面是本颇有年头的平装书，至少也有四十年的历史，标价还不到一镑。封面上画着一头雄狮，两个小姑娘正把雏菊花环套进它的鬃毛[1]。

教授惊得浑身发麻。她这才意识到自己是在做梦，因为这栋房子里绝对没有这套书。平装本下面是本精装本，还套着护封，正是她做梦都想读的《玛丽阿姨带来黎明》，帕·林·特拉芙斯生前没有写过的作品。

教授拿起书翻到中间，读起已经等待她多时的故事：简和迈克尔在玛丽阿姨的休息日，跟踪她一路来到天堂，碰见了男孩耶稣、圣灵和圣父。耶稣还有点怕玛丽阿姨，因为玛丽曾是他的保姆。圣灵抱怨说玛丽阿姨离开后，他的床单就再没洗成像样的白色。上帝说："谁也别想对她指手画脚。对她不行。她是玛丽阿姨。"

"但你是上帝，"简说，"你创造了所有人，还有事物。他们都得按你说的做。"

"她是例外，"上帝挠着点缀白丝的金色胡须，又说了一遍，"我没创造过她。她是玛丽阿姨。"

---

1 《纳尼亚》系列第一册《狮子、女巫和魔衣柜》的封面。

教授翻了个身，接着又梦到在读自己的讣告。她发现自己的过去都被概括在白纸黑字中，读起来感觉还是挺不错的一生。所有人都在场。除了那些她已经忘记的人。

葛丽塔躺在卡姆登区的小公寓里，睡在男友身旁，她也在做梦。

梦中，狮子和女巫并肩从山上走了下来。

她站在战场上，握着妹妹的手，抬头看向雄狮，看向他那琥珀色的炽热目光。“他可不是头驯服的狮子，对吧？”她对妹妹低声说道。两人都打了个哆嗦。

女巫看了她们几眼，忽然转过身去，冷冰冰地对狮子说：“我对咱们谈定的条款非常满意。女孩是你的，而那两个男孩，则属于我。”

她一下子全明白了，慌忙转身想要逃走，但还没走出几步就被野兽压在身下。

在梦中，她被狮子吃了个精光，只剩下一颗脑袋。狮子没吃她的头，还留了一只手，就像家猫把自己不想吃的老鼠部位剩下，留到以后再说，或是作为礼物。

她真希望狮子能吃掉自己的脑袋，免得她被迫看到结局。但僵死的眼皮怎么也闭不上，她只能眼睁睁地看兄弟变成两头扭曲的怪物。巨兽吃她妹妹的时候要慢很多，而且在她看来，似乎也更享受。不过话说回来，妹妹从来都最得它宠爱。

女巫脱掉白袍，露出同样白皙的胴体，还有那对挺拔的小胸脯，乳头颜色深得近乎发黑。女巫躺在草地上，分开了双腿。她身下的青草渐渐结起白霜。“来。”她说。

狮子用粉红的舌头舔舐她苍白的隙缝，直到女巫再也无法承受。她将雄狮的巨口拉向自己的嘴唇，冰冷的双腿盘住金灿灿的兽毛……

她死后，双眼再也合不上，转不开，只能把所有细节看得真真切切。

狮子和女巫完事后，浑身上下又湿又黏，显得心满意足。狮子这才缓步走到草地上的头颅前，张开大嘴把它一口吞下，咯吱吱咬碎。待到那时，她才醒来。

她只觉心脏怦怦直跳，试图把男友叫醒。但他打着呼噜，嘟囔了两声，不肯离开梦境。

原来是真的，葛丽塔躺在黑暗中，狂乱地暗自想道，她长大成人。她继续生活。她没有死掉。

她想象着教授在黑夜中惊醒，倾听着角落里旧苹果木衣柜中传出的响动。那些幽魂鬼魅发出的窸窣声，很容易被当成老鼠在跑动。还有生有肉垫的巨爪慢慢挪动的声响，和远方传来的凶险猎号声。

她知道这是在胡思乱想，但她也知道自己读到教授过世的消息时不会感到震惊。她重新入梦前，恍恍惚惚地想着：死亡在黑夜出没，好似捕猎的狮子。

赤身裸体的白女巫骑在金狮背上。它的嘴角还沾着猩红色的新鲜血迹。狮子伸出巨大的粉舌头在脸上舔了一圈，再没留下半点污痕。

（马骁 译）

指南

墙上有一扇门，你从未见过，
打开门闩前记得说“请”，
进门去，
走下那条小径。
刷了绿漆的正门上吊着个红色金属小鬼，
当作门环，
别碰它；它会咬掉你的手指。
穿过大屋。什么也别拿。什么也别吃。
不过，
倘若有什么生灵对你说它饿
把它喂饱。
如果它对你说它脏
将它洗净。
如果它对你说它疼，

尽你所能，
帮它止疼。

站在后院，可以看到野林。
你路过的那口深井通向寒冬之国；
井底有另一片大地。
如果你从此回头，
便可以安然返回；
你不会丢脸，谁也不会将你小瞧。

穿过花园，你将走进树林。
此处古木参天，窥探的目光在灌木丛间闪现。
一棵歪脖树下坐着个老太婆。她也许会索要东西。
给她。
她会指出通往城堡的道路。
城中住着三位公主。
不要相信最小的那个。继续走。
城堡后面的空地上，十二个月围坐在火堆旁，
烤烤手，烤烤脚，轮流讲故事。
他们可能会帮你，只要你懂礼貌。
让你在十二月的严霜中采草莓。

相信狼，但别告诉它们你要去何方。
从渡口可以过河。摆渡人会让你上船。
他的问题答案如下：

如果他把桨交给渡客，就能离开这艘船。
（走远些再告诉他。）

如果有老鹰赠你羽毛，保存好。
记住：巨人睡得很香；
女巫常因贪食遭殃；
恶龙总有软肋难防；
真心可以藏得很严，
但往往被舌头出卖。
不要嫉妒你的姐妹：
别忘了，钻石或玫瑰
若从青蛙和蟾蜍的嘴边掉落
那最好别碰，它们：
又冷又尖，还会划破你的手。

记住自己的名字。
不要失去希望——你追寻的东西就在前方。
相信鬼魂。相信你帮过的生灵总知恩图报。
相信梦。
相信你的心灵，相信你的故事。

往回走时要循原路。
情会还，债要清。
记得懂礼貌。
切莫回头看。

骑能言鹰（你不会摔落）
骑银鳞鱼（你不会溺水）
骑大灰狼（抓紧它的毛）

高塔塔基有只虫，因而不得久长。

等你回到小屋，旅程开始的地方，
你会认出来，虽说它比你记忆中小了不少。
走过小路，穿过只见过一次的门。
要么回家，要么造一个家。

要么休息。

（马骁 译）

感受

眼下我躺在床上。身下是亚麻床单，虽略嫌凌乱，但温暖怡人，与体温相适。床上除我之外再无他人。胸口已经不痛。毫无感觉，一切良好。

阳光从卧室窗口射入。睁眼之后，梦境曝光过度，已逐渐消失。取而代之的，是一点一滴的回忆。枕上只有紫花一朵，与女孩余香相伴。看来，蓓琪[1]从此已成回忆。过去十五年间种种往事从我心头一一流过，如纸屑纷飞，落花飘零。

她年方二十，我年长许多，已经二十有七。当时我已成家立业，有一对孪生幼女。为了她，我已经下定决心，抛弃一切。

女孩是我去汉堡开会时认识的。一开始，她在互动娱乐主题讲座中登台演出，长发乌黑，双眸蓝中透绿。我觉得她魅力四射，十分有趣。初时我看这女孩像个熟人，后来才发现与她神似之人和我全无

1 丽贝卡的昵称。

交情：《复仇者》系列剧中戴安娜·李戈扮演的爱玛·琵尔。想当年，黑白银幕上的爱玛是我的梦中情人——那时我还不满十岁。

那天晚上，我去参加一家软件商主办的派对，在走廊里与她擦肩而过。我说你演得不错。她自称是个演员，受讲座方雇用而来。（“毕竟大家不能都去伦敦西区演歌剧，对不对？”）她还说，她叫丽贝卡。

后来我们在门道里接吻。投身我怀中时，她曾柔声叹息。

剩下的日子里，蓓琪都睡在我房间。我全心全意，深坠爱河，只道她也意乱情迷。这场外遇从德国一直延续回英国本土，刺激无比，欢乐无匹，乐趣无穷。每念及她，不免飘飘欲仙，如饮佳酿。我明白，这才叫爱情。

一有空我就去找她，对家里只谎称加班。忙，没办法，谁叫我在伦敦？那些晚上我都混迹巴特西一带，在蓓琪的公寓留宿。

女孩的胴体带来无穷妙趣，我迷失在柔肤碧眼之间。性爱难以让她放松。聊起来倒不排斥，真要身体力行起来，她兴致却不高，完事越快越好。她说无论谁帮谁，口活儿实在难免恶心。这些我全不介意：只要她形容姣美，思维敏捷，我别无所求。我爱看她用黏土捏出娃娃脸，爱看橡皮泥上指甲刻出的半月形。蓓琪有副好嗓子，兴之所至开口便唱，想到什么来什么：流行歌曲，传统民谣，歌剧选段，剧集配乐，五花八门，不一而足。我妻子不唱歌。两个女儿从没听妈妈唱过摇篮曲。

蓓琪出现后，世界才有了色彩。生活中每天都有新发现：蓓琪爱花，我便开始留意精巧优雅的花序；蓓琪爱默片，我也成了无声影迷，把《巴格达大盗》和《福尔摩斯二代》看了一遍又一遍；蓓琪爱音乐，我也收集起碟片和磁带来。我爱她，无论她爱什么，我一并爱屋及乌。认识她之前，我不听音乐，不懂默片小丑那黑白相间的雅趣，对花卉不闻不问，从未好生端详。多亏有她。

她说她不能再演戏了，要寻个来钱的营生，收入最好稳定些。我便联系了一位音乐界的朋友，让她去当个人助理。有时我酸溜溜地猜疑，他们是否一起睡过。虽然心中纠结，我却从不过问——一来我不敢打破现有平衡，二来这疑虑实有捕风捉影之嫌。

“你考虑过我的感受没有？”她问出这句话时，我们正从街角的泰国餐馆往回走。每次去找她，我们都去吃泰国菜。

“每天晚上，你都要回家找老婆。你知不知道我怎么想？”

她问得有理。有人伤心固然不妥，但我心已一分为二。我自己有家小电脑公司，工作也受了影响。我提醒自己：是时候和妻子摊牌，永远离开了。以后我只属于蓓琪一人。不难想象，她听了该有多快活！卡罗琳会难过，会受伤，孪生女儿一定更无法接受。然而，一切已成定局。

我还会和女儿嬉戏。两人一模一样，几乎分毫无差。（唯一的分辨技巧是：阿曼达唇上有个小痣，杰西卡下巴圆一些。）卡罗琳的头发是蜜棕色，她们却发色略淡。我带女儿去公园，给她们洗澡，夜间给她们盖被。每时每刻，我难免心中隐隐作痛。但是，大势已去，无法挽回。伤痛转眼即退，取而代之的，是与蓓琪厮守缠绵、如胶似漆的无上欢乐。

不到一周就是圣诞节了，白天越来越短。我带蓓琪去泰国餐馆吃饭。她正从鸡肉串上舔花生酱，我突然说，不久我就要抛弃妻子女儿，来到她身边。我原以为女孩会粲然微笑，可她一言不发，脸上笑意全无。

当夜回到公寓，她不愿与我同榻，反而说我们分手吧。我本就喝多了，不禁失声痛哭，哀声求她改变心意。那天以后，我再没哭过。

“现在你好没劲。”她直言不讳道。我凄凉地坐在起居室地上，背靠她家旧沙发。“你以前很有趣，很好笑。现在却成了个闷罐头。”

“抱歉。”我可怜兮兮地说，“真的，对不起。我会改的。”

“看，对吧？”她说，“真没劲透了。”

她打开卧室门，走进屋去，反手锁了门。我就在地上坐着，自斟自饮，灌下一整瓶威士忌，直到满腹哀怨，酒气上头。记得我在她家乱转，摸摸这，摸摸那，抽噎不休。我看她的日记，从浴室脏衣篮里拖出内衣，一头扎进去，捕捉她的体香。我也曾跑到卧室前猛力捶门，大喊她的名字，但里面毫无反应，也没人来开门。

午夜过去，我摸出灰橡皮泥，给自己做了只石像鬼。

当时的情景仍历历在目。我一丝不挂地晃悠，在壁炉上发现一大块橡皮泥，又摁又揉，终于将它软化。接着，我这酒气熏天、欲求不满、怒火中烧的疯汉，用这块软泥手淫，又把乳白的精液揉进那一团死灰中去。

我并无雕塑天赋，但那一夜，有东西在我指间渐渐显形：粗壮的手爪，狞笑的头颅，厚实的翅膀，扭曲的后腿。欲望，自怜，憎恨……全被我揉入其中。最后，几滴乔尼·沃克黑方酒为它完成了洗礼。大功告成之后，我把这玩意儿放在心口。小小的石像鬼，愿它保护我！叫我不被碧眼美人蛊惑，叫我永生不坠爱河。

我躺着，石像鬼坐在胸口上，不久便坠入梦乡。

再次醒来已是数小时之后。卧室门依然紧锁，天还很黑。我爬进厕所，吐得满缸满地，那一地内衣也染上了污渍。然后，我回家了。

不记得我怎么瞒过了妻子。也许她宁愿自己蒙在鼓里。一个不问，一个不说，万事大吉。可能卡罗琳调笑了几句，说我一到圣诞就成了酒鬼。具体情形实在无法记起。

巴特西区那套公寓，我再也不曾造访。

每过几年，我都会偶遇蓓琪。行路时擦身而过，地铁上不期而遇，商业区恰巧相逢。每一次都很尴尬。只要在我身边，她就冷漠而窘迫，我自己肯定也如出一辙。我们打过招呼，她会提起我最近的业绩，恭喜寒暄几句。过去的日子里，我将全副精力投诸事业之中，打出一片天地。在音乐、戏剧与互动娱乐领域，人们称我为业界王者——即使尚未称王，封侯称霸也绰绰有余。

我也曾邂逅其他女孩。她们聪明，美丽，讨人喜欢。其中不乏最能引我深爱、引我动情的好姑娘。可是，我再没爱过。

我谁也不爱。

理智与情感交织不清：理智告诉我，忘了蓓琪。我向自己保证，不再恋着她，不再需要她，想也不要去想。一旦想到她，那微笑与明眸便涌上心来。痛苦袭来。胸腔之中，有实实在在、无比真切的痛楚，仿佛有东西用尖锐的手爪揉搓心房。

每当此时，我便想象胸中之物是一只小石像鬼。它包裹了我的心，冷若磐石，始终保护我。每次心动都化于无形，我便重新投入工作。

时光飞逝：两个女儿长大了，终于离家去上大学。两个不尽相同的女孩，分处英格兰南北两端。我也离开家，与卡罗琳分居，搬进伦敦切尔西区一套宽敞的公寓。一个人的日子虽谈不上幸福，却也乐得逍遥。

时间转回昨天午后。海德公园里，蓓琪先瞥见了长凳上的我。当时我正借春日和煦的阳光看书。她跑过来，碰了碰我的手。

“把我这老朋友都忘了？”她问。

我抬头道：“蓓琪，你好呀。”

“你一点也没变。”

“你也一样。”我浓密的胡须中夹杂银丝，头顶秃了大半。她虽已三十过半，却苗条依旧。我们都没撒谎。

“你做得不错，”她说，“经常在报纸上看见你。”

“我的公关人员不是吃白饭的。你最近在忙什么？”

她在一家独立电视网管传播部。她说，要是当年没退出演艺圈该多好，如今早该在西区舞台上占有一席之地。纤纤指尖拂过又黑又长的秀发，她笑了，样子仍像爱玛·琵尔。我愿随她去天涯海角。

我合上书，把它放进外衣袋里。

我们手拉手走过公园。所到之处，朵朵春花争相朝我们颔首，黄的，橘的，白的。

“金水仙，”我说，“像华兹华斯写的。”

“这些就是普通水仙，”她说，“金水仙是另一种。”

身在春日的海德公园，园外城市喧嚣不免全部抛诸脑后。我们来到甜品摊前，买了两个颜色夸张的冰激凌卷。

“是因为别人吗？”终于，我舔着冰激凌，尽量佯装若无其事，“你甩了我，是因为别人吗？”

她摇着头：“你太当真了。没别的。我也不想破坏你的家庭。”

那天深夜，极晚的时候，她又说了一遍：“以前我觉得破坏别人家庭是件坏事，现在倒不在乎了。”

我还没告诉她我离婚了。我们在希腊街找了家馆子，吃了寿司和生鱼片，喝了不少清酒。身上暖意涌动，整个晚上弥漫着米酒醇香。我们叫了辆金色出租车，开回切尔西区。

酒意仍在，我胸中发热。我们接吻，拥抱，咯咯发笑。蓓琪仔细看过我收藏的CD，选了张烟枪牛仔乐队的《三位一体》。音乐响起，她轻声哼唱。虽然仅是数小时之前，但我已无法记起她如何褪去衣衫。她的双乳仍然美丽。当然，已不如青春年少时紧致圆润，乳头颜色黯红，更加醒目。

我发福了些。她苗条依旧。

“想要我吗？”她轻声说道。我们滚到床上。她的私处红艳发紫，丰满狭长，在我舌下如鲜花般盛开。她的阴蒂在我口中胀大，咸涩的味道充满整个世界。我不断舔舐、挑逗、吮吸、轻咬，感觉持续了足有数个钟头。

她在我舌下抽搐着攀上高潮，紧接着把我的脑袋拉到面前。我们又吻了一段时间，她最终将我引导进去。

“还和十五年前一样大吗？”她问。

“相信如此。”

“嗯。”

过了一会儿，她说：“射在我嘴里好不好？”我依言照办。

我们并肩躺着，一时沉默。后来，她说：“你恨不恨我？”

“不，”我睡眼惺忪，“以前恨过，恨了好多年。爱恨交加。”

“现在呢？”

“不，早就忘了。飞上夜空飘走啦，像气球一样。”话从口出时，我心里明白，事实的确如此。

她偎得更近，温暖的肌肤与我相倚：“难以置信，我怎么会赶你走？同样的错误不能再犯。我爱你。”

“谢谢。”

“傻瓜，别谢啦。说‘我也爱你’。”

“我也爱你。”我逐字重复完毕，半睡半醒地吻了她依旧濡湿的唇。

接着，我沉入梦乡。

梦里，我觉得有东西在心中舒展开来。它在动，它在变。冷如磐石，黑暗永生不散。一拉，一撕，心仿佛一分为二，顷刻间痛不欲生。漆黑一片，陌生诡谲，鲜血淋漓。

黎明降临，一片浅灰。一定还在做梦。我恍惚睁开眼睛，上个梦境已经结束，可仿佛仍未全醒。只见我胸腔大开，从肚脐到颈中开了道黑黝黝的口子。一只畸怪的巨掌正缩回胸中。那手掌颜色灰暗，黏土一般，指间还攥着长长的黑发。一晃眼间，它已踪影全无，仿佛亮灯时突然躲进罅隙去的小虫。睡眼蒙眬中，我低头再瞧，胸口哪里还有开口？肌肤已然合拢如初。看来不必大惊小怪，又是梦境罢了。冰冷的手消失不见，再也没有出现。我只觉一阵疲惫，眼皮再度落下，意识又向舒适怡人，散发着米涯芳香的黑暗中沉去。

我又睡了一会儿。其余梦境已经全部遗忘。

不久前我终于清醒过来。朝阳洒在脸上，身边除枕上紫花之外空空如也。眼下我正拈着花。莫非是种兰花？不过，对花卉我实在所知有限。花香陌生，咸涩，充满女性气息。

一定是蓓琪走前留下的。当时我仍在熟睡。

很快我就要起来，离开这张床，回到生活轨迹中去。

不知今后是否还能见面。我发现，无论是否，我全不在乎。我感到身下是亚麻床单，胸口触到清冷的空气。感觉良好，无与伦比。

除此以外，什么也感觉不到。

（张秋早 译）

这辈子

我这辈子？妈的，说了你也不爱听。老天，喉咙真他妈干。

喝一杯吗？好得很，你买单，我乐意。没错没错，天真热。不喝白不喝，一点儿就够。

就啤酒吧，喝完来杯威士忌，一口闷！热天就该喝这个。

酒这玩意儿只一点不妙，一落肚以前的事都在脑子里转。有时候我觉着忘干净才好。你看，我妈吧，以前虽然是个娘们，我却没见过她做女人啥模样。

是啊，手术前的照片倒是看过。她说我没老爸可不行。

我亲爹视力一恢复就把她甩了。（一只缅甸猫从天而降，把他那双瞎眼砸亮了。小东西从公寓楼三十层跳出来，恰到好处地掉在爹头上，他就邪乎地又能看见了。那猫翻身在人行道上站定，屁事没有。说猫怎么都能四脚着地果然没骗人。）爹说他一直以为娶了我妈的孪生妹妹。

两人长得完全不是一回事，声音却一模一样，真是造化神奇！

法官亲身一试，果然闭了眼也分不清两姐妹，就批准爹妈把婚离了。

退了庭我爹自在逍遥一身轻，可是回家路上又被天降石渣砸破了头。有人说那渣块是飞机上掉出来的排泄物。

后来化学家查了查，发现里边藏有未知元素，报上说这垃圾里有外星蛋白。再后来，政府封锁消息，还把爹的尸体拉走严加保护。我们家拿到张收条，可是不到一礼拜就成了白纸一张。写收条的墨水里一定有名堂。

啊，说远了。老妈说家里有个男人对我最好，这男人只能她来当。她和医生达成协议，两人一起赢了水下探戈比赛，医生就免费把她整成男人。我小时候还蒙在鼓里，一直管她叫爹。

除了这个，我就没什么有意思的故事可叨啦。什么？再来一杯？

好么，你就想找个伴儿是吧？再来杯啤酒，小杯威士忌也别少。

等下，来双份吧。不是我好酒，实在天太热。你不喝酒，起码也能觉着热，对吧。

我老婆就拣了这么个热天，化成水了。

我看书上说有人爆炸了，有人自燃了，都是传说嘛。我老婆可是有名有姓的大活人，叫玛丽·露塔。我们第一次见面时，她刚从昏迷中醒来。

要知道，她昏睡了七十年，一岁也没老。球形闪电真他妈厉害。

潜艇上所有人都和我家玛丽一样，在时间流里冻得硬邦邦。

结婚以后我俩还去看大伙儿。他们睡着，我们在床边坐着。

那时候，我是开卡车的，日子挺滋润。虽然缺了七十年，她对付得还挺好。

我想，要不是洗碗机闹鬼了，她肯定还活着……好、好么，应该是魔鬼上了它的身。

它折、折磨她，老叫她提心吊胆。我们只能请到一位驱魔师，是个乌得勒支来的荷兰矮子，连牧师都不是，就拿着一套驱魔行头：铃铛，书，蜡烛。

说来，赶巧了，我、我老婆被洗碗机缠上，在床上化成水那天，我的车也叫人偷、偷……了。

从那以后我离开美国，环游世界。

这辈子就此灰暗，比刷锅水还烂。除、除了……等下，我脑子不转了。

这热天把我记着的事儿都烤没了。再喝一杯？当然，好得很……

吸血鬼塔罗十五张

0. 愚者

“你想要什么？”

一个月来，年轻人夜夜造访墓园。他见过月光染白冰冷的花岗岩和大理石新碑，旧苔沐着寒光，覆盖石块，爬满雕像。阴影和夜枭曾让他心惊肉跳。他看遍了晚间穿过墓园的各色人等：有殷殷求爱的情侣，有醉鬼，也有抄近道经过时紧张不安的大孩子。

他白天睡觉。没人在意他。晚上，他孤身一人，冷得直打哆嗦。其时已至，他仿佛立足绝壁边缘。

那声音来自他身周夜色，在他脑海内外共鸣。

“你想要什么？”声音重复道。

年轻人不知自己是否有胆量转身。事实上，他没有。

“怎么？此地不欢迎活物，你却夜夜前来。我都看见了。为什么？”

“我想见你，”他目不斜视，声音嘶哑，“我愿求永生。”

他已跨出绝壁，悔无可悔。年轻人想象着，隐约已感到如针的齿尖印上颈部肌肤，那是永生尖锐的前奏。

声音再起时，低沉而悲伤，仿佛奔涌的地下暗流。片刻之后，他才意识到那是笑声。

“这不是生。”

此句过后，再无多语。过了一会儿，年轻人发现墓园空空，别无他人。

1. 魔法师

传说圣热尔曼伯爵[1]自称已有上千岁，他们问伯爵的男仆事实是否如此。

“我怎么知道？”那人回答，“我才伺候了主人三百年呀。”

2. 女祭司

她肤色苍白，眼瞳深黯，发色黑如墨染。一档日间脱口秀节目上，她爆料自己是吸血鬼女王。镜头前，她展示了做工精巧的尖牙，将昔日爱人一一唤出。这些人面带不同程度的尴尬，承认女王曾取其鲜血啜饮。

1 身份不详的传奇炼金术士，主要活动于18世纪法国上流社会，自称有数千岁高龄，据传说至今仍然在世。

“可是，镜子里还能看见你，不是吗？”脱口秀女主持人问道。她善于将伤心人、失意者，甚至疯汉们带到镜头前，向全世界展示他们的苦痛，更借此成为全美和坚最富有的女人。

演播室里，观众们一阵哄笑。

女人略显不悦：“是啊，事实与常识相反，从镜子和摄像机镜头里都能看见血族。”

“好啊，终于说对了一次，亲爱的。”日间脱口秀主持人说道。不过，她说话时手遮话筒，这句话也就没有播出。

3. 教皇

这是我的身体，两千年前，他说，这是我的血。

只有一种宗教能够真正应允承诺：信从者得永生。

今天，我们中还有人记得他。有人称他弥赛亚，有人觉得他只是有超常能力的凡人。这些都不准确。

他究竟是什么并不重要，世界已因他而变。

4. 恋人

她死后，夜间常来找他。他越发苍白，黑眼圈日益加重。一开始，他们以为他还在哀悼她的亡故。后来，一天晚上，他不见了。

获准开棺并不容易，但他们还是拿到了许可。拉出棺材，撬起棺盖后，他们看见其中景象，觉得一切努力都没白费。棺底有六英寸深积水，泛着浊重橙红的铁锈色；棺内躺着两具尸体：第一具当然是她，另一具则是他。他腐烂得比她还要严重。

后来，有人公然表示猜疑：单人棺材里怎么能装下一对尸体？何况，她显然已经怀孕很久了。

人们迷惑不解——下葬时她明明全无怀孕迹象。

再后来，墓地里挖出怪东西的谣言传入上层教会。人们奉命最后一次开棺。这次，她肚腹平坦，毫无异状。本地医生告诉大家，那不过是胃部肿大时的胀气现象。村民纷纷点头，好像真心相信他一样。

5. 战车

基因工程已经炉火纯青：他们造出人类变种，用以遨游群星。星与星间距离辽远，因此变种人需要凡人远远不及的漫长生命；飞船上空间有限，食物储备应尽可能压缩；他们需要从星球当地环境中摄食，也必须具有繁衍同族、殖民新世界的能力。

母星方面祝福殖民者一路顺风，随即送他们启程。然而，本着安全第一的原则，他们从飞船电脑系统里抹去了所有母星坐标信息。

6. 命运之轮

你把医生搞哪儿去啦？她一边问，一边笑起来。我以为他十分钟前已经进来了。

对不起，我说，我好饿。

我们俩都笑了。

我去代你找他吧。她说。

我坐在医生办公室里剔牙。过了一会儿，助手回来了。

对不起，她说，医生一定出去溜达了。我给你约个时间，下周再来怎么样？

我摇摇头，说，我会自己打电话的。

这是我今天撒的第一个谎。

7. 正义

“那不是人，”治安官说，“根本没资格按普通人的法子审。”

“呃，”辩护律师抗议道，“我们总不能不开庭就处刑。这种事以前也有先例。一头猪，吃了掉进猪圈的小孩，最后被定罪吊死；一窝马蜂，因为叮死个老头儿定了罪，叫绞刑刽子手烧了。这些邪门畜生的事儿，我们管得也不少了。”

对婴儿不利的起诉证据确凿如山。事情是这样的：一个女人带着这孩子从乡下来，自称丈夫死了，就留下孩子。她在烧炭人两口子家住了下来。从那以后，烧炭人总抱怨自己精神抑郁，浑身没劲。最后，帮佣的发现连夫妻俩带房客一起横死家中。当时，摇篮里的宝宝还活得好好的，脸色苍白，圆睁双眼，脸蛋和小嘴上鲜血斑斑。

法官毫不犹豫地给小东西定罪，判了死刑。

执刑的是镇上的屠夫。他当着全镇人的面把宝宝一劈两半，扔进火里。

屠夫自己的孩子正巧也是这周早些时候死的。当年，婴儿夭折这种惨事并不少见。屠夫的妻子伤心欲绝，已经进城找娘家姐姐去了。

这周还没结束，屠夫也进了城。他们又是三个人了——屠夫，妻子和宝宝，全世界再找不到如此美好的三口之家。

8. 节制

她说自己是吸血鬼。我却早就知道，这女人骗人。看她那双眼睛！黑如焦炭，却从不和你对视，只空望着，盯着你肩后，身后，头顶，或者脸前两英寸那团空气。

“味道如何？”我问。这里是酒吧后的停车场。她在酒吧值夜班，兑的都是上等货，自己却滴酒不沾。

“V8果汁，”她说，“不是微纳健康型，就是原味那种，也挺像西班牙凉菜汤的。”

“凉菜汤是什么？”

“一种菜汤。”

“你耍我呢。”

“没。”

“那你真喝血咯？就像我喝V8一样？”

“也不大一样，”她说，“你要是喝够V8了，还可以喝点别的。”

“是啊，”我说，“其实我不爱喝V8。”

“是吧，”她说，“在中国，我们喝的不是血，是脊髓液。”

“那东西怎么样？”

“没什么花样，清汤寡水的。’

“你自己喝过？”

“我知道有人喝过。”

我们靠在一辆卡车上。我想看看后视镜里有没有她的倒影，不过周围太暗，实在看不清。

9. 恶魔

这张画像就是他。看吧，黄板牙，大红脸，头上长角，一手木桩，一手木槌。

当然了，世间本无鬼。

10. 塔

高塔本由恶意生，
啐一口，添一层，
无形无景也无声。
饲者死，死者饲，
（出行须待夜满城。）

11. 星

年长富有者往往逐冬而居。他们寻找昼短夜长之处，享受漫漫长夜。至今，他们仍偏爱北半球。

“看见那颗星了吧？”他们指着天龙座中一颗星说，“我们从那儿来，有一天，我们要回那儿去。”

年轻人嗤笑着，讥诮着。但是，时间飞逝，百载成千年，他们发现，自己也开始思念从未踏足的故土；他们发现，越向北去，心中越是安宁。那里，天龙盘绕在大小熊身旁，依着冷峭的北极星。

12. 太阳

“想象一下，”她说，“天空中有东西，会伤害你，甚至要你的命。比方说，一只巨鹰。只要你白天出去，鹰就会来抓你。”

“没错，”她说，“对我们来说就是这么回事。不过那不是鸟，而是明亮、美丽、危险的日光。我已经一百年没见过它了。”

13. 审判

他告诉他们：

这样，你可以绕开欲念去说欲念。

这样，你可以说性，以及对性的恐惧，说死，以及对死的恐惧——除了这些，还有什么可说？

14. 世界

“你知道最可悲的是什么吗？”她说，“最可悲的是，我们和你们一样。”

我一言不发。

“在你们的幻想故事里，我族与尔等类似，只是更强，更好。我们不老不死，无痛无感，不会冷，也不会饥渴。我们衣着光鲜，拥有经年累月的智慧。我们对鲜血的渴求和你们对食物、感情和光明的渴求不相上下——这渴望驱使我们离开宅邸，墓园，或者棺材什么的。”

“其实呢？”我问。

“我们就是你们。”她说，“那些狗屁玩意儿和所谓人性，我们都有。你们会害怕，会孤独，会困惑，我们一样不缺。”

“但是我们比你们更冷，更缺少生气。我想阳光，想食物，我也知道接触他人，关心他人。我记得什么是生活，那时候我要见什么人，他就是个人，不是食物或者傀儡。我还记得什么是感觉，各种感觉，欢乐，悲伤，什么都好……”她突然没了下文。

“你在哭？”我问。

“我们不哭。”她说。看，我说得没错，这女人骗人。

（张秋早 译）

饲者与食者

这是真实的故事，非常真实。无论内容还是寓意，都很真实。那是个天寒地冻的夜晚，我来到一座陌生的城市。我本不该出现在这里，至少不该在这种深夜。我不想告诉你是哪座城市。总之，我错过了最后一班火车，又完全没有困意，只好在车站附近的街巷中游逛，最终找到一家通宵营业的咖啡馆，算是有个暖和的地方可以歇脚。

你知道这种小店，也肯定去过。肮脏的大玻璃窗贴着百事商标，再往上是店铺的名字，所有餐叉上都沾着鸡蛋渣。我不饿，但还是买了一片烤面包和一杯油茶，店员们也就不再管我。

店里有几个人，都独自坐在桌边，把头埋在空餐盘上。不是流浪汉，就是失眠症患者。身上穿着脏外套和防风大衣，纽扣一路系到喉咙。

我拿着餐盘离开柜台，突然听到有人说："嗨。"是个男人的声音。"伙计。"这声音说。我知道他是在冲我说，而不是冲这房间。"我认识你。来，坐这边。"

我没有理会。你肯定不想和这种地方撞见的陌生人有什么牵连。

接着他喊出我的名字，我只得回头看去。要是别人知道你的名字，那你就别无选择了。

“你不认识我？”他问。我摇摇头，不记得见过这个人。你决不会忘记这副模样的人。“是我啊，”他低声说道，简直像在哀求，“埃迪·巴罗。得了，伙计。你认识我。”

他一说到这个名字，我就多多少少想起来了。我是说，我认识埃迪·巴罗。十年前，我们曾在一处建筑工地干活，那是我和体力劳动仅有的一次亲密接触。

埃迪·巴罗身材高大，肌肉结实，模样漂亮，笑起来像电影明星，有那种懒洋洋的派头。他曾经当过警察。他有时会给我讲些故事，有关犯罪与惩戒的真实传说。他和某个大官之间有点麻烦，所以被迫离开了警队。他跟我说，是总警司的老婆迫使他退职的。埃迪老惹上女人的麻烦。她们总是那么喜欢他。女人啊，女人。

我们在工地干活时，她们就对他穷追不舍，不断送来三明治、小礼物之类的玩意儿。他从没有意做过招她们喜欢的事，可她们就是喜欢他。我曾试图观察他是怎么办到的，但似乎这跟他如何行事扯不上关系。最终，我断定这是因为他就是这么个人：高大、强壮、不太聪明，而且相当相当好看。

但那是十年前了。

坐在丽光板餐桌对面的这个人一点也不好看。双目无神，框着个红眼圈，直勾勾盯着桌面，没有一点生气。皮肤灰白，身材很瘦，瘦得猥琐。透过脏兮兮的头发可以看到头皮。我说：“你这是怎么了？”

“什么？”

“你看起来有点憔悴。”我说。其实他看起来比憔悴要惨得多；他看起来好像死人。埃迪·巴罗过去是个大块头。现在他整个人瘪了下去，只剩皮包骨头。

“哦。”他说。也可能是“哦？”，我分不清。接着他用平静的语气，听天由命地说：“谁都难免遇到这种事。”

他用左手指了指对面的座位。右臂始终直绷绷垂在一边，右手揣在大衣口袋里，藏得严严实实。

埃迪的桌子靠着窗户，街上的行人都能看到你。要我选的话，肯定不会坐那里。但此刻为时已晚。我坐在他对面，啜饮着茶水，一句话也不说。这大概是个错误。闲聊倒没准能将他的故事挡在门外。但我只是抱着杯子，一言不发。估计他肯定是以为我想听他的故事，以为我在乎。其实我不在乎。我自己的麻烦已经够多了，对他和把他整到这步田地的玩意儿之间的抗争，一点兴趣也没有。无论是酗酒、吸毒，还是疾病，我都不在乎。但他还是讲了起来，声音阴郁低沉，我只有听着。

“我几年前来到此地，他们正在修建辅路系统，后来就留了下来。我在摄政王街后面一所老宅子里租了个房间。阁楼间。是个私人住宅。他们只出租顶楼，所以仅有两位房客，我和科维尔小姐。我们都住阁楼，那儿有两个房间，门挨着门。我常听到她走动的声音。家里有只猫，是主人养的。它时不时会上楼来打个招呼，这家人可很少这么做。

“我通常和这家人一起吃饭，但科维尔小姐从不下楼来吃，所以过了整整一个礼拜，我才见到她。当时她刚好从楼上的洗手间走出来，看起来很老，面皮皱皱巴巴，像只老猴子。但她的头发很长，一直垂到腰间，跟个小姑娘似的。

“有意思的是，一提起老人，你就会觉得他们跟咱们的感觉不一样。我是说，这个人，老得足够当我奶奶，而且……”他顿了顿，用灰白的舌头舔舔嘴唇，“总之……有天晚上，我上了楼，看到房间门外地板上放着个棕纸袋，里面都是蘑菇。我立刻就想到这是件礼物。给我的礼物。但那些不是普通的蘑菇。所以我敲了敲她的门。

“我说，‘这是给我的吗？’

“‘我亲手采的，巴罗先生。’她说。

“‘这不是什么羊肚菌之类的吧？’我问，‘你知道的，有毒吗？或者会让人产生幻觉？’

“她只是笑。咯咯咯地笑。‘能吃，’她说，‘都是好蘑菇。鬼伞菇。赶快吃了吧。它们很容易变质。最好是用黄油和大蒜一起炒。’

“‘我说，你也吃点吗？

“‘不，’她说，‘我过去很喜欢吃蘑菇，但现在不行了，胃有毛病。但它们很不错。没有比小鬼伞菇更好的了。人们不吃这东西，可真奇怪。世界上好多东西都是可以吃的，可惜人们不知道。’

“我说了‘谢谢’，然后就走回自己那一半阁楼。这家人几年前把这里改装好，活儿干得是真不错。我把蘑菇放进水池。几天后它们化成了黑黢黢的东西，像墨水，我只能把这堆玩意儿装进塑料袋，准备扔出去。

“我拿着袋子正往楼下走，正好撞见她上楼。她说，‘嗨，巴先生。’

“我说，‘嗨，科维尔小姐。’

“‘叫我埃菲吧，’她说，‘蘑菇怎么样？’

“‘太棒了，多谢，’我说，‘可真好吃。’

“后来她就经常在我门口放些小东西，插着鲜花的牛奶瓶，诸如此类。再后来又没了。突然不再有礼物出现时，我还真是小小地松了口气。

“有次我下楼和主人家吃饭。他们在理工学院上学的儿子正好放假回家。那是八月。热得要死。有个人说起，他们快一周没见到她了，问我能不能去看看。我说无所谓啊。

“所以我去了。门没锁，她在床上躺着，盖着条薄被单，但你能看出被单下面她什么都没穿。可不是说我有意想看，这就跟看到你奶奶没穿衣服似的。这个老太太。但她见到我似乎很高兴。

“‘你要看医生吗？’我说。

“她摇摇头。‘我没病，’她说，‘只是饿了，仅此而已。’

“‘你确定？’我说，‘我可以去叫人来，不麻烦的。他们会为老人出诊。’

“她说，‘爱德华？我不想给别人添麻烦，但是我太饿了。’

“‘好的，我去给你弄点吃的，’我说，‘好消化的东西。’我说。结果她让我大吃一惊。她看起来局促不安，最终用非常非常轻的声音说：‘肉。给我些鲜肉，生的。我不想让别人替我料理食物。肉。求你了，爱德华。’

“‘没问题。’我说完就下了楼。我曾有过一个念头，想着干脆从猫食盆里偷拿点，当然我没这么干。感觉上就像是，我知道她想要，所以必须替她办到。别无选择。我走到冰箱前，给她拿了一包最好的里脊肉。

“猫闻到味儿，跟着我上了楼。我说：‘下去，小猫咪。这不是给你的。是给科维尔小姐的，她不舒服，需要这肉做晚餐。’但这小东西冲我呜呜直叫，就跟一个礼拜没人喂它东西吃似的。我知道这不可能，因为它的食盆还是半满的呢。很蠢的，这猫。

“我敲敲门，她说‘进来’。她还躺在床上，我把那包肉递过去，她说：‘谢谢，爱德华，你心肠可真好。’说完就躺在床上，一把撕开塑料包装。塑料盘底下有一摊棕色的血水，滴滴答答流到她的毯子上，但她根本没注意到。我看着直发毛。

“我走出房间时，听到她用手抓起肉条，狼吞虎咽地往嘴里塞。但她始终没下床。

“第二天她起来了，而且从那之后，尽管她年岁那么大，可还整天进进出出的，忙个不停；我想你明白我的意思。人们说红肉对身体不好，但对她却是好得出奇。而生肉，嗯，就跟鞑靼牛排差不多，不是吗？你吃过生肉吗？’

这问题搞得我措手不及。我说：“我？”

埃迪用那双死鱼眼盯着我，他说：“这桌上没别人了。”

“吃过。一点。那时我还是个小孩子，四五岁吧。我奶奶有次带我去肉铺，老板给了我几条生肝。我就那么吃了，在店里，就那么吃。所有人都哈哈大笑。”

我有二十年没想起这件事了。但这是真的。

直到现在，我还是喜欢生肝。有时候，要是做饭时没有旁人在，我就会在烹调前切一小条生肝，直接吃掉，品味肉条的肌理，还有赤裸裸的铁腥味。

“我不行，”他说，“我喜欢料理妥当的肉。再后来，汤普森失踪了。”

“汤普森？”

“那只猫。有人说过去有两只，那家人管它们叫汤普森和汤普森。我不知道为什么。够蠢的吧，给它们起一样的名字。第一只被卡车压扁了。”他用指尖在丽光板桌面上堆了个小糖墩。当然，是用左手。我开始怀疑他还有没有右臂。也许那条袖子是空的。不关我的事。人这一辈子，总要丢点零碎。

我捉摸着，怎么想个法子告诉他我没钱，省得他讲完故事后开口管我借。我真没钱，只有一张火车票和坐公车回家的几便士。

“我从来不是喜欢猫的人，”他突然说，“从来不是。我喜欢狗。大个、忠诚的动物。你知道和狗能处到什么程度。猫不行。一出去就好几天，连个影儿都见不着。我小时候，家里有只猫叫生姜。街尾有家人也养了只猫，叫果酱。到头来，其实是一只猫吃两家饭。好吧，我是说，这些鬼鬼祟祟的小东西，你没法信任它们。

“所以汤普森失踪时，我根本没多想。那家人很担心，但我没有。我知道它迟早要回来的。它们总是这样。

“几天后的夜里，我听到了它的叫声。我正努力想要睡觉，但就是睡不着。到了午夜时分，我听见它喵喵叫。叫啊，叫啊，叫啊。声音不大，但睡不着的时候，这种声音总会让你神经紧张。我想它可能是困在房椽上，或是被关在屋外了。不管在哪儿，反正它老这么叫，我是肯定睡不着了。这我很清楚。所以就起床，穿上衣服，还蹬上了靴子，以防需要爬上屋顶。然后我就出去找猫。

“我来到走廊，发现这声音是从隔壁科维尔小姐的房间传出来的。我敲敲门，没人应声。推了一下，门没锁。我走进房间，估摸这猫可能是卡在什么地方。没准受了伤。我不知道。我只想帮它一把，真的。

“科维尔小姐不在。我是说，你总能看出屋子里有没有人吧，而那个房间是空的。只是角落里有个东西在喵喵叫……我把灯打开，想看个究竟。”

他足有一分钟没再说话，左手的手指抠着调味酱瓶口附近黑糊糊的粘嘎巴。这瓶子形状像个大番茄。接着他终于开口说：“我不明白它怎么还能活着。我是说，它当时还活着。从胸部往上，是活的，还在喘气，毛啊什么的都有。但它的后腿，它的胸腔就像个鸭架子。只有骨头。还有那叫什么东西，肌腱？它抬起头，看着我。

“虽然它是只猫，但我知道它想要什么。主要是它的眼神，我是说，”埃迪顿了顿，“嗯，我就是知道。我从没见过那样的眼神。只要你看到那双眼睛，就会知道它想要什么，只想要什么。我照办了。谁都会这么做，除非他是个怪物。”

“你做了什么？”

“我用了靴子，”停顿，“没多少血。真没有。我只是跺，跺它的头，直到它不剩什么，看起来全变了形。如果你见到它那样看着你，你也会这么做的。”

我没说话。

“突然我听见有人往阁楼上走，就想我该怎么办啊。我是说，当时那场面看起来可不妙。我不知道看起来到底是个什么样；我只是站在那儿，感觉很傻，靴子上一堆臭烘烘的玩意儿。门开了，是科维尔小姐。

“她看到这一切。随即注视着我，开口说：‘你把它杀了。’我觉得她的声音有点古怪，一开始还不知道是怎么回事。等她靠近时，我才发现她在哭。

“老年人就是这样，只要他们一哭得像个孩子，你就不知道眼睛该往哪儿看，对吧？然后她说：‘我要想撑下去，就全靠它了。可是你把它杀了，在我付出这么多努力之后，’她说，‘让肉质保持

新鲜，让生命留存。在我付出这么多努力之后。’

“‘我是个老太太，’她说，‘我需要我的肉。’

“我不知该如何回答。

“她用手抹去泪水。‘我不想给别人添麻烦。’她一边说一边哭；随后抬起头来看着我。‘我从来不想添麻烦，’她说，‘那是我的肉。现在，’她说，‘现在谁来喂我？’”

他闭上嘴，惨白的脸庞倚在左手上，神色疲惫厌倦。厌倦了和我说话，厌倦了这个故事，厌倦了生命。接着，他摇摇头，看着我说：“如果你看到那只猫，也会那么做的。谁都会那么做。”

他抬起头，自从开始讲这个故事起，他第一次看着我的眼睛。我觉得自己在他的双眸中看到了一种乞求，一种自尊心不允许他说出口的乞求。

来了，我想，他要开口管我借钱了。

外面有人敲了敲咖啡馆的玻璃窗。声音不大，但埃迪的身子猛地一震。他说：“我得走了。这表示我得走了。”

我点点头。他从桌前站起来。他仍旧是个高大的男人，这让我吃了一惊：从其他很多方面来看，他都变得干瘪瘦削。埃迪站起身时，顺手推开桌子，同时把右手从口袋里抽了出来。估计是为了保持平衡。我不知道。

也许他有意要让我看。但如果他想让我看，干吗还一直藏在兜里？不，我不认为他想让我看。我觉得这是意外。

他的大衣下面没穿衬衫和工作服，所以我能看到手臂和腕子。这都没什么问题。他的手腕很正常。但只要你再往下看，就会发现骨头上几乎已经没有肉，就像嚼过的鸡翅膀，只有点干巴巴的渣子，星星点点的碎屑。他只剩三根手指和大部分拇指。我估计另一根指骨肯定是脱落了，因为没有皮肉固定它。

这就是我看到的场面。只是一瞬间，随后他就把手揣回衣兜，推开门，走进清冷的夜色之中。

我透过肮脏的咖啡馆玻璃窗，看着他离去。真是古怪。他讲这个故事时，我一直把科维尔小姐想成个老太太。但在外面人行道上等待他的女人，顶多也就三十几岁。她有一头很长很长的秀发。就是人们常说的那种，能让你坐上去的长发——虽然这句话听起来总像个荤笑话。我觉得她有点嬉皮，还有种饥饿的美感。

她挽住埃迪的胳膊，抬头看着他的眼睛。两人慢慢走出咖啡馆的灯光，怎么看都像一对刚意识到自己坠入爱河的一几岁小孩。

我走回柜台，又买了杯茶，外加两包脆薯片，准备用它们撑到天亮。随后我坐在位子上，想着他看我最后一眼时脸上的表情。

在返回大城市的运奶列车上，我对面坐着一位女子，怀里抱着个婴儿。它漂在一个厚重的玻璃器皿中，泡在福尔马林里。女人急着要把它卖掉。尽管我累得要死，但还是跟她聊起为什么要卖这孩子，以及别的事情，聊了整整一路。

（马骁 译）

造病者喉炎

此症来势凶猛狠毒，殃及人数甚众。患者平日皆有分类、定义病症之习惯行为。

初期可见症状包括：头痛，神经痛，身体剧颤，伴有私处皮疹。在此阶段，单有一种症状固然无法确诊，即使全部符合却也未必罹患。

病入中期后，患者精神出现紊乱，执着于某种未知病症或病原概念，耽于幻想该症之发现者、诊断人，以及发现、治疗、攻克过程中其余相关人士。无论具体发病情状如何，笔者在此严肃提醒诸位，断然不可信赖天花乱坠、华而不实之市面广告；通常伴有双眼暴突之像。注射小剂量牛肉茶或肉汤有助于维系精力。

至此，患者仍未病入膏肓。

直至晚期，造病者喉炎方才展现其真正威力，诊断终可定论。此刻，患者言谈与书写之中，已可见表达障碍，思维有异。若不即刻采取措施，病情难免迅速恶化。

据记录，患者受睡意侵袭，两盎司煮沸的窒息反应；脸部肿胀青紫，咽喉发生遗传性病变，舌部出现肺部表征，接替发作。一旦涉及令其沉迷之病症，情绪极易激动。在这方面，江湖郎中喋喋不休，扰乱公众视听，实在令人生厌。

如病人出现以下症状，即可确诊为造病者喉炎晚期：不幸的患者往往无法连贯思考，正常表达，言谈中常夹杂所耽病症之相关论述，亦可见荒谬怪诞之处方，然而逻辑清晰，言之凿凿。其耽迷之病症可真可假，可为实指，可为臆造。其他临床症状包括突发高热及膝骨上方之圆形肿块。长此以往，终有臭气排出（可能从口中呕出）。药喇叭呈碱性，花浅白，可使消化系统内胖大之寄生虫现形。

因造病者喉炎易发人群均为广受信赖、少遭质疑之人士，病发与否往往极难分辨。因此，患者可能出现给养困难，可以元气与蒸馏灵魂进补，血管浮肿之症状，后者服食前须高温汽化。

患者必须依靠顽强的意志，才能流利书写，谈吐如常。然而，晚期病入膏肓之时，一切口头与书面表达终将沦为词不达意的胡言，喋喋不休的复述，意识流般的癫狂。剧咳不止，血管浮肿，伴有双眼暴突之像。患者形销骨立，感染时疫之前，食欲先行消失，其情抑郁非常，仅惨痛悲愁四字不足言表。间或有呕吐发热，舌部出现类似植物坏根之表征。

针对此类晚期患者，穷尽造病者喉炎诊疗史，可靠治疗手段唯药旋花疗法一途。配方包括同比例药旋花与药喇叭树脂。又，在此严肃提醒诸位，断然不可信赖须高温汽化。药旋花分布极广，但并未得到充分利用，脸部肿胀青紫，咽喉炎症加剧，可能，笔者在此严肃提醒诸位，断然不可信赖消化系统。

造病者喉炎患者多数并不自知。然而，见其身坠医学幻象，如入异界般胡言乱语，旁观者无一不同情扼腕，怜悯叹息。即使信口开河之中偶有理性闪光，行医之人也不得不硬起心肠，断然，表示肆意捏造臆想之病症实不足取，为现代社会所不容。

水蛭疗法时间过长，不再有益于机体之时，宜用两盎司煮沸的睡意攫取，还有两盎司所耽之天花乱坠市面广告，江湖郎中喋喋不休，扰乱公众视听，实在令人生厌。可靠的药旋花发热极易激动。第二天上高浓度酒精溶液一旦爆发便足以满足所有需求。

没有发疯。

痛不欲生。

脸部肿胀青紫，悲愁，内含苛性钠中之酸式碳酸盐，氨溶倍半碳酸盐，以及蒸馏灵魂。剧咳不止，习惯性暴食，摄入过量。

届时心智与其钟爱之情境。

与此同时，钟爱之情境。

亦有扩大之可能。

（张秋早 译）

尾声

最后，神将世界赐予人。人有了整个世界，只有一个园子是神的。神说，这是我的园子，汝等不可进入。

有一个叫尘的男人，和一个叫气的女人，他们向园子里来。

二人带来一颗果子。这果子是人所有的。他们来到园子门前。有蛇用发火焰的剑把守东门。男人把果子给女人，女人把果子给蛇。

蛇取了果子，放在园当中那棵树上。

尘和气就知道他们穿了衣服，于是一一脱去衣物，赤身露体。神在园中行走，看见他们。二人已不能分别善恶，却很满足。神看着是好的。

神打开门，把园子赐给人。蛇生出四条健壮的腿，就站起来骄傲地走开去。它去了哪里只有神知道。

后来，园子里只余沉默。男人从活物那里取回名字时才偶有动静。

（张秋早 译）

歌利亚

我想我完全可以说自己一直都在怀疑，这世界不过是廉价的劣质赝品，勉强掩盖着某种更深邃、更怪诞、更诡异的隐情；而且从某种角度来说，我早就知道真相。但我当初以为世界原本就是那样。即便现在知道真相——你也会知道的，亲爱的，耐心读完这篇东西吧，世界仍旧显得廉价而劣质。不同的世界，不同的劣质，但感觉没什么两样。

他们说，真相如此。我说，仅仅如此？他们说，就我们所知，差不离，很接近。

故事是这样的。那是1977年，我跟电脑的亲密接触，仅限于刚买了台体积不小、价格不菲的计算器。但我把随机附带的说明书搞丢了，所以它的用途对我永远成谜。我会加减乘除，也很庆幸自己用不着算什么正弦、余弦、正切、余切，或是函数图，以及这台高档货的其他功能。自打不久前被英国皇家空军拒绝以来，我就开始在一家小型打折地毯批发店做记账员。那家店坐落在伦敦北部的埃奇韦尔区，靠近北线地铁终点站。每次看到飞机从头顶掠过，我都假装不难过，不在乎那个因为体形将我拒之门外的世界，只专心在硕大的复式记账簿上写下一个个数字。那天，我正坐在店铺后面那张充作写字台的餐桌旁，周围的世界突然开始融化消散。

一字不假：墙壁、天花板、一卷卷地毯和《世界新闻报》的无上装年历都仿佛蜡制品，正慢慢变软，流淌下来，最终变成一摊软泥。我能看到外面的房屋、天空、云朵和道路，但它们也很快开始溶解，最终只余茫茫黑暗。

我站在世界融成的水洼里。那团绚丽多彩的怪东西渗流、满溢，但始终没有没过我的棕皮鞋。（我的脚大如鞋盒，必须专门订做靴子，为此花了不少钱。）水洼放射出怪异的光亮。

要是在小说里，我估计会拒绝相信眼前的景象，揣测自己是不是被下了药，或是在做梦。但在现实中，妈的，我身临其境，真的假不了。我凝视黑暗，但等了半天也没动静，只得向前走去，蹚过液态的世界，同时大声呼喊，想看看周围是否有人。

前面突然闪出一道光亮。

“嗨，伙计。”有人说道。是美国口音，但语调呆板古怪。

“你好。”我说。

光亮又闪了几下，化作一个穿考究西装，戴厚框牛角眼镜的男人。

“你可真是个大个子，”他说，“你知道吗？”

我当然知道。虽说我当年才十九，但身量足有两米一，十指粗如香蕉，常把孩子们吓得转身就跑。我估计自己见不着四十岁的太阳：像我这样的人通常死得早。

“怎么回事？”我问 “你知道吗？”

“敌人的投射武器命中了一台中央处理器，”他说，“并联的两万人被炸成一堆死肉。当然，我们有个镜像，用不了多久系统就能恢复正常运行。你只是在伦敦重新上线之前，跟这儿独立运行个几纳秒的工夫。”

他这番话说得我云里雾里，摸不着头脑：“你是上帝吗？”

“对。哦，不，算不上，”他说，“反正跟你想的不一样。”

紧接着整个世界猛地一颤，我发现自己再次赶来上班，给自己倒了杯茶，经历了有生以来最漫长最诡异的即视体验。整整二十分钟，我知道所有人要做的每件事，要说的每句话。随后，这种感觉消失了，时间恢复正常，一秒接着一秒沿既定轨道向前奔去。

几小时过去，几天过去，接着是几年。

我丢了地毯公司的活儿，又在一家卖商用器材的公司找了份记账员的新工作。我在室内游泳池碰上一位名叫桑德拉的姑娘，跟她结了婚，生下两个体形正常的孩子。我自以为拥有此生不渝的婚姻，但我错了。她离我而去，还带走了两个孩子。那是1986年，我年近三十，在托特纳姆府路的一家小店里卖电脑，没想到竟干得如鱼得水。

我喜欢电脑。

我喜欢它们工作的方式，那真是个充满惊喜的年代。我还记得头一批到货的AT电脑，其中有些配装了40M硬盘……哦，当年就这么点容量也足以把我镇住。

我还住在埃奇韦尔区，搭北线地铁跑通勤。有天我坐地铁回家，刚刚经过优斯顿站，乘客下了一半。我的目光越过手中的《旗帜晚报》，观察起车厢里的其他人，揣摩着他们的身份——我是说，真实身份：在本上奋笔疾书的苗条黑女孩，戴绿色天鹅绒帽子的瘦小老妇人，牵狗的姑娘，还有戴穆斯林头巾满面胡须的男人……

地铁突然在隧道中停下。

反正我是这么觉得，我以为地铁突然停下来了。周围变得非常安静。

接下来，我们经过优斯顿站，乘客下了一半。

接下来，我们经过优斯顿站，乘客下了一半。我观察起车厢里的其他人，揣摩着他们的真实身份。地铁突然在隧道中停下，周围变得非常安静。

接下来，整个世界突然一颤，我当时真以为是撞上了另一辆列车。

接下来，我们经过优斯顿站，乘客下了一半。地铁突然在隧道中停下，周围变得非常安静……

（系统会尽快恢复正常，一个细小的声音在我脑海中响起。）

接下来，地铁列车再度减速，逐渐接近优斯顿站。我怀疑自己是不是疯了，感觉就像是一盘正被不断重放的录像带里的人物。我知道情况不对头，但却什么也做不了，更无力改变现状，无力摆脱循环。

坐在我旁边的黑人女孩递过来一张纸条，上面写道：咱们死了吗？

我耸耸肩。鬼知道。这个解释倒也说得通。

周围的一切开始缓缓褪色，变成白茫茫一片。

我脚下没有地板，头顶也空荡荡的，既感觉不到空间，也感觉不到时间；只觉身处苍白虚空，但并非孤身一人。

戴厚框牛角眼镜的男人也在，他身上那套西装好像是阿玛尼的。“又是你？”他说，“大个子。我刚跟你说过话没多久。”

“怎么可能。”

“半小时前。我们被击中时。”

“在地毯批发店？那都过去好多年了。差不多半辈子。”

“大约三十七分钟前。从那时起，我们启动了加速模式，努力修修补补，同时也在运行一些备选的解决方案。”

“谁在攻击我们？”我问，“苏联人？伊朗人？”

“外星人。”

“你在胡扯吧？”

“反正我们是认真的。几百年前，我们发射了一批太空探测器。似乎有什么东西紧随其中一台探测器找到了地球。第一批投射武器命中目标后，我们才发现出了问题，然后又足足用了二十分钟制订出一套反击方案，并开始运行。这就是系统加速的原因。你觉得过去十年是不是过得飞快？”

“对，的确很快。”

“那就对了。我们把运行速度调得特别快，试图一边处理反击方案，一边维持正常的现实世界。”

“那你们准备怎么办？”

“我们准备反攻，消灭敌人。恐怕得花点时间，我们没有所需设备，必须临时制造。”

白色开始消散，蜕变成暗粉和深红。我睁开双眼，那还是第一次。眼前的景象令我窒息，猛然间实在难以接受。

世界。刺眼的世界，到处都是纠结的导管，奇异而晦暗，远非常人可以想象。这说不通。一切都说不通。它是真实的，但又是一场噩梦。它持续了三十秒钟，但每一秒都冰冷刺骨，仿佛刹那永恒。

接下来，我们经过优斯顿站，乘客下了一半……

我开始跟带笔记本的黑人女孩搭话。她叫苏珊。几周后，她搬进了我的公寓。

光阴滚滚向前。我似乎变得对时间特别敏感。也许是因为我知道自己始终在等待，等待终将发生的异变，虽然我也说不上那究竟是什么。

我犯了个错误，有天晚上把自己的想法告诉了苏珊，跟她说整个世界都是假的。我们只不过悬吊在容器中，插着接口，连着导线，作为中央处理器或是廉价内存条，为某个大如世界的电脑服务，不断消化着0和1，或是存储数据。它们——无论它们是谁——用集体幻觉满足我们，保证我们精神愉快，还允许我们用大脑中未被使用的一小部分空间沟通交流，做些美梦。

“我们是存储器，”我对苏珊说，“仅此而已，存储器。”

“你不会是来真的吧，”她的声音有些颤抖，“只是随便说说，对吗？”

我们做爱时，她总希望我粗暴些，但我从来不敢。我不了解自己的力量，又那么笨手笨脚的，可不想伤害她。

我永远不想伤害她，所以就此止住话头，想用吻掩饰过去，假装那不过是个玩笑，只是有点冷……

可惜没用。那个周末，苏珊搬出了我的公寓。

我很想她，想得撕心裂肺。但生活总要继续。

即视感出现得越来越频繁。时光结结巴巴，磕磕绊绊，不断再现。有时整个上午会重来一遍。我甚至丢过整整一天。时间的轨道似乎逐渐分崩离析。

有天早晨，我一觉醒来发现重返1975，那年我才十六。在学校度过了难熬的一天后，我走出校门，来到教堂路印度烤肉店旁边的皇家空军征兵办公室。

“你个头可真不小，”戴厚框牛角眼镜的征兵官说。我以为他是美国人，但他说自己是加拿大人。

“是啊。”

“你想开飞机？”

“想得要命。”我恍惚记得在另一个世界中，我已经忘了自己想开飞机，这简直比忘了自己叫什么还奇怪。

“那好，”牛角眼镜男说，“我们得在某些条款上钻点空子，但很快就会让你上天的。”他是认真的。

此后几年过得飞快。我似乎每分每秒都在开飞机，蜷缩在狭小的驾驶舱内，坐在勉强能塞下屁股的座席中，用粗大的手指拨动那些小开关。

我得到了机密级许可，然后是令机密级黯然失色的贵族级，再往后是首相本人都没有的王室级。当时我已经在驾驶飞碟，还有其他不知靠什么动力推进的飞行器。

我开始跟一个叫桑德拉的女孩约会，继而结了婚。因为只要我们结婚，就能搬进已婚公寓，那是栋漂亮的半独立式小别墅，靠近达特姆尔高原。我们没要孩子。早有人警告过我，说我可能会因接触到太多辐射，造成性腺受损。在那种情况下，不要孩子似乎是个明智选择。我们可不想生下一堆小怪物。

1985年，戴宽边牛角眼镜的男人走进了我的家门。

那个礼拜，桑德拉回娘家去了。我们的关系有点紧张，她搬了出去，想让自己喘口气，放松一下。桑德拉说我让她神经紧张。但如果说真有这么回事的话，那神经紧张的肯定也是我自己。我似乎一直都很清楚自己的人生会如何发展。不光是我，似乎所有人都知道。就好像我们在梦游，而这段人生之梦已经做过十次、二十次，甚至是一百次。

我想跟桑德拉谈谈此事，但还没蠢到那个地步。我很清楚只要自己一开口，就会永远失去她。但无论如何，我们似乎还是渐行渐远。所以我只能坐在起居室，看着四频道的音乐节目《地下铁》，喝着茶自怨自艾。

牛角眼镜男大模大样地走进我家，就好像那是他的地盘。他看了眼手表。

“好了，”他说，“该出发了。你将驾驶某种很接近PL–47的东西。”

就连有王室级许可的人都不该知道PL–47的存在。我只开过十几次原型机。它看起来就像个茶杯，仿佛是《星球大战》里的玩意儿。

“我该给桑德拉留张便条吗？”

“不，”他冷冰冰地说，“好了，坐在地板上，有节奏地深呼吸。吸，呼，吸，呼。”

我完全没想过要跟他争辩，或是抗命不遵。我只是坐在地板上，开始缓慢呼吸。一吸，一呼；一呼，一吸……

吸。

呼。

吸。

一阵绞痛袭来。我从未感到如此痛苦，完全喘不上气。

吸。

呼。

我惊声尖叫，但传到耳朵里的声音却不是尖叫，只是一阵咕噜噜的低吟。

吸。

呼。

这感觉就像是出生。一点也不舒服，更谈不上痛快。我全靠深呼吸才撑了下来，撑过所有疼痛、黑暗和肺里咕噜噜的气泡。我睁开双眼，发现自己躺在一块直径两米五的金属盘上，浑身上下赤条条，湿漉漉。许多缆线盘卷在周围。它们正迅速往外缩去，像是受惊的虫子，或是一条条被吓退的鲜艳毒蛇。

我低头打量起自己的身体。没有体毛，没有疤痕，没有皱纹；也不知道自己的实际年龄有多大。十八？二十？我说不清。

金属盘的地板上装了块玻璃显示屏。它闪了两下，显示出一条人影。我目不转睛地盯着戴厚框牛角眼镜的男人。

“你还记得吗？”他问，“你现在应该可以读取绝大部分记忆。”

“我想没问题。”

“你将驾驶一架PL–47，”他说，“我们刚刚建造完工。差不多算是用回了古老的基本设计。还改建了一些工厂来生产它。下一批战机明天就能完工，但现在我们只有这一架。”

“所以说即便它不管用，你们也找好了我的替补队员？”

“如果我们能撑那么久的话，”他说，“十五分钟前，它们进行了第二轮轰炸。澳大利亚几乎全部覆灭。我们预测那还只是大轰炸的序曲。”

“它们扔下来的是什么东西？核武器？”

“石头。”

“石头？”

“嗯哼。石头。小行星。大个的。估计到了明天，他们没准会把月球扔下来，除非我们投降。”

“你在开玩笑吧。”

“要是玩笑就好了。”屏幕暗淡下去。

我身下的金属盘在纠缠不清的缆线中迂回前进，无数沉浸在睡梦中的赤裸身躯从我四周掠过。圆盘还经过了许多尖利的微晶片高塔和放射微光的硅质尖顶。

PL-47停在一座金属山峰的顶端。细小的金属蟹在上面爬来爬去，抛光机体外壳，最后检查一遍螺丝。

我迈开树干粗细的双腿走进飞船，因为缺乏活动，它们还在不住颤抖。我坐进驾驶舱的座椅，惊喜地发现它是为我量身定做的，感觉非常合体。我系好安全带，开始运行预热程序。缆线攀上我的双臂，似乎有个东西插进了我的脊柱底部，另一条则接入颈椎上端。

我对飞船的感知急速扩展，对它有了三百六十度的全方位认识。我就是飞船，但我也是坐在驾驶舱内，输入启动代码的人。

“祝你好运。”厚框牛角眼镜男出现在左侧的一个小屏幕里。

“谢了。我能问你最后一个问题吗？”

“我觉得没什么不可以的。”

“为什么选我？”

“哦，”他说，“简而言之，你就是为这个任务设计出来的。我们在人类基础设计中做了点改进。你个头更大，速度更快，反应时间和运算速度也有相应提升。”

“我可不快。我个头大，但是笨手笨脚的。”

“在现实中不会，”他说，“只有在那个世界才是。”

我很快便起飞了。

如果说真有外星人，我也无福得见。但我看到了它们的母舰。

那东西外形好似蘑菇或是海草，整个飞船都是活的。闪闪发亮的庞然大物绕着月球旋转，看上去就像是半泡在海里的烂木桩上长出来的玩意儿。只不过个头顶得上一个省份。

黏糊糊的卷须足有三百公里长，身后拖着大小各异的小行星。它让我想起僧帽水母的触须，那是种奇特的共生海洋动物：四种不同的生物，却以为它们是一体。

我离飞船还有几十万公里，就受到了巨岩的款待。

我下意识地激活导弹舱，瞄准飞船飘飘摇摇的核心，心里却在怀疑自己究竟在干什么。我并非在拯救自己熟知的那个世界。那世界是虚构的，一连串0和1的产物。我所拯救的不过是一场噩梦……

但如果噩梦死去，梦境也会消失。

梦中有个叫苏珊的女孩。我记得她曾出现在早已逝去的前生。我不知道她是否还活着。（那是几小时前，还是几辈子前？）我猜想她肯定正光秃秃地吊挂在缆线上，根本不记得见过一个神经兮兮的大个子。

我靠得很近，甚至能看清那生物皮肤上的波澜。石块逐渐变小，但却精准起来。我使出浑身解数，闪展腾挪地躲避它们；心里却不禁佩服起它的经济实用。用不着制造昂贵的爆炸物，也不用激光或是核弹。只要好好利用起动能，石块足以击溃任何东西。

只要其中一块擦到飞船，我便死定了。就这么简单。

规避飞石的唯一方法，就是抢在它们前头。所以我一刻不停地疾飞。

核心瞪视着我。我敢肯定，那是某种眼睛。

我冲到距离核心仅仅一百米的地方，发射了所有弹药，然后掉头就跑。

那东西爆炸时，我还没有彻底跑出威胁范围。那场面仿佛一场烟火，美得令人心悸。接下来，便只剩一片微光和尘埃……

“我成功了！”我高喊道，“我成功了！我他妈做到了！”

屏幕闪了两下，牛角眼镜出现在我面前。镜框后面再没有像样的人脸，只剩下一副大约接近于关切的表情，好似模糊的漫画。“你成功了。”

“好了，我该把这东西降落到哪儿去？”

漫画头像迟疑片刻，方才说道：“你不用降落。我们没有设计返航系统，那是不必要的冗余。从回收资源的角度来看，代价太大。”

“那我该怎么办？我刚拯救了地球，现在却只能活活憋死？”

他点点头：“差不多就是这么回事。”

照明逐渐变暗。操作系统一个接一个关闭。我丧失了对飞船的全方位感知，只剩自己枯坐在会飞的茶杯里，被安全带绑在虚空中的座椅上。

“我还有多长时间？”

“我们正在关闭所有系统，但你至少还有几个小时。我们不会排出剩余的空气。那样做太不人道了。”

“你知道，在我生活的那个世界里，他们会给我颁发荣誉勋章。”

“那还用说，我们感激不尽。”

“那你们就没有任何比较实际的答谢方式吗？”

“完全没有。你是个可替换部件，独立作战单元。我们对你的哀思，不比蜂巢对一只黄蜂的悼念更多。把你带回来既不明智，也不可行。”

“而且你们不希望让火力如此强大的武器返回地球，以免被用来反抗你们？”

“你说得没错。”

话音未落，屏幕就黑了下去，连句再见都没有。显示信号故障，我胡思乱想着，请勿自行调节您的电视机。

如果你只剩下几小时的空气，就会特别在意自己的呼吸。吸气，憋气，呼气，憋气，吸气，憋气，呼气，憋气……

我坐在驾驶席里，身上绑着安全带，周围一片昏黑。我默默等待，心里转过各种念头，最终开口说道：“嗨？有人在吗？”

片刻沉默过后，屏幕闪出一些图形：“有事吗？”

“我有个请求。听着，你们——你们这些人，或是机器，或是鬼知道什么东西——你们欠我个人情。对吧？好歹我救了你们所有人的命。”

“继续说。”

“我还有几个小时好活，对吧？”

“大约四十七分钟。”

“你能把我重新接入……真实世界吗？另外的世界。我过去的那个。”

“哦？我不知道。我会考虑一下。”屏幕又变得漆黑。

我坐在那里，耐心等待，一口一口地喘着气。我感觉非常平静。如果不是只剩几十分钟好活，我会说现在感觉棒极了。

屏幕透出光亮。没有画面，没有图案，什么都没有。只是一片柔光。有个声音忽然响起，我也分不清是在脑海中，还是屏幕里。它说：“成交。”

我只觉脖颈上传来一阵剧痛，黑暗持续了好几分钟。

然后，就是这样了。

那是十五年前：1984年。我重新投身电脑业，在托特纳姆府路开了家电脑商店。如今，在我们迈向新千年之际，我写下这篇东西。在这个轮回中，我和苏珊结了婚。我足足花了好几个月的时间才找到她。我们生了个儿子。

我已年近四十。总的来说，像我这种体形的人很少活过四十岁。我们的心脏会最终停摆。等你读到这些文字时，我多半早就死了。你会知道我已过世。你会看到那口足够容纳两个人的大棺材被放进墓穴。

但请记得，苏珊，我的爱人：我真正的棺椁正围绕月球旋转。它的模样好似会飞的茶杯。他们让我重新回到这个世界，回到你的身边，虽说只是短短几十分钟而已。上次我把真相——我推测到的真相讲给你，或是某个跟你很像的人时，你离我而去。也许那并不是你，也许我也不是我，但我不敢再冒一次险。所以我打算把它们都写下来，等我去世后，它将和其余文件一起交到你的手中。再见了。

他们也许是些没心没肺、冷酷无情的电脑杂种，靠榨取残余人类的脑容量为生。但我忍不住要感谢他们。

我很快就要死了。但最后的二十分钟，是我一生中最幸福的几十年。

（马骁 译）

某乘客由俄克拉何马州塔尔萨乘灰狗巴士至肯塔基州路易斯维尔时遗落车上一鞋盒中觅得之日记·摘录

28日 星期一

我想，我跟着斯嘉丽已经很久了。昨天我在赌城，穿过赌场停车场时发现一张贺卡。卡上只有两个字，是用深色口红写的：勿忘。卡片正面印着蒙大拿州一条高速路。

即使有不该忘的事，我也想不起来了。现在我上路了。开着车，朝北去。

29日 星期二

我在蒙大拿州。已经进入内布拉斯加也未可知。现在我在汽车旅馆里写这些。屋外狂风呼啸，我喝着旅馆提供的黑咖啡。可以预见，明后两天晚上，依旧只有这玩意儿可喝。白天在一个小镇落脚吃饭时，饭馆里有人提起她。“斯嘉丽在路上。”说话的人是个交警。可惜我凑过去细听时他早换了话题。

新话题关于一起交通事故。两车迎面相撞，碎玻璃散落一地，闪闪发光，仿佛碎钻。交警对我彬彬有礼，还尊称我“夫人”。

30日 星期三

“最折磨人的不是工作，”女人说，“别人的目光最可怕。”晚上外边很冷，她穿得不够多，冻得直哆嗦。

“我在找斯嘉丽。”我对她说。

女人捏了捏我的手，又极温柔、极温柔地碰碰我面颊：“亲爱的，继续找吧。你准备好时，她自会出现。”说完，她沿着路，径自漫步离去。

这地方比普通小镇大得多。也许到了圣路易斯？圣路易斯有什么地标来着？我留意去找连接东西的著名拱门[1]，然而一无所获。

后来，我过了河。

1 圣路易弧形拱门在密苏里州，走过它便意味着进入美国西部大地。在美国还是英国殖民地时期，移民们便纷纷向西部进军，征服边远地区，寻找谋生之路。圣路易是这些不屈不挠的拓荒者西进的必由之路。他们曾形象地把圣路易称为“通向西部之门”。圣路易弧形拱门是为了纪念他们而建造的。

31日 星期四

路边生着些野蓝莓。灌木上挂着根红线。我很害怕：我找的东西明明已经消失——也许根本从未存在。

今天，沙漠中一间咖啡馆里，我和一个女人聊了一会儿。我原来爱过她。很久之前，她在这家店做过招待。

“我还以为这里就是你的终点，”她说，“看来我不过是你旅途中又一站罢了。”

我说什么都没用了。她听不进去。早知道，应该先问问她斯嘉丽在哪儿。

32日 星期五

昨天我梦见斯嘉丽了。她体形巨大，野性十足，我成了她的猎物。在梦里，我知道她的模样。一觉醒来时，我正坐在载货卡车里。车停在路边，有人在窗外用手电照我。他说，先生，查下身份证。

我说了我觉得自己是谁，也说了我在找谁。他哈哈大笑，摇着脑袋扬长而去。不知他哼的是什么歌。我开着卡车向南去。天渐渐亮了。有时候，我真怕我是着了魔障。

她靠腿走路，我有车可开。为什么她总能遥遥领先?

1日 星期六

发现一个鞋盒，是我放东西用的。今天，在杰克逊维尔一家麦当劳里，我吃了个吉士牛肉堡，又点了杯奶昔，然后把鞋盒里的东西都倒在桌上：蓝莓灌木上的红线；明信片；一张宝丽来相片（是在日落大道旁一片开满黄花的荒地里捡的，照片上两个姑娘正在咬耳朵，脸红红的）；一盘磁带；在华盛顿时别人给的小瓶子，里面装着些金粉；我从书报杂志上撕的散页；一枚赌场筹码；还有这本日记。

邻桌一位黑发女士在说话："现在，你死后，他们能把你做成钻石。科学真好。希望后人就这样纪念我。光彩夺目，多好。"

2日 星期日

古老的文字在地上标出鬼魂走的路。它们对洲际公路毫无兴趣，只靠步行。我追寻的或许正是这种足迹？有时我仿佛在用她的眼睛看，有时却是她借我的双眼张望。

现在，我在北卡罗来纳州，威明顿市。我坐在沙滩上写日记，四周空空荡荡，只有海面上闪亮的阳光。我好寂寞。

走一步算一步，对不对？

3日 星期一

巴尔的摩飘着小雨，我站在人行道上，不知该往哪儿走。之前有辆车朝我开来，我隐约看见斯嘉丽就在客座上。我看不清她的脸，只见那一头红发。是辆破旧的载货卡车，开车的女人胖乎乎、乐呵呵的，一头黑色长发，皮肤也很黑。

我在一位陌生人家中过夜。早晨醒来时，他说："她在波士顿。"

"谁？"

"你要找谁就是谁。"

我问他怎么会知道，可他不再答话，不一会儿又赶我出门。我马上照办。我想回家。要是知道家在哪儿就好了。我只能上路。

4日 星期二

中午我开过纽瓦克，纽约市区就在前方。这座城市已被空气中的浮尘玷污，眼下又遭雷雨笼罩，城中昏暗如夜。也许世界末日已然降临。

我以为世界末日只有黑白两色，像老电影一样。（头发像炭一样黑，皮肤像雪一样白。）也许，只要还有颜色，世界就能维系下去。（嘴唇像血一样红，我复诵道。）

傍晚时分，我赶到波士顿。我发现，我在镜子里找她，在倒影里寻她。我记得白人如何踏上这片大陆，我记得黑人如何身披镣铐，踉跄下船，我记得这片土地还年轻时，有红皮肤部族来此落脚。

我记得，这里曾寥无人迹。

“你怎能出卖母亲？”有人出钱收购原住民脚下的土地时，他们这样说。

5日 星期三

昨夜她对我说话了。我敢肯定，一定是她。当时我在路易斯安那州梅泰里市。经过路边一个公用电话亭时，电话响了。我拿起听筒。

“你还好吗？”有人问。

“是谁？打错了吧？”

“可能。”她说，“可是，你好吗？”

“不知道。”我说。

“你要知道，有人一直爱你。”她说。我马上知道一定是她。我想告诉她我也爱她，可电话已经断了。即便是她，片刻停留也已结束。也可能是别人拨错了电话，可我相信是她。

目标近在咫尺。路边有个流浪汉，铺着毯子卖些小玩意儿。我买了张明信片，用口红写上“勿忘”二字。这法子真好，我一定永世不忘。可是吹起一阵风，把卡片刮了去。现在，看来我只能上路，继续旅途。

（张秋早 译）

给男生的派对搭讪指南

“来嘛，”小维说，“棒极啦。”

“才怪。”我明知道自己早在数小时前就已败下阵来，这时仍在负隅顽抗。

“一定炫毙了！”小维第一百次重复道，“女生！女生！一堆女生！”他咧着大嘴，露出白牙。

我和小维两个都在伦敦南边上男校。我们其实也不是没和女生打过交道：小维有过好多女朋友，我妹妹的朋友里，有三个女孩都被我亲过。不过，真说起来，迄今为止，我们基本只和男生说话，只和男生玩儿，只能搞明白男生的心思。嗯，至少我自己是这样没错。别人的事我也说不好。我和小维已经三十年没见面了。如果现在碰上他，我都不知道说什么才好。

我们走在克罗伊登东站后的小路上。当年，这些路就是一片脏兮兮、乱糟糟的大迷宫。有个朋友跟小维说附近有个派对，这家伙就铁了心要去，也不管我乐意不乐意。其实我才没兴趣呢。可惜那礼拜爸妈都出去开会了，我寄居在小维家，被迫成了跟班。

“派对不就是派对嘛，还不是跟以前一样。”我说，“过上个把钟头，你就和最漂亮的女生不知跑哪儿腻歪去了，留我在厨房里听当妈的掰乎，政治啦，诗歌啦，没完没了。”

“你不自己搭话是不行的。我觉得好像就是头里那条路。”他高高兴兴地朝那个方向甩了甩包，连包里的瓶子也捎带着。

“你不认路啊？”

“爱丽森跟我说的，我把地址记在纸上，结果落在食堂桌子上没拿。没关系啦，我能找着。”

“怎么个找法？”我心中涌起新的希望。

“就沿路走呗，看哪儿在开派对就对了。”小维说得好像在跟智障小孩交流一样，“多简单。”

我的确一路“看”着，可是哪里都没动静。只见一堆逼仄的房子，浇了混凝土的前院里停着生锈的汽车、自行车。还有些书报摊，玻璃门脸灰扑扑的，里面有外国香料的味道。他们什么都卖：生日卡，二手漫画，还有那种黄得不得了、只能用塑料袋子封起来卖的杂志。我以前去摊上时，曾看见小维往毛线衣下面藏了本黄书。不过后来老板追到人行道上，贼赃并获，把书拿了回去。

我们走到路尽头，转进一条窄窄的小街，街两边都是平顶房子。那个夏天，那个傍晚，一切都静悄悄、空荡荡的。“你是没问题，”我说，“万人迷嘛。不搭话都有人倒贴。”这话的确不假：只要小维祭起他那抹坏笑，派对上绝对一钓一个准儿。

“不对不对，你搞错了，还是要靠说。”

以前亲妹妹的朋友时，我什么都没说过。妹妹晃到别处时，她们在附近，恰巧转悠到我的运行轨道上来，我就亲了她们。真不记得大家聊过什么。我跟小维说，我不知道跟女孩子有什么好讲的。

“不就是女生吗？”小维说，“又不是外星人。”

小路拐弯了。我原来还指望找不到派对小维就会回去，这时绝望再度降临：前方有幢房子里传来低音炮的轰鸣，被四壁与房门囚禁的音乐闷声大响。时间是晚上八点。对于十六岁以下的未成年人来说，真的一点儿也不晚。我们都不到十六岁——不过差得倒也不多。

我爸妈看得可严了，想来小维家父母才不管这么多。他家一共五兄弟，他是最小的。在我看来，这已经很神奇、很了不起了：我自己只有两个妹妹。在家里，我虽然挺特别，却也很孤独。打记事时起，我就一直想要个弟弟。十三岁以前，流星划过，暮星初升时，我还曾暗自许愿，祈求老天爷给我个弟弟。

我们走进花园。园子里，一条不成体统的石板路引我们走过树篱，绕过孤零零的蔷薇丛，这才来到正门前，只见墙面上嵌着不少小石子作为装饰。我们按过门铃，门开了。屋里站的是个女生，我也说不好她多大。我心目中女生有几大罪状，这就是其中之一：很小的时候，大家都是小男孩、小女孩，成长速度一模一样。我们一起长到五岁，长到七岁，长到十一岁。后来，一夜之间，天平突然倾斜，女孩子拔腿飞奔，跑进未来，把你丢在身后。她们什么都知道，例假来了，胸变大了，脸上开始化妆了。只有上帝他老人家才晓得她们还有什么古怪把戏！——反正我老人家真搞不懂。要说真正的青春期像什么样，看生物书里那些图表可不行，去瞧瞧我们这年纪的女孩子就知道了。

小维和我还没进青春期。我已经开始怀疑，即使到了天天刮胡子（而不是一周一次）的年纪，女生还是老远老远地跑在前头。

开门的女孩子说：“怎么？”

小维说："我们是爱丽森的朋友。"

以前我们去德国交流时，组织方为了均衡性别比例，也从本地女校招了些女生。爱丽森是我们在汉堡认识的。她满脸雀斑，一头橘发，笑得要多坏有多坏。和我们一样大的女孩子大都有点粗声大气，有点搞笑，有几个有车、有工作、有摩托的成年男友。在汉堡，有次派对快散场时，一个牙齿参差不齐、身披浣熊皮衣的女生伤心地跟我说，她的大男朋友连老婆孩子都有。当然，这八卦对话照例发生在厨房。

"这儿没有叫爱丽森的。"女孩子说。

"没关系没关系，"小维潇潇洒洒地咧嘴笑道，"我叫小维，他是伊恩。"

果然，万人迷旗开得胜，那女生露出微笑。小维拿出包在塑料袋里的白葡萄酒（从橱柜里管他爸妈"借"的）："这玩意儿该放哪儿？"

女孩子侧身放我们进去："后面有厨房，放桌上，和其他瓶子搁一起就行。"她一头金色大波浪，长得特别好看。傍晚厅里很暗，但我看得出来，她真漂亮。

"说来你叫什么名字？"小维问。

她说她叫斯黛拉，小维露出招牌坏笑，恭维说他听过这么多名字，就数斯黛拉最美。油嘴滑舌，浑蛋。更恶心的是，他说得好像发自肺腑一样。

小维走进厨房放酒时，我向前厅望去。屋里奏着音乐，有人在跳舞。斯黛拉走进去，随音乐晃着身子，自个跳起来。我看着她。

那时朋克风潮方兴未艾，我们自己也有唱片机，总听广告，果酱，扼杀者，撞击，还有性与手枪。去别人家参加派对时，你会听见电光，10CC，甚至洛克西，走运的话还能碰上大卫·鲍伊。在德国时，我们只能拣出一张所有人都愿意听的唱片：尼尔·扬的《丰收》。那首《心如真金》贯穿了整个旅程，如叠句般翻来覆去无止无休："我漂洋过海，为见心如真金……"

我听不出前厅放的是什么音乐。听着有点像一个叫动力站的德国流行电子乐组合，也有点像我上次生日时收到的唱片。那唱片灌满怪异的音效，由BBC无线电音乐工厂出品。当然眼下这首曲子更有节奏，屋里有好几个女孩子轻轻随拍子摇摆。不过，我眼里只有斯黛拉。她光彩夺目。

小维从我身后挤进房间，手中拿了一听淡啤酒。"厨房就是个酒窖！"他丢下这句，径直向斯黛拉走去，聊了起来。乐声中我听不见他们在说什么，不过这儿显然没我什么事了。

当时我还不大爱喝啤酒，不过去找点能喝的饮料也不错。厨房桌上有一大瓶可口可乐，我拿塑料杯倒了点喝。两个女生在屋里聊天，不过灯光太暗，我不大敢插嘴。她们非常活泼，非常可爱，两人都皮肤黝黑，头发闪闪发光，穿得像电影明星一样。听口音却不是本地人。显然，她们和我不是一类人。

我拿着可乐来回晃悠。

从外看这房子没这么深，没这么大。我原以为不过是楼上楼下各两居的板房，其实格局要复杂得多。所有房间都灯光昏暗——我疑心整幢房子里没有一个灯泡超过四十瓦。每间屋里都有人。我记得，所有人都是女生。我没有上楼。

温室里，一个女孩子单独待着。她的头发好漂亮，金得泛白，又长又直。只见她坐在一张玻璃面小桌边，双手互握，向外眺望花园，静看暮色渐浓。她好像有心事。

“我可以坐吗？”我向那边举了举杯子，示意道。女生起初摇头，不过接着又耸耸肩。看来我坐不坐对她没什么区别。于是我移了过去。

我又羞赧，又尴尬，只知道傻坐着。这时，小维从温室门口经过。他在和斯黛拉聊天，眼睛却盯着我，同时用手比成嘴形，一开一合。对了，要找话说。

“你住这附近吗？”我问道。

女孩子摇摇头。她穿一件短短的银色上衣，我努力不去看她胸口隆起的曲线。

我又说：“你叫什么名字？我叫伊恩。”

“七星七星，”也不知她说的究竟是不是这几个字，“我是二等星。”

“呃，你的名字好特别。”

一双水汪汪的大眼睛望向我：“七星七星，意思是我有个叫七星的前辈，我必须不时向她回报。我可能没有后代。”

“呃，我说，现在想这个太早了，对吧？”

她松开手，举起来，伸开十指：“看见没？”

只见她左手小指形状扭曲，顶端分出两岔，生了两个指尖。是残疾，不过不大严重：“走到尽头时，我必须拿定主意。生存还是毁灭，这是一个值得思考的问题。幸好决定权在我。现在，完美的姐妹们都静滞在家，我却四处流浪。她们都是一等星，我却是二等。

“不久我就要向七星回报此行见闻，告诉她这次造访你们的领地有何感想。”

“其实我不住克罗伊登，”我说，“我不是本地人。”难道这女生是美国来的不成？我一点也听不懂她在说啥。

“是啊，照你说的，我们都不是本地人。”她蜷起左手，用右掌遮住六指，“我原以为，这儿更大，更干净，色彩更丰富，不过已经很难得了。”

她打了个呵欠，抬起右手遮了遮嘴，随即又落回桌上：“我从小就跑来跑去，真叫人讨厌。希望哪天不这样了才好。狂欢节时，我在里约热内卢街上看他们过桥，一个个金光闪闪，身材高大，生着虫的眼睛，虫的翅膀。我高兴极了，差点跑上去打招呼，却见那只是化了妆的人。都是人。我问霍拉寇，他们为什么要拼命装成我们呀，霍拉寇说，这些或白或黄的脏小人儿，他们都讨厌自己。我在这里就看到这些，连我自己也长不大了。你们是孩子的世界，小妖精的世界。”女孩子笑了笑，继续说，“幸好他们都看不见霍拉寇。”

“呃，”我说，“想不想跳舞？”

她马上摇头。“不许跳舞的，”她说，“可能搞坏东西的事都不许干，我是七星的，得听话。”

“那想喝饮料吗？”

“水。”

我回到厨房，给自己倒了第二杯可乐，又从龙头接了杯清水，从厨房回到厅里，从厅里走进温室。可桌边空无一人。

也许那女生去厕所了？她可能过一会儿就想跳舞了。我走回前厅，往屋里看去。屋里满满当当的都是人。跳舞的女孩子更多了，还有几个不认识的男生。他们好像比我和小维大几岁。其他人跳舞时都保持一定距离，只有小维牵着斯黛拉的手。一曲终了，他还伸出胳膊搂着她，貌似随便，其实是说“这姑娘是我的”，以防其他人把她邀走。

看来温室里那女生不在一楼，不知道她是不是上楼去了。

舞厅正对着起居室，我走进去，在沙发上坐下。沙发上已经坐了个女生。她一头深色短发，梳得支棱八翘，神色紧张兮兮的。

要搭茬，我想。“呃，这杯水没人喝，你要吗？”

她点点头，非常非常小心地伸手接过杯子，好像她根本不习惯拿东西，双眼双手全靠不住似的。

“做个观光客挺好的。”女孩子矜持地笑着，露出门牙间的大缝来。她小口尝着自来水，像大人们细品佳酿一样。“上次我们去了太阳。大家在日冕池塘里和鲸鱼游泳。鲸鱼给我们讲当地历史。外面好冷，我们都在哆嗦，后来游到更深的地方，热流奔涌不息，大家才好受了不少。

“我还想去。这次出来，我还想去太阳。还有好多东西没看呢。结果大家跑到‘世界’上来了。你喜欢吗？”

“喜欢什么？”

她向四周挥了挥手——沙发，椅子，窗帘，没火的暖气炉。

“呃，还好吧，我觉得。”

“我跟他们说，我才不想看什么‘世界’。可家师根本不听。‘你还有很多要学呢。’它说。我抗议说再去太阳我能学得更快。渊薮里也不错。捷莎在星系间结网，我也要。

“不过怎么说也没用，最后还是‘世界’胜出。家师一口吞了我，我就到这儿来了，这算是什么替身？钙质骨架上一堆不断衰败的烂肉。转生时我感觉身体里不断扑腾，抽抽搭搭，咯吱咯吱的。我第一次学会压迫空气通过口腔，振动声带说话，就告诉家师我宁愿去死。它坦承道，要离开世界，这的确是唯一出路，终究无人例外。”

她手腕上系着串黑色念珠，说话时不住拨弄：“不过，肉身之中自有智慧，我决心好好学习。”

我俩坐在沙发正中，靠得很近。我下定决心：这时候得伸出胳膊搂搂她，别太做作就好。对，先把手搭在沙发背上，再神不知鬼不觉地慢慢蹭下去，碰到她身上……女孩子还在说："还有，有时候眼睛里会流出水来，整个世界都模糊了。没人跟我提过，我一直不明白。我曾抚摩细语的声波，也曾和快子天鹅一起共振，一起飞舞，可我不明白。"

房子里这么多女生，面前这个虽然不算最漂亮，却也不难看。再说，是个女孩子就行了。我试探性地把胳膊蹭下去一点，正好挨着她后背。她没让我挪开。

这时，我听见小维在门口叫我。只见他揽着斯黛拉，护着她，一边向我招手。我拼命摇头，暗示眼下顺风顺水，进展良好。可他又不识趣地叫了声伊恩。我不情愿地站起来，走到门口。

"干吗啊？"

"呃，你看，"小维不好意思地说，"这个派对吧，不是爱丽森说的那个。我和斯黛拉聊了一会儿，发现是我们误会了。我是说，她跟我解释过了，我们走错门了。"

"老天爷，有问题吗？他们赶人了？"

斯黛拉摇摇头。小维靠过去，在她唇上温柔地印下一吻："我来这里你很开心，对不对，亲爱的？"

"明知道还说。"斯黛拉说。

小维站在她身边，眼睛看着我，又摆出招牌坏笑：有点流里流气，又挺讨人喜欢，像《雾都孤儿》里的机灵鬼，有浪子情人的味道："别担心，反正这些人都不是本地人。估计又是什么国际交流，对吧？像我们去德国一样。"

"是吗？"

“伊恩，你要主动说话，也要当个好听众。明白？”

“当然，已经跟好几个聊过了。”

“进展如何？”

“正有进展就被你坏事了。”

“啊，抱歉。就想跟你说一声。”

这小子在我胳膊上拍了拍，和斯黛拉一起走了，我见他们去了二楼。

昏光中，派对上所有女生都可爱极了：长相固然完美，更重要的是，她们既怪异陌生，也容易亲近，掺杂比例恰到好处，释放出奇异的魔力，比漂亮的橱窗模特好得多。斯黛拉是最好看的，不过小维已经捷足先登，带她上楼去了。太正常了，每次都这样。

这时，沙发上已经坐了几个人和大牙缝女孩聊着。不知谁说了个笑话，引起一阵哄堂大笑。想坐回她身边得推开不少人，再说，看来那女生根本没指望我回去，刚才走人时她也满不在乎。我干脆晃悠回前厅，扫视舞池，向乐声来源走去。四周没有唱机，也看不见音箱。

我又从厅里走回厨房。

还是厨房好。来来去去不要什么借口。而且，这次也没见谁家老妈在厨房戳着，算是好事一桩。我把厨房桌上各色瓶瓶罐罐看过一遍，最后倒了杯茴香酒兑可乐，又丢了点冰块进去。一品之下，满嘴糖果店似的浓香。

“你喝什么呢？”有女生问。

“茴香酒，”我说，“味道像茴香球，不过掺了酒精。”其实我也是第一次喝。因为某张地下丝绒乐队实况唱片里，可以听见背景声里有人点茴香酒。当然，这些就没必要说了。

"给我调一杯好吗？"

我又用茴香酒打底，倒了杯可乐，递给那女生。只见她那一头褐发闪着金属光泽，打着卷儿挂在脑袋上。今天这发型已经不多了，当初倒挺常见。

"你叫什么？"我问。

"八行诗。"她说。

"真好听。"我嘴上恭维，心里也拿不准这名字到底如何。不过姑娘倒挺漂亮。

"是种诗体，像我一样。"她自豪地说。

"你是诗吗？"

女孩子微微一笑，垂下眼帘，移开目光，也许是害羞了。从侧面看，她脸上几乎没有曲线，只见完美的希腊式鼻梁和前额连成一线。去年我们在学校剧社演过《安提戈涅》[1]，我是给克瑞翁传达女主角死讯的信使。大家还故意戴了半截面具，装出希腊鼻子来。我想着那剧，眼睛盯着她的脸，脑海中浮现出《野蛮人柯南》系列漫画里巴里·史密斯画的女人来。若是再过上五年，巴里·史密斯估计会变成拉斐尔前派，珍·莫里斯，伊丽莎白·西达什么的，谁让我当年才十五岁呢？

"你是诗吗？"我又说了一遍。

她咬着下唇："要这么说也对。我是诗，我是律，我是整个种族。大海吞噬了族人的世界。"

"身兼三职挺难的吧？"

"你叫什么？"

---

1 古希腊戏剧家索福克利斯的著名悲剧作品，剧中女主角安提戈涅为俄狄浦斯王之女，因执意埋葬兄弟被继位者克瑞翁杀死。

“伊恩。”

“你看，你是伊恩，”她说，“你是雄性，也是两足动物。身兼三职真的很难吗？”

“可是伊恩，雄性和三足动物是一样的呀，它们都不……自相矛盾。”自相矛盾，我在书上读到这个词不少次，不过那天以前还没跟人用过。当时我还不知道，不同事物是不能“自相”矛盾的。

女孩子穿一身薄薄的白色绸裙，眼眸淡绿，现在回想起来，好像戴了彩色隐形眼镜似的。不过，三十年前，一切都和现在不同。我记得当时我还一直琢磨着小维和斯黛拉干吗上楼。今天我很清楚，他们一定在卧室里。每当回忆至此，嫉妒心往往熊熊燃烧，几乎让我心口发痛。

无论如何，我和厨房里的女孩子聊着，聊着——虽然我们的交流毫无意义，她真名也不会是八行诗。要知道，我们这代人出生时，嬉皮名字还不时兴。那些叫彩虹的，叫阳光的，叫月色的，当时只有六七岁呢。女孩子接着说：“我们知道，末日即将降临。大家把一切写进诗里，告诉宇宙我们曾来过，我们为什么来，我们说过什么，做过什么，幻想过什么，希求过什么……我们用词语封存梦想，赋之以格律，让梦想永生不灭，不至遗忘。后来，我们用磁场曲线将诗传递出去，藏在星星心中。星光的脉冲一波波振荡，横扫整个电磁光谱，传到千万个恒星系之外，传到遥远的世界上。在那里，诗的韵律得以破解。又有人读诗了。终于，它又成为诗了。”

“接下来怎么样？”

一双绿眼睛看着我。她好像戴着半截安提戈涅面具，面具最特别、最深邃的地方是那双绿眸。“听诗的人，都会有所改变。”她告诉我，“凡闻其声者，都成了诗的奴隶。诗接管他们，占领他们，诗中韵律融入他们所思所想；诗中图像侵蚀他们的想象；诗中词句，诗中意象，诗中热望，统统成为他们的生命……不出一代，所有新生儿灵魂之中都有诗在。如此这般，不用多久就再无后代出世。孩子？没必要了。只剩下诗，诗就是全部。它得了形体，在广袤的已知世界中四下漫步，四下蔓延。”

我往她身边凑近一点，已经能感觉大腿贴在她身上了。女孩子好像还挺高兴：她温柔地把手搭在我胳膊上，我感觉脸上乐开了花。

“有些地方欢迎我们，”八行诗说，“有些地方把我们看作有害的野草，把我们当成传染病，一有动静就要隔离我们，消灭我们。可是，疫病终结之处，怎能诞生艺术？”

“不知道啦。”我还在笑。只听前厅里传来陌生的音乐，一拍一拍，一段一段，隆隆作响。

女孩子靠了过来。我想，那应该算是吻……反正她把嘴贴到我嘴上，然后满意地直起身子。看那模样，敢情是盖了个戳，要把我占为己有。

“那首诗，要听吗？”她问道。我忙不迭地点头。虽然我也不知道她想给我什么，不过只要她愿意给，我照单全收。

她在我耳边低语。很奇怪，诗就是诗，即使出自陌生的语言，你依旧知道：那是诗。你不必学希腊文就能听荷马，而且知道他是位诗人。我听过波兰语诗，也听过因纽特语诗，反正不论如何，一听就知道。她唇间吟出的，就是这样的诗。我听不懂她在说什么，可一词一句清晰通透，从我心中流过。脑海中睁开一双眼睛，我看见玻璃钻石修筑的高塔，看见人们生着最浅最淡的绿色眼眸。我能感到，每个音节之下，都涌动着无情迫近的大海，蕴藏着势不可当的力量。

也许我曾认真吻过她。记不清了，我一定很想吻她。

后来，我只觉得小维在拼命晃我。“快走！”他吼道，“快，走啊！”

神游万里的我渐渐回到现实。

“傻瓜。快，动起来。”他说着，骂着，气急败坏。

前厅里响起一首歌。整个晚上所有曲子里，只有这首我听过。萨克斯风呜咽，接着是一串流水般的弦声。男声响起，歌词诙谐，唱的是沉默时代之子什么的。我想留下来听他唱完。

她说：“还没完，还有好多我没念呢。”

“亲爱的，对不起。”小维脸上没有半点笑容，“回头再说吧。”他一把攫住我的胳膊肘，又拖又拽，拉我走出厨房。我没有抵抗。过往经验证明，如果小维打定主意要修理我，我一定死得非常难看。他一般不揍人，除非被我惹火了，惹急了——眼下这家伙火大着呢。

我们冲进前厅，小维推开大门，我又回头看了最后一眼，指望八行诗追到厨房门口来。可她没有。我只看见斯黛拉站在楼梯上，低头怒视小维。她的表情映入我眼中。

三十年过去，当年的事我忘了很多，以后记起的也只会越来越少，最后，记忆之中必然一无所有。可是，假如将来死后有知，我一定听不见圣歌，听不见赞美诗，唯有这一刻回忆永远相伴：我绝忘不了回头那一瞬间，忘不了小维夺门而逃时斯黛拉的脸。死亡也无法将这记忆带走。

她衣衫凌乱，脸上的妆弄花了。那双眼睛——

宇宙生起气来一定十分不妙。我发誓，那双眼睛属于盛怒的宇宙。

我和小维落荒而逃，远离派对，远离外乡人，远离屋里的昏光，好像屁股后头跟着场雷电风暴。街道交织，一片混乱，我们狼狈不堪地跑过街道，穿过迷宫，一路不敢回头，跑得快断气了才停下。两个人大口大口喘着气，再也动弹不得。身上真疼。我扶着墙，小维呕得厉害，埋头对着下水道吐了很久。

吐完，他擦擦嘴。

“她是个——”小维摇摇头，咽下后半句话，又开口道，“你看……我觉得，一开始你有多大胆就走多远。再往后，只要再往前一步，难道你就换了个人？难道你就有罪了？有的雷区就是不能踩……今天晚上就是这么回事。”

我自以为明白他的意思：“你是说，你想搞她？”

他一拳捣在我太阳穴上，狠狠拧了几下。我想，也许我得跟他开打，再做一次手下败将。不过，没一会儿小维就垂下胳膊走开了，嘴里低声吸着气。

我好奇地看着，突然反应过来：小维哭了。只见他满脸通红，眼泪鼻涕一起往下淌。哭得那么伤心，那么真，简直像个小娃娃。就这样，他甩下我，肩膀一耸一耸，快步沿路走去。我看不见他的脸。不知道他们去楼上后出了什么事，居然让他这么失态，这么害怕。我想破脑袋也猜不出来。

街灯一盏盏亮起来。暮色中，小维歪歪倒倒地走在前头，我跟在后面，步子沉重，脚下隐约打着节奏。那是一首诗，一首我不能记起，无法重复的诗。

（张秋早 译）

飞碟造访之日

那一日，飞碟造访地球。
成百上千，金光灿灿，悄然无声，
仿佛巨型雪花飘落。
它们下降时，
地球人焦灼不安，站着，看着，候着，
不知飞碟里有什么在等待，
不知我们有没有明天。
但是，你毫无所觉，因为……

那一日，飞碟造访时，
正巧墓地开启，死者复生。
有的僵尸推开软泥，有的干脆一跃而出。
它们蹒跚着逼近，眼神呆滞，势不可当，
可怜我等活人，纷纷尖叫逃窜。

但是，你毫无所觉，因为……

飞碟造访之日，僵尸横行之时，
诸神也迎来黄昏。
我们从电视上看到，
死者指甲造就之船，大蛇，和巨狼，
凡此种种，其大超乎想象，
摄像师如何后退，也难收全貌。
这时，诸神登场。
但是，你视而不见，因为……

飞碟僵尸诸神黄昏日，
异界之门洞开，
灯神仙子如洪流，我们淹没其中。
唾手可得的，是愿望和奇迹，
魅力与智慧，勇敢的心和如山黄金。
巨人咿呀怪叫，四下游荡；
杀人蜂肆虐。
但是，你浑然不知，因为……

那一日，飞碟造访僵尸横行诸神黄昏仙子显灵。
那一日，飓风暴雪，坚冰封城。
那一日，植物死光，塑料降解。
那一日，电脑造反，威胁我们投降。
那一日，伦敦城内万钟齐鸣，

天使喝得烂醉，一脑瓜糨糊，踉踉跄跄从酒吧撞出。
那一日，动物以亚述语开言，
那是雪人之日，飞毯之日，时间机器到来之日……
这一切，一切，你都没发现，
你手捧书本，坐在屋里，
什么也不做，什么也没读，
只盯着话筒，
等我那通，
不知会不会来的电话。

（张秋早 译）

太阳鸟

想当年，享乐主义俱乐部的会员可是群很能折腾的有钱人。他们一共五位，都深谙聚会之道。

为首的名叫奥古斯都·双羽·麦考伊，体形抵得上三个人，胃口顶得上四个人，酒量比得上五个人。他的曾祖父用一份唐提式养老保险[1]的红利建立了享乐主义俱乐部；他费尽浑身解数，通过传统方式，确保自己获得最大收益。

第二位是曼德勒教授，他瘦小枯干，显得有些神经质，肤色灰白犹如鬼魂（也许他正是个鬼魂，毕竟怪事年年有）。他除了清水什么都不喝，只用茶碟大小的盘子进餐，吃得比小鸡多不了两口。但身为美食家你用不着有老饕的胃口，而且曼德勒总能品出每道菜的精髓。

---

1 每个投资人支付一定金额，并根据本金得到每年红利。当某位投资人去世或违约后，他的红利将被重新分配给其余的投资者，直到最终仅剩一位投资人为止，所有本金都将移交给他。这位投资人通常会变得非常富有。

第三位是维吉尼娅·布提，美食及餐馆评论家，她曾是个倾国倾城的美人，但如今只能算座辉煌壮丽的废墟，不过她倒很中意自己这末路光阴。

第四位是杰基·纽豪斯，是大情圣、美食家、小提琴家和决斗士吉亚科莫·卡萨诺瓦的（旁系）后人。杰基·纽豪斯跟他那声名远扬的前辈一样，伤透了无数芳心，也品尝过无数佳肴。

最后一位是苏巴克·T. 克劳克拉斯托，他是享乐主义俱乐部中唯一的赤贫阶级，参加集会时往往胡子拉碴、脚步蹒跚地从街头赶来，手拿半瓶用棕纸袋装着的劣质假酒，不戴帽子，也不穿大衣，甚至时常衣衫褴褛。但他吃起东西来，比所有人的胃口都好。

奥古斯都·双羽·麦考伊正在发言……

“咱们已经吃遍了所有能吃的东西，”奥古斯都·双羽·麦考伊说道，言语间不免流露出一丝遗憾和伤怀，“咱们吃过秃鹫、鼹鼠和果蝠。”

曼德勒翻了翻自己的笔记本：“秃鹫味道类似于腐烂的野鸡。鼹鼠好像放久的蛞蝓。果蝠跟甜豚鼠差不多。”

“咱们吃过鸮鹦鹉、指狐猴和大熊猫……”

“哦，那顿烤熊猫肉排。”维吉尼娅·布提想到此处，不觉口舌生津。

“咱们吃过几种早已灭绝的生物，”奥古斯都·双羽·麦考伊说，“咱们吃过速冻猛犸和巴塔哥尼亚大树懒。”

“如果咱们能早点搞到那头猛犸就好了，”杰基·纽豪斯说，“但我能理解为何这种长毛象迅速灭绝，只要人们尝过那滋味，就不会忘记。我是个有品位的绅士，但刚咬了一口，我脑子里就只剩下堪萨斯烤肉酱，还有那东西的新鲜肋排该是多么美味。”

“被冰冻个一两千年，味道也没什么变化，”苏巴克·T. 克劳克拉斯托露齿一笑，他的牙齿歪歪扭扭，却尖利结实，“但话说回来，真正的好东西，还得说是货真价实的乳齿象。实在捉不到乳齿象的话，通常猛犸也就凑合了。”

“咱们吃过乌贼、大乌贼和巨乌贼，”奥古斯都·双羽·麦考伊说，“咱们吃过旅鼠和塔斯玛尼亚虎，吃过园丁鸟、雪巫鸟和孔雀，吃过海豚鱼（不是海豚）、大海龟和苏门答腊犀牛。我们把所有能吃的东西都吃遍了。”

“胡说。咱们还有数百种生物没尝过，”曼德勒教授说，“也许数千种。想想所有的甲壳虫吧，都没尝过。”

“哦，曼迪，”维吉尼娅·布提叹道，“你只要尝过一种甲壳虫，就等于把所有的都尝遍了。咱们已经尝过几百种了。至少屎壳郎还是挺对味儿的。”

“不，”杰基·纽豪斯说，“那是屎壳郎粪球。屎壳郎本身平平无奇。不过我明白你的意思。咱们已经登上了美食学的高峰，探过了味觉的海渊。咱们可以说是探寻享乐与欢愉的未知世界的宇航员。”

“没错，没错，没错，”奥古斯都·双羽·麦考伊说，“享乐主义俱乐部每月一次的例会已经延续了一百五十多年，从我曾祖父开始，就未曾断绝。但如今，我恐怕只能被迫取消例会，因为我们或我们的前人已经把所有东西都吃遍了。”

“我真希望生活在二十年代，”维吉尼娅·布提说，“至少当年的食谱上还光明正大地写着人类。”

“可惜是受过电刑的，”苏巴克·T. 克劳克拉斯托说，“送来的时候已经烤得半熟，焦黑发脆。从此，我们对人肉都失去了兴趣，除了一个本来就有那种癖好的伙计，而且他很快就退会了。”

“哦，克拉斯托，你干吗老假装自己亲身经历过那些旧事？”维吉尼娅·布提略微打了个呵欠，“任谁都看得出你没那么老。就算考虑到岁月和贫寒的侵蚀，你也绝对不超过六十。”

“哦，它们侵蚀得相当彻底，”苏巴克·T. 克劳克拉斯托说，“不过方式跟你想的不尽相同。话说回来，其实有不少东西咱们还没吃过。”

“比如？”曼德勒的铅笔就悬在记事本上，随时准备记录。

“哦，比如太阳镇的太阳鸟，”苏巴克·T. 克劳克拉斯托边说着，边冲大家展颜一笑，露出满口尖利的烂牙。

“我闻所未闻，”杰基·纽豪斯说，“你在胡扯吧。”

“我听说过，”曼德勒教授说，“但是在另一种背景下。况且，它是神话生物。”

“独角兽也是神话生物，”维吉尼娅·布提说，“天哪，那份独角兽肋肉鲑鱍真是人间极品。有点像马肉，有点像山羊，配刺山柑和生鹌鹑蛋味道更佳。”

“在享乐主义俱乐部的早期会议记录中，曾经提到过太阳鸟，”奥古斯都·双羽·麦考伊说，“但我不记得具体内容了。”

“他们提到过它的味道了吗？”维吉尼娅问道。

“我觉得应该没有，”奥古斯都眉头紧锁，“当然，我得去查一下档案。”

“别费劲了，”苏巴克·T. 克劳克拉斯托说，“有记录的卷宗都被烧焦了，你别想找到什么有价值的情报。”

奥古斯都·双羽·麦考伊挠了挠头。他真有两支羽毛，就插在脑袋后面黑里夹白的发髻中。它们当年想必金光灿灿，但如今却显得平淡无奇，只是两根黄色的破羽毛而已。奥古斯都很小的时候，就得到了这件礼物。

“说到甲虫，”曼德勒教授说，“我曾经计算过，如果一个人，比方说我，每天吃六种甲虫，那要花二十多年才能尝遍已知的所有物种。而在这二十多年间，新发现的甲虫物种可以让他再吃上五年。在那五年中发现的甲虫又可以吃一又四分之一年，如此延续下去。这是个永无止境的佯谬。我称之为曼德勒的甲虫。当然，你必须偏好这口才行，”他补充道，“要不然就如同地狱了。”

“只要选对了品种，那吃甲虫也没什么不好的，”苏巴克·T. 克劳克拉斯托说，“眼下我就对萤火虫情有独钟。萤火虫的发光物质里可能正好有我需要的东西。”

“不过萤火虫，或者说Photinus Pyralis，更接近于甲虫，而非发光虫，”曼德勒说，“无论怎么想，都是不能吃的。”

“它们也许不能吃，”克劳克拉斯托说，“但能帮你为能吃的东西做好准备。我多半会给自己烤上几个。萤火虫加哈瓦那尖椒，味道好极了。”

维吉尼娅·布提是个实用主义者。她说：“假设咱们准备吃太阳镇的太阳鸟，又该到哪儿去捉它呢？”

苏巴克·T. 克劳克拉斯托挠着下巴上根根倒竖的七日胡（七日胡最长也就是这样了）。“假如是我的话，”他对众人说，“就会在仲夏时节选个正午赶到太阳镇，找个舒服的地方歇着——比方说穆斯塔法·施特罗海姆的咖啡店，然后坐等太阳鸟送上门来。我会用老办法将它捕获，再用老办法烹调。”

“那捉太阳鸟的老办法是什么？”杰基·纽豪斯说。

“还用说吗，就跟你那位闻名遐迩的先人逮鹌鹑和木松鸡时一样。”

“卡萨诺瓦的自传里可没提到过逮鹌鹑，”杰基·纽豪斯说。

“你的先辈是个大忙人，”克劳克拉斯托说，“不可能把每件事都写下来。但他的确是逮鹌鹑的好手。”

“干谷子加干黑莓，泡进威士忌，”奥古斯都·双羽·麦考伊说，“我们家都是用这法子。”

“卡萨诺瓦用的也是这个法子，”克劳克拉斯托说，“但他是用白兰地泡葡萄干，再掺上大麦粒。这是他亲手教给我的。”

杰基·纽豪斯对此置若罔闻。苏巴克·T. 克劳克拉斯托的话不能句句当真。杰基只是问道：“那太阳镇的穆斯塔法·施特罗海姆咖啡店，又是在什么地方？”

“那还用说，自然是老地方，过了太阳镇旧市集再走三条街，就在曾是灌溉渠的老阴沟之前。要是你发现自己跑到了独眼龙卡亚的地毯店外面，那就走过了。但从你们怒气冲冲的表情判断，想必你们要听的不是如此简明准确的描述。那好吧。咖啡店是在太阳镇，太阳镇是在埃及的开罗，它一直在那儿，或者说几乎一直在那儿。”

“那远征太阳镇的费用该谁出呢？”奥古斯都·双羽·麦考伊问道，“参加远征的又有谁？虽然我这么问，但其实早就猜到了答案，而且并不喜欢。”

“那还用说，你出钱，奥古斯都，咱们都去，”苏巴克·T. 克劳克拉斯托说，“你可以从俱乐部会员费里扣。我会带上我的围裙和烹调用具。”

奥古斯都自然知道克劳克拉斯托已经很久没缴过会员费了，但享乐主义俱乐部会帮他垫上。在奥古斯都父亲那辈，克劳克拉斯托就已经是俱乐部会员，所以他只是问了一句：“咱们何时动身？”

克劳克拉斯托用一只老眼盯着他，目露疯狂的光芒。他失望地摇了摇头："那还用说，奥古斯都，我们要去太阳镇，捉太阳鸟。那还能选什么时间上路？"

"星期日！"维吉尼娅·布提说道，"亲爱的诸位，咱们星期日上路！"

"看来你还有救，小姑娘，"苏巴克·T. 克劳克拉斯托说，"没错，咱们周日上路。从今天算起的第三个星期日。咱们要去埃及，花几天时间设陷阱捕捉狡猾的太阳鸟，最后用老法子料理它。"

曼德勒教授阴沉沉地眨了眨眼："但我周一要授课。每周一，我教神话学，周二教踢踏舞，周三教木工制作。"

"找个助教帮你代课，曼德勒啊，曼德勒。周一你正在捉太阳鸟呢，"苏巴克·T. 克劳克拉斯托说，"有几个教授能说出这种话？"

他们后来都单独找过克劳克拉斯托，一是为了讨论几周后的行程，二是为了表达心中的忧虑。

苏巴克·T. 克劳克拉斯托居无定所。但要是你真想找他，有几个地方可以试试。他每天早上都睡在汽车站，那里的长椅很舒服，而且乘警通常不会打扰他；炎热的午后，他常到公园闲逛，在那些早被遗忘的将军塑像附近，混迹于酒鬼和瘾君子之中，分享他们的瓶中物，提出自己的见解。跟在享乐主义俱乐部一样，这些意见就算不受追捧，也会得到相当的重视和尊敬。

奥古斯都·双羽·麦考伊在公园找到克劳克拉斯托，随行的还有他的女儿哈莉柏瑞·无羽·麦考伊。她个头小小的，却灵活得像只猴。

“跟你说，”奥古斯都说，“我总觉得这件事似曾相识。”

“哪部分？”

“全部。去往埃及的远行。太阳鸟。我总觉得以前在哪儿听过。”

克劳克拉斯托只是点点头，还不时从一个棕纸袋里拿出什么东西大嚼。

奥古斯都说：“我去找过俱乐部的年鉴，把它查了个遍。我发现四十年前的年鉴目录中提到了太阳鸟，但再也找不到更多内容。”

“那是怎么回事？”苏巴克·T. 克劳克拉斯托说着，咕噜一声咽了口东西。

奥古斯都·双羽·麦考伊谈道：“我在年鉴里找到了相应的页码，但都被烧光了。而且在那之后，享乐主义俱乐部的管理层发生了一次大动荡。”

“你在吃纸袋里的萤火虫，”哈莉柏瑞·无羽·麦考伊说，“我看见了。”

“一点没错，小淑女，”苏巴克·T. 克劳克拉斯托说。

“你还记得那大动荡年代吗，克劳克拉斯托？”奥古斯都问道。

“当然。而且我还记得你呢。你当年也就跟小哈莉柏瑞一样大。但动荡总会出现，奥古斯都，然后便归于平静。就像日出日落一般，乃是世界之常。”

杰基·纽豪斯和曼德勒教授当晚在铁道旁找到了克劳克拉斯托。他正在一小堆炭火上烤着锡罐里的东西。

“你在烤什么，克劳克拉斯托？”杰基·纽豪斯问道。

“多烤点炭，”克劳克拉斯托说，“清洁血液，纯净精神。”

椴木和胡桃木被砍成小段扔在罐里，烤得焦黑冒烟。

“你真要吃这些木炭吗，克劳克拉斯托？”曼德勒教授问道。

克劳克拉斯托没有答话，只是舔舔手指，从罐子里拣出一块木炭。那炭火在他手中嘶嘶爆响，直冒白烟。

“戏法耍得不错，”曼德勒教授说，“我猜，那些吞火魔术师也是这么玩的。”

克劳克拉斯托把木炭扔进嘴里，用那两排参差不齐的老牙用力嚼碎。“一点不假，”他说，“一点不假。”

杰基·纽豪斯清了清嗓子：“咱们打开天窗说亮话。曼德勒教授和我对几周后的旅程深感忧虑。”

苏巴克继续嚼着炭火。“还不够烫，”他说着从火堆中拿起根小木棍，一点点咬掉红热的尖端，“这还差不多。”

“这全是幻术。”杰基·纽豪斯说。

“才不是，”苏巴克·T. 克劳克拉斯托一板一眼地说，“这是多刺的榆木枝。”

“这一切都令我备感不安，”杰基·纽豪斯说，“我的祖先和我都有种神奇的第六感，可以趋利避害。它总能帮我们躲在屋顶发抖，或是藏在河里避难，抢先一步逃过法律制裁，抑或荷枪实弹、满怀怨念的绅士们。正是这种第六感告诉我，不要跟你去太阳镇。”

“而我是一名学者，”曼德勒教授说，“不具备那种经过微妙进化而来的第六感——相信所有不看论文就必须给那些鬼东西打分的人都一样。然而，我也对这次远征疑虑重重。如果太阳鸟真那么好吃，为何我听都没听说过？”

“你听说过，曼德勒老伙计。你听说过。”苏巴克·T. 克劳克拉斯托说。

“更何况，从俄克拉何马州的塔尔萨到马里的延巴克图，各国地理地貌我都了如指掌，”曼德勒教授继续说，“可从没看到哪本书里提过什么开罗的太阳镇。”

“没见提过？那怎么可能，你本人就教过啊。”克劳克拉斯托拿起一块冒烟的木炭，蘸了蘸热胡椒酱，扔进嘴里嚼碎。

“我不相信你真的吃下去了，”杰基·纽豪斯说，“但是光看你耍这套把戏，我都觉得浑身不自在。我想我也该走了。”

他说罢转身离去。可能曼德勒教授也跟他一起走了，这位小个子总是那么阴沉鬼祟，你很难说清他到底在不在附近。

维吉尼娅·布提差点被睡在她家门口的苏巴克·T. 克劳克拉斯托绊倒。她从一家需要评论的餐馆回来后，已是午夜时分。维吉尼娅从出租车下来，绊到苏巴克身上，一跤摔在旁边：“我不是在旅行吧？”

“一点没错，维吉尼娅。你身上不会刚巧带着火柴之类的东西吧？”

“我好像有盒火柴，”维吉尼娅说着在超大的棕色钱包里翻找起来，“给你。”

苏巴克·T. 克劳克拉斯托随身带了瓶紫色的工业酒精，他往一个塑料杯里倒了些。

“工业酒精？”维吉尼娅·布提说，“我还真没想到你居然喝工业酒精，苏比。”

“我也想不到，”苏巴克说，“臭烘烘的。它会腐蚀肠子，烧坏味蕾。但是大半夜的，我实在找不到能点火的液体。”

他划着一根火柴，碰了碰酒精表面，立时点起一团闪烁不定的火焰。他把火柴扔进嘴里，用燃烧的液体漱了漱口，往街上吐出一片烈焰，把一张刚巧飘过的报纸烧成灰烬。

“苏比，”维吉尼娅说，“你这样做无异于自杀。”

苏巴克·T. 克劳克拉斯托咧嘴一笑，露出满口黑牙。“我又没真喝下去，只是漱漱口就吐出来了。”

“你是在玩火。”维吉尼娅警告他说。

“只有靠这样，我才知道自己还活着。”苏巴克·T. 克劳克拉斯托说。

“哦，苏比。我很激动。我太激动了。你觉得太阳鸟会是什么味道？”

“比鹌鹑香，比火鸡嫩，比鸵鸟肥，比鸭子鲜，”苏巴克·T. 克劳克拉斯托说，“尝上一口，终生难忘。”

“咱们要去埃及啦，”维吉尼娅说，“我还从没去过埃及呢。对了，今晚你有落脚的地方吗？”

苏巴克咳嗽一声，轻轻的颤音在他衰老的胸腔中荡漾：“我年岁太大了，没法继续睡在门洞或臭水沟旁。但是，我也有自己的骄傲。”

“哦，”维吉尼娅端详着他说，“你可以睡在我的沙发上。”

“我不是不领情，但汽车站的某张长椅上还刻着我的名字呢。”

苏巴克随即站直身体，迈开蹒跚脚步朝街口走去。

在汽车站确实有张长椅刻着他的名字。那是他手面阔绰时捐给车站的，所以名字被刻在椅背后面的一个小铜牌上。苏巴克·T. 克劳克拉斯托并不总是一贫如洗，他不时能发笔财，只是很难留住。而且他有钱的时候，就会发现对于在铁道边的流浪汉营地吃喝，或是跟公园里的酒鬼厮混的富人来说，这个世界并不友好。所以苏巴克总是尽快把钱财挥霍干净。但常有几笔零星款项被他忘在不知什么地方，而且时过境迁，他甚至会忘记自己不喜欢当富人，于是又重新开始追逐财富，并且获得成功。

苏巴克的胡子早该刮了，而且他的七日胡几乎要变得雪白。

享乐主义俱乐部在星期日启程前往埃及。一行共有五人，哈莉柏瑞·无羽·麦考伊在机场跟他们挥手告别。那是个很小的机场，还允许亲友挥手送别。

“再见，爸爸！”哈莉柏瑞·无羽·麦考伊喊着。

他们沿着沥青步道走向小型螺旋桨飞机，奥古斯都·双羽·麦考伊也冲女儿挥别。他们的第一段路程，即将伴随那架螺旋桨飞机开始。

“在我的印象里，”奥古斯都·双羽·麦考伊说，“尽管非常模糊，但仍然依稀记得很久很久以前，有个与今天相仿的日子。在记忆中，我还是个小男孩，正在挥手告别。我相信那是我最后一次见到父亲，而且末日临头的预感也随之出现。”他冲机场另一头的小姑娘最后挥了两下，女孩也冲他摆了摆手。

“想当年，你挥起手来跟她一样卖力，”苏巴克附和道，“但我想她更为沉稳。”

这话没错。哈莉柏瑞确实如此。

他们先搭上小飞机，再换乘大飞机，然后是另一架小飞机、小型汽艇、平底船、火车、热气球，最后是辆租来的吉普车。

他们乘吉普车一路颠簸驶过开罗，经过旧市集，又开了三条街才拐弯（如果继续往前走，就要到曾是灌溉渠的老阴沟了）。穆斯塔法·施特罗海姆就坐在街旁，靠在一张很有年头的藤椅里。这家店的所有桌椅板凳都摆在路边上，而且这条街也不怎么宽敞。

“朋友们，欢迎光临我的卡瓦，”穆斯塔法·施特罗海姆说，“卡瓦就是埃及语的咖啡，或者咖啡店。你们想来杯茶吗？还是玩一局多米诺骨牌？”

“我们想先看下房间。”杰基·纽豪斯说。

“除了我，”苏巴克·T. 克劳克拉斯托接口道，“我就睡街上。天气很暖和，而且那边门口的台阶看起来蛮舒服的。”

“我要咖啡，谢谢。”奥古斯都·双羽·麦考伊说。

“没问题。”

“你有清水吗？”曼德勒教授问道。

“谁要清水？”穆斯塔法·施特罗海姆说，“哦，是你啊，灰色的小人儿。不好意思。我第一眼看到你，还以为你是别人的影子呢。”

“我要舍苏卡·鲍斯塔，”维吉尼娅·布提说，意思是一杯茶，砂糖单放在旁边，“另外，如果有人想玩双陆棋，尽管来找我。开罗没人能下得过我，只要我还记得规则。”

奥古斯都·双羽·麦考伊被带到自己的房间。曼德勒教授被带到自己的房间。杰基·纽豪斯也被带到自己的房间。这用不了多大工夫，毕竟他们都住在同一个房间。而维吉尼娅则住在他们隔壁。第三个房间属于穆斯塔法·施特罗海姆和他的家人。

“你在写什么？”杰基·纽豪斯问。

“享乐主义俱乐部的日程、年表和会议记录，”曼德勒教授手拿一根小小的黑钢笔，在大皮本上奋笔疾书，“我详细记录了这一路的历程，还有路上吃的每样东西。咱们吃太阳鸟的时候，我也会记下它的味道、气息和汁水，以备后世参考。”

“克劳克拉斯托说过他打算怎么做太阳鸟了吗？”杰基·纽豪斯问。

“说过，”奥古斯都·双羽·麦考伊言道，“他说他会喝罐啤酒，只留下三分之一，然后加入香料和调味品。接下来，他要把鸟放在上面，将罐子塞进鸟腹，然后全都搁在烤架上烘烤。他说这是老办法。”

杰基·纽豪斯嗤之以鼻地说：“在我听来，倒是挺现代的。”

“克劳劳拉斯托说这是烹制太阳鸟的老办法。”奥古斯都又说了一遍。

“我是这么说的。”克劳克拉斯托说着便走上门阶。这栋屋子没多大。门阶离他们的房间不远，墙也不怎么厚实。“世上最古老的啤酒便是埃及啤酒，人们用它烹制太阳鸟已经有五千多年的历史。”

“但啤酒罐该算是现代发明了吧。”曼德勒教授说。苏巴克·T. 克劳克拉斯托走进门来，手里拿着杯土耳其咖啡，那东西黑如沥青，像水壶一样冒着热气，像焦油坑一样气泡滚滚。

“那杯咖啡看起来能烫死人。”奥古斯都·双羽·麦考伊说。

克劳克拉斯托一仰脖，灌进去大半杯。“不会，”他说，“一点不烫。至于啤酒罐，也不是什么新发明。想当年我们通常用一种铜锡合金做罐子，有时掺点银，有时不掺。全看铁匠的技艺，以及他手头的材料。你总得找些能耐热的东西。我发现你们都是一脸狐疑。各位绅士，想想看：古埃及人当然会造啤酒罐，要不然他们把啤酒往哪儿放呢？”

一阵惨叫从窗外的餐桌旁飘来。维吉尼娅已经说动当地人玩赌钱的双陆棋，而且正血洗众人。那位女士可算是双陆棋界的恶狼。

穆斯塔法·施特罗海姆咖啡馆后面的庭院里有张旧木桌，还有个破破烂烂的老旧烤台，是用黏土砖和融化一半的铁格栅做成的。克劳克拉斯托把第二天的时间全用来修补和清洁烤台，以及给铁格栅上油。

“那东西看起来至少有四十年没用过了。”维吉尼娅·布提说。再也没人跟她玩双陆棋，她的钱包则被脏兮兮的比索塞得鼓鼓囊囊。

“差不多吧，”克劳克拉斯托说，“可能更久些。对了，小维，帮我个忙。我列了个单子，需要去集市上采购一番。主要是香料、调味品和木屑。你可以找个穆斯塔法·施特罗海姆的孩子给你当翻译。”

“没问题，苏比。”

享乐主义俱乐部的另外三名会员各有各的消遣方式。杰基·纽豪斯在当地交了不少朋友，他考究的西装和高超的琴技赢得了大家的心。奥古斯都·双羽·麦考伊喜欢长时间散步。曼德勒教授在烤台的黏土砖上发现了一些象形文字，并着手进行破译。他说如果换成不学无术的蠢货，也许会觉得这足以证明穆斯塔法·施特罗海姆后院的烤台曾是祭祀太阳的圣物。“但我作为饱学之士，”他说，“一眼就看出那些砖块很久以前必定是某座神庙的一部分，经过千年岁月，又被再度用作砖石。我怀疑这里的人根本不了解他们拥有多少奇珍异宝。”

“哦，他们很清楚，”苏巴克·T. 克劳克拉斯托说，“这些东西也并非什么神庙的砖石。自打我们修好烤肉台算起，它们已经在这儿度过五千多年的时光了。在那之前，我们都是用石块勉强对付。”

维吉尼娅·布提拎着满满当当的篮子走了回来。“给你，”她说，“紫檀木、广藿香、香荚、薰衣草枝条，还有鼠尾草、肉桂叶、整棵肉豆蔻、大蒜、丁香和迷迭香。比你想要的还全。”

苏巴克·T. 克劳克拉斯托露出快慰的笑容：“太阳鸟会很高兴的。”

他花了整整一个下午准备烤肉酱，还说只有这样做才算恭敬，而且太阳鸟的肉通常有点干。

享乐主义俱乐部的会员们那天晚上围坐在街边的藤条桌旁，穆斯塔法·施特罗海姆和他的家人不停端来茶水、咖啡和热薄荷饮料。苏巴克·T. 克劳克拉斯托对其余四人说过，他们周日的午餐大菜就是太阳镇的太阳鸟，所以头天晚上最好别吃东西，以便有个好胃口。

“我总觉得末日就要临头，”那天晚上奥古斯都·双羽·麦考伊躺在和他体形极不相称的小床上，在入睡前说道，“而且恐怕噩运将和烤肉酱一道上门。”

第二天上午，他们全都觉得饥肠辘辘。苏巴克·T. 克劳克拉斯托系了条卡通围裙，上面用抢眼的绿字写道“亲亲厨子”。他在屋后那株矮小的鳄梨树下，撒下了用白兰地泡过的葡萄干，还将香木、香草和香料都放在木炭层上。穆斯塔法·施特罗海姆携所有家人，跑去了开罗城的另一边。

“你们谁有火柴？”克劳克拉斯托问道。

杰基·纽豪斯掏出个Zippo打火机，递给克劳克拉斯托。苏巴克用它点着了铺在木炭下面的干肉桂叶和月桂叶。青烟袅袅升入正午的晴空。

“肉桂和紫檀的烟气会引来太阳鸟。”克劳克拉斯托说。

“从哪儿引来？”奥古斯都·双羽·麦考伊问道。

“从太阳，那是它栖息的地方。”

曼德勒教授慎重地轻咳一声：“即便在近日点，地球与太阳之间的距离也有14 700万公里。而有记载的鸟类最快俯冲速度，为游隼的435公里/小时。若以此速度从太阳飞来，那么一只鸟需要三十八年才能到达地球——当然，还得假设它能够飞跃寒冷黑暗的真空。”

“当然，”苏巴克·T. 克劳克拉斯托说着手搭凉棚，眯起眼睛朝空中眺望，“它来了。”

那只鸟看起来真的好像是从太阳中飞出，但那显然是不可能的。再说，谁也没法直视正午的太阳。

它先是一道黑影，衬在太阳和蓝天之中。继而阳光洒上了它的羽翼，举目遥望的众人不觉屏息凝神。任何景象都无法与太阳鸟翎羽反射的日光相提并论，此情此景会令你神为之夺，魂为之销。

太阳鸟扇动了一下宽大的翅膀，开始在穆斯塔法·施特罗海姆咖啡馆上空盘旋下降。

鸟儿落在鳄梨树上。它的羽毛金紫杂陈，还带些银光；体形比火鸡小，比公鸡大，还有像白鹭一样的长腿细颈，不过脑袋更接近老鹰。

“它美得难以形容，”维吉尼娅·布提说，“看看它头上那两根长羽。不是很漂亮吗？”

“的确非常漂亮。”曼德勒教授说。

“那只鸟头上的羽毛，我有点眼熟。”奥古斯都·双羽·麦考伊说。

“我们烤太阳鸟前，总会把那两根羽毛拔下来，”苏巴克·T. 克劳克拉斯托说，“这是老传统了。”

太阳鸟落在鳄梨树的枝条上，沐浴着一缕光芒。它几乎像在发亮，羽毛好似是由光线凝成，闪烁着紫色、绿色和金色的溢彩流光。它在日光中展开一侧翅膀，开始用嘴喙梳理起来，直到所有羽毛都服服帖帖地摆顺，显得油光水亮。它随即又伸开另一侧翅膀，同样理好。鸟儿最终发出一阵满足的啼啭，从枝头飞落在地。

它在泥泞地面上昂首阔步，脑袋转来转去，似乎视力有些问题。

“看哪！”杰基·纽豪斯说，“它找到谷子了。”

“它简直就像是专门来找谷子的，”奥古斯都·双羽·麦考伊说，“它似乎早知道谷子就在那里。”

“我总是把谷子放在那儿。”苏巴克·T. 克劳克拉斯托说。

“它实在美极了，”维吉尼娅·布提说，“但现在离得近些，我能看出它比我方才推想的苍老许多。眼神浑浊，双腿也在颤抖。但它还是美极了。”

“伯努鸟的美色乃百鸟之最。”苏巴克·T. 克劳克拉斯托说。

维吉尼娅·布提说得一口流利的埃及语，但仅限于餐饮领域。“伯努鸟是什么？”她问，“是埃及语的太阳鸟吗？”

“伯努鸟，”曼德勒教授说，“栖息在鳄梨树上，头生双羽。它有时被描画成白鹭的样子，有时则被绘作苍鹰。当然还有其他说法，但都荒谬至极，不值一提。”

“它吃了谷子和葡萄干！”杰基·纽豪斯嚷道，“已经醉得东倒西歪——就连醉态都那么尊贵！”

苏巴克·T. 克劳克拉斯托走向太阳鸟。它正强打精神，在鳄梨树下的泥地中前摇后晃，以免被自己的两条长腿绊倒。苏巴克站在太阳鸟前方，冲它慢慢鞠了个躬，动作极其迟缓，骨节都吱嘎作响，简直像个百岁老人。但他还是一躬到地。太阳鸟也朝他躬身行礼，随即瘫倒在地。苏巴克·T. 克劳克拉斯托毕恭毕敬地拾起鸟儿，托在怀中，仿佛抱着一个婴儿。他把鸟抱到穆斯塔法·施特罗海姆咖啡店后面的院子里，其他人随即跟了过去。

苏巴克首先拔掉那两根华美的头羽，放到一旁。

之后他没有拔毛，直接掏出太阳鸟的内脏，搁在已经冒起青烟的树枝上，随即将半罐啤酒塞进鸟腹，然后将整只鸟放在烤肉架上。

“太阳鸟熟得很快，”克劳克拉斯托警告说，“把你们的盘子准备好。”

古埃及的啤酒是用小豆蔻和香菜入味，因为当时的埃及人没有啤酒花。他们的酒醇厚香浓，而且解渴。几杯下肚，你还能修金字塔，当年很多人就是这么干的。在烤架台上，啤酒不断在太阳鸟腹内蒸发，让它保持湿润。等到炭火的热量烤到它们，那只鸟的羽毛随即被烧光，还发出了像镁条燃烧一般的耀眼光芒，享乐主义俱乐部的会员们都被晃得转开头去。

空气中充满了烤鸟肉的香气，比孔雀香，比鸭子鲜。众人不觉唇齿生津。烤了似乎还不到几秒钟，苏巴克就将太阳鸟从烤架取下，放在桌上；接着用切肉刀将其分成几份，把热腾腾的鸟肉放到几个盘中。他在每份肉上都浇了些烤肉酱，然后把剩下的骨架扔进火里。

享乐主义俱乐部的所有成员都在穆斯塔法·施特罗海姆咖啡馆的后院里，围坐在很有年头的木桌旁，直接用手吃了起来。

“苏比，真是太妙了，”维吉尼娅·布提一边吃一边说道，“它会融化在你嘴里，味道像是天堂。”

“味道像是太阳，”奥古斯都·双羽·麦考伊说，他一手拿着鸟腿，一手拿着胸脯肉，进食速度很符合他的硕大身形，“这是我吃过的最妙的东西，能有幸尝到这种美味，我一点也不后悔，但我肯定会想念我的女儿。”

“完美无缺，”杰基·纽豪斯说，“味道像是甜蜜的爱情和动听的音乐，像是真理。”

曼德戦教授正在享乐主义俱乐部的年鉴上做着记录。他写下了自己对鸟肉产生的反应，以及其他人的反应，同时尽可能不把肉汁滴在上面。因为他的左手拿着一只翅膀，正非常讲究地把鸟肉一点点咬下来。

“真奇怪，”杰基·纽豪斯说，“我吃着吃着，却觉得肉在嘴里和腹中越来越烫。”

“对，是这样的。所以最好提前做好准备，”苏巴克·T. 克劳克拉斯托说，“吃些木炭、火焰和萤火虫来适应适应。要不然对消化系统可不太好。”

苏巴克·T. 克劳克拉斯托正在吃鸟头，把嘴里的骨头和鸟喙嚼得吱嘎有声。他一咬上去，那些骨头就会迸出细小电光，但苏巴克只是笑着继续大嚼。

太阳鸟的骨架在烤肉台上被烧得发红，进而变为白炽。穆斯塔法·施特罗海姆咖啡馆的后院里弥漫着浓重的烟气，所有东西都在发光，坐在桌边的众人似乎是正透过水面或梦境观察这个世界。

“妙不可言！”维吉尼娅·布提边吃边说，“这是我吃过的最好的东西。味道像是我的青春，像是永恒的光阴。”她舔舔手指，从盘中拿起最后一块鸟肉，“太阳镇的太阳鸟，它还有其他名字吗？”

“它是赫利奥波利斯的凤凰，”苏巴克·T. 克劳克拉斯托说，“在火焰和灰烬中死去，又再度重生，由此代代相传。它是伯努鸟，在黑暗中飞越汪洋。等寿数将尽，它便在用珍木和香草点起的火堆中燃烧，在灰烬中复活，由此生生不息，直到地老天荒。”

“火！”曼德勒教授嚷道，“我觉得五脏六腑都在燃烧！”他喝了口水，但似乎没什么作用。

“我的手指，”维吉尼娅·布提说，“快看我的手指。”她高举双手，十指都透出光亮，仿佛里面有团团火焰。

此时的空气热得足以摊鸡蛋。

只见火光一闪，噼啪声随之响起。奥古斯都·双羽·麦考伊头上的两支黄色羽毛像小火炬似的烧没了。

“克劳克拉斯托，”身上火苗升腾的杰基·纽豪斯问道，“跟我说实话，你吃凤凰已经吃了多少年？”

“一万年多一点吧，”苏巴克说，“顶多有几千年的误差。你一旦找到窍门，就会发现其实很容易。只是想找到窍门并不简单。不过这次是我烹制过的最好的凤凰。哦，或许应该说，是我烹制这只凤凰最好的一次？”

“岁月！”维吉尼娅·布提说，“从我身上蒸发了！”

“是啊，”苏巴克附和道，“但你在吃太阳鸟之前，必须先习惯这种热度，要不然很可能会烧得一点不剩。”

“我原来怎么没想起来？”奥古斯都·双羽·麦考伊透过周身的烈焰说道，“我怎么没想起来父亲就是这样离开的？还有他的父亲，他们都是去赫利奥波利斯吃凤凰。为什么我现在才想起来？”

“因为岁月正离你而去，”曼德勒教授说道，他正在写的那一页刚碰到火苗，他就连忙把本子合上；本子边缘有些焦黑，但其余部分完好无损，“岁月被烧化后，那些光阴中的记忆就会再现。”透过飘忽的灼热空气，他看起来倒更像实体，而且教授脸上挂着笑容。他们以前谁都没见过曼德勒教授微笑。

“我们会被烧得一干二净吗？”耀眼夺目的维吉尼娅问道，“还是被烧回童年，烧回鬼魂或天使状态，然后从头再来？不过无所谓。哦，苏比，这真是太有意思了！”

“也许，”杰基透过火焰说道，“应该在烤肉酱里再加点醋。我觉得这种肉味道再厚些也无妨。”话音未落，他便消失不见，只留下一片残像。

“Chacun à son goût，”这句法语的意思是各有所好，苏巴克·T. 克劳克拉斯托舔舔手指，又摇了摇头，心满意足地重复道，“这次是最好的。”

“再见，苏比。”维吉尼娅说着伸出白炽灼热的手来，轻轻握了一下苏巴克黑黝黝的大手，也或许是两下。

接下来，坐落在赫利奥波利斯（这座昔日的太阳城，如今已经成了开罗的市郊）的穆斯塔法·施特罗海姆卡瓦（或者说咖啡馆）的后院里只剩下一层白灰，乍起的轻风将它们卷起，又像糖粉或雪花般撒落一地。院子里只剩下一个年轻人，他满头浓密黑发，牙齿洁白整齐，胸前还系着个围裙，上面写道“亲亲厨子”。

一只金紫色的小鸟从黏土砖台上那层厚厚的灰烬中挣了出来，仿佛头一次苏醒。它发出一声尖细的鸣叫，目不转睛地看着太阳，好似婴儿注视母亲。它展开翅膀，像是要把它们晾干。等一切都准备停当后，它冲天而起，飞向太阳，只有院子里的年轻人目送它倏忽远去。

年轻人脚下躺着两根羽毛，就埋在曾是木桌的灰堆下方。他捡起羽毛，抹掉上面的白灰，虔敬地放进外套，然后脱掉围裙，转身离去。

哈莉柏瑞·双羽·麦考伊早已长大成人，也有了自己的孩子。她的满头黑发中夹杂着银丝，后面的发髻里插着两根金色羽毛。你能看出它们过去肯定非常别致，但那想必是很久以前的事了。她在多年前，从父亲手中接过了享乐主义俱乐部主席的职位。俱乐部的会员们可都是些很能折腾的有钱人。

我听说他们又开始满腹牢骚，说什么已经把能吃的东西都吃光了。

（马骁 译）

创造阿拉丁

夜夜与他同眠，今夜亦然，
妹妹躺在脚畔。故事结束，
她默然等待。妹妹心领神会，
巧声道："我睡不着，再讲一个吧？"
山鲁佐德紧张地轻提一口气，
再度开言："遥远的北京城里，
有个年轻懒汉，和母亲一起过活。
他的名字么，叫阿拉丁。父亲已经去世……"
她说，来了位邪恶巫师，
自称是他家叔，心中别有打算：
他将懒汉带到一处偏僻所在，
给他一枚戒指护身，
让他深入宝窟。
"给我油灯！"

阿拉丁不应，便被坏人抛在窟中，
即将葬身于此……

欲知后事，且听下回分解。

阿拉丁还深陷地窟，
她就此住口。丈夫的胃口又吊了一夜。
第二天，
她做饭，
喂孩子，
做梦……
她知道，阿拉丁身处绝境，
她的故事
仅赢回一日时光。
后事如何？
但愿她知道才好。

当夜幕降临，
当丈夫一如既往，
宣布“明早我要杀你的头”，
当丹雅泽德妹妹问：“可是，
阿拉丁怎么样了？”
直至此时，灵感方才降临，她知道……

阿拉丁在宝窟擦起油灯，

灯神登场。故事径自继续。
阿拉丁抱得公主，拥有珍珠王宫。
可是，看，坏巫师去而复返：
“新灯换旧灯喽。”吆喝声在街头飘荡。
阿拉丁很快一无所有。
后事如何？下回分解。

他又容她多活一夜。

妹妹和丈夫已然熟睡，
她醒着，一双眼向暗中凝望。
种种下文在脑中盘旋：
怎样帮阿拉丁物归原主，
还他宫殿，还他公主，还他一切。
接着，她沉入梦乡。故事终须了结，
此刻却融入脑中，化为幻梦。

她醒来，
喂孩子，
梳头，
去市场
打了些油。
卖油人从大大的瓦罐里
为她倒油，
动作轻慢。

她想，
油罐里藏人会怎样？
那天，她还买了芝麻。

妹妹说：“他还没杀你。”
“暂时没有。”
虽未明言，下一句已心照不宣。
“早晚而已。”

她躺在床上，告诉丈夫和妹妹，
阿拉丁擦起神戒。戒神出现……
巫师死去，阿拉丁得救。
可是，故事一旦结束，讲故事的性命不保。
只能再开新章。
山鲁佐德搜肠刮肚，
已具雏形的点子，依稀浮现的梦境，
与藏人的油罐重叠……
芝麻开门。她想。她笑了。
“传说，阿里巴巴是个正人君子，
可他穷得叮当响……”她开口，
逃过一劫，赢回又一夜，
直到君王听够故事，
直到灵感最终穷尽。
真正开口前，
她也不知故事

都在何处等待。（我也不知道。）
不过，四十大盗听着挺好，
就四十大盗，
一个不少。她暗自祷告，新故事又能换回几天时光。

就这样，我们用不可思议的方式拯救自己。

（张秋早 译）

山谷君王

“她仿佛一座鬼屋。身体并不为她所有，先人时常透过她的双目向外窥视，那样子煞是骇人。”

——《爱之屋的女士》

安吉拉·卡特

1

“要我说，”小个子男人对影子说，“你多少算个怪物。对吗？”

这是一间苏格兰北海岸小镇的旅店酒吧。除了女招待以外，只有他们俩。影子原本独坐一隅，喝着杯中的淡啤酒，那人却径自走上来，坐在他桌边。夏日将尽，影子觉得万事万物都那么清冷、琐碎而潮湿。他在面前摊开一本小小的《本地徒步观光指南》，正研究明天的路线——沿海岸一路前往愤怒角。

他把书合上。

“我是美国人，”影子说，“你想说的是这意思吧。”

小个子把头一歪，夸张地挤了挤眼。他头发铁灰，脸色灰白，连外套也是灰的，活像个小镇律师。“哦，没准就是这意思。”他说。影子刚到这儿没多久，还听不太懂苏格兰腔，无论是卷舌音和颤音，还是许许多多古怪字眼，都让他一头雾水。但此人说话他听得真真切切：小个子讲起话来脆生生的，每个字眼都特别标准。跟他比起来，影子觉得自己像是含了满嘴燕麦粥。

小个子抿了口酒说：“合着你是美国人。床伴过剩，钞票过剩，漫游欲过剩。嗯？你在平台上干？”

“什么？”

“石油人？在大采油平台上干活。我们这儿时不时会来几个吃石油饭的。”

“不。我不在平台上干。”

小个子从衣袋里掏出烟斗和小刀，把残余的烟丝刮干净，倒在烟灰缸里。“你知道，得克萨斯有石油，”他顿了顿，仿佛准备透露天大的秘密，“得克萨斯属于美国。”

“对。”影子说。

他本想说两句得州人认为得克萨斯只属于得克萨斯共和国之类，却又怕过后还得费口舌解释清楚，就再没多话。

影子离开美国已经快两年。世贸双塔倒塌后，他便上路了。影子有时对自己说，最后回不回去全没所谓——有时他几乎信以为真。两天前，影子登陆苏格兰本土，从奥克尼群岛坐渡船抵达瑟索，又乘巴士来到眼下这座小镇。

小个子继续讲道："话说有那么个得克萨斯石油人，他到了阿伯丁，在酒馆里跟个老伙计聊了起来，就跟咱俩差不多。他们聊着聊着，得州人忽然说道，在得克萨斯啊，我早上起来钻进汽车——我就不学他的口音了，你别介意——我一拧钥匙打着火，一脚踩下加速器——你们管那东西叫……"

"油门。"影子提示说。

"对。我家那块地儿大呀，我一大早踩上油门，到了饭点儿还没开到边呢。那个聪明的老苏格兰人只颔首称是，说：哦，我过去也有这么辆破车。"

小个子粗声大气地呵呵直笑，以示笑话到此结束。影子面露微笑，点了点头，以示他明白这是个笑话。

"你喝的是什么？淡啤酒？再来杯一样的，亲爱的珍妮。我要拉加维林纯麦威士忌。"小个子从袋子里拿出烟草塞进烟斗，"知道吗？苏格兰比美国大。"

那天傍晚影子刚下楼时，酒吧里一个客人也没有，只有瘦削的女招待一边读报一边抽烟。影子下来是为了坐在火炉旁暖暖身子。他的房间很冷，卧室墙上的暖气片比房间更冷。他没料到会有伴儿。

"不，"影子乐意偶尔帮人捧个哏，"我不知道。你怎么算的？"

"全是因为分形原理，"小个子说，"你看起来越小，没展开的部分就越多。开车穿越美国的时间跟穿越苏格兰差不多，只要你找对法子。好比说，你看着地图，海岸线都是实实在在的线条。但等你真沿着海岸走起来，路可就长了。我前几天晚上在电视里看了个节目，说的就是这事儿。很精彩。"

"不错。"影子说。

小个子点起打火机，咬着烟斗猛抽几口，直到烟草完全点燃。他把打火机、烟草包和小刀全都放回上衣口袋。

“总之，总之，”小个子说，“我估摸着，你整个周末都要待在这儿了吧。”

“对，”影子说，“你给……你是旅店的人吗？”

“不，不。说实话，你刚来的时候，我就站在大厅里。我听见你跟前台的戈登说话了。”

影子点点头。他本以为自己登记时，前台再没旁人。有可能这位小个子刚巧经过。不过……这番话有点不对劲。一切都不对劲。

女招待珍妮把他们的酒放在吧台上。“五镑二十便士。”她说着拿起报纸，又埋头读起来。小个子走到吧台边，放下钱，把酒拿了回来。

“你打算在苏格兰待多久？”小个子问道。

影子耸耸肩：“我想在这儿多见识见识。溜达溜达，瞧瞧风景。也许一周。也许一个月。”

珍妮把报纸放下。“这儿是世界尽头，鸟不拉屎，”她欢快地说，“你该找些有意思的去处。”

“这你可就说错了，”小个子言道，“你眼光不对，才觉得这儿鸟不拉屎。看见那张地图了吗，女士？”他指了指吧台对面墙上挂的苏格兰北部地图，只见图上沾了不少苍蝇屎，“知道错在哪儿吗？”

“不知道。”

“上下颠倒了，”那人得意扬扬地说，“北方在上。意思是跟所有人说世界尽头就在这儿，往前再没别的去处。但是你瞧，根本不是这么回事。那不是苏格兰北部，而是维京世界最南端。你知道苏格兰从北数第二个郡叫什么吗？”

影子瞧向地图，但距离太远看不清楚。他摇了摇头。

“萨瑟兰郡！”小个子气势汹汹地说，“萨瑟兰，这词儿意思是‘南地’。在其他人看是北，对维京人却是南。”

女招待珍妮走到他们桌前。“我出去一会儿，”她说，“如果我回来前两位还想点点儿什么，那就招呼前台。”她往火炉里添了根木柴，然后走出酒吧，去往大厅。

“你是历史学家吗？”影子问道。

“所有历史学家里数我最好，”小个子说，“你可能是个怪物，但人很有趣。这我必须承认。”

“我不是怪物。”影子说。

“哈，怪物通常都这么说，”小个子言道，“我过去是专科医生，在圣安德鲁执业，现在转作全科了。哦，也不算‘现在’。我半退了。也就每周去看两天门诊，免得手生。”

“为什么说我是怪物？”影子问道。

“因为，”小个子说着举起威士忌酒杯，其气势不容反驳，“我也算个怪物。物以类聚。咱都是怪物，对吧？荣耀的怪物，蹒跚走过非理性泥沼……”他抿了口威士忌，继续说，“跟我说，你这么个大块头，可曾看过场子？‘抱歉，伙计，恐怕你今晚不能进来，私人聚会，还是赶紧走人吧’，这种活儿？”

“没有。”影子说。

“肯定有类似的吧？”

“嗯。”影子说。他替一位古神干过保镖，那件事发生在另一个国度。

“你，呃，请原谅我这么问，也别会错意，你需要钱吗？”

“所有人都需要钱。但我还能对付。”这话并不全对。实际上，每当影子需要钱的时候，这个世界总能搞些歪门邪道给他钞票。

“那你想不想挣点零花钱？帮人看看场子？纯粹小菜一碟，手到擒来。”

“迪斯科舞厅？”

“不全对。一场私人聚会。他们在附近租了所挺大的老宅子，夏末之际从各地聚集过来。就像去年，所有人都享受着昔日的好时光，搞了露天香槟酒会什么的。结果出了点麻烦。一群坏胚子，把大家的周末毁了。”

“本地人？”

“我想不是。”

“政治纠纷？”影子问道。他可不想卷进本地政治事务。

“不沾边。就是群游手好闲的蠢货。总之，他们可能今年不会再来。没准跑到荒郊野外抗议国际化资本主义去了。但为了保险起见，宅子里那群伙计要我找个能唬住人的帮手。你是个大块头，正合适。”

“给多少钱？”影子问。

“要是真出了什么事，你打起架来成吗？”小个子问。

影子没多话。小个子上上下下打量他一番，然后咧嘴一笑，露出被烟草染黑的牙齿：“一千五百镑，就干周末三天。价钱公道，而且是现金。你都不用去报税。”

“这周末？”影子问。

“周五上午开始。挺大的老宅子，有一部分过去用作城堡。愤怒角西边。”

“我再想想。”影子说。

“如果你肯干，”灰头灰脸的小个子说，“就能在具有历史意义的宅院中度过美妙的周末。而且我敢保证，你会遇到许多有趣的人。完美的假日兼职，对不对？我要是年轻几岁就好了。哦，当然了，还得长高一大截。”

影子说：“好吧。”话刚出口，他就开始琢磨自己会不会后悔。

“爽快人。到时候再跟你细说。”小个子站起身，从影子旁边走过，轻轻在他肩上拍了拍。他离开房间，把影子独自留在酒吧里。

2

影子已经旅行了十八个月。他徒步横穿欧洲，又去了北非。他采过橄榄，开过卡车，捕过沙丁鱼，还在路边卖过酒。几个月前，他最终搭便车回到挪威首都奥斯陆——他三十五年前的出生地。

他也不清楚自己在找什么，只知道尚未寻获。虽说有几次，在高地之上，或是悬崖飞瀑之间，他坚信目标距自己只有咫尺之遥，就藏在花岗岩后面，或是最近的松林里。

总之，这段旅程只能算差强人意。影子抵达卑尔根后，有个摩托艇船长问他是否愿意跟自己搭伴，把船开到戛纳去会船主。影子答应了。

他们从卑尔根出发，途经设得兰群岛，去往奥克尼郡，在斯特罗姆内斯的一家小客栈住了一夜。第二天早上，他们刚刚出港，引擎就彻底报废了，摩托艇被拖回码头。

船长比琼，也是他唯一的伙伴，待在码头跟保险公司交涉，还得应付船主怒气冲天的电话。影子觉得没必要久留，便搭渡轮前往苏格兰北海岸的瑟索。

他睡得不好。夜里梦到了高速公路，梦到进入一座城市的霓虹光圈，城里人都讲英语。梦中的城市有时在中西部，有时在佛罗里达，也曾出现在东海岸，或是西部。

下了渡轮后，他买了本徒步观光手册，拿了张巴士时刻表，随即动身上路。

女招待珍妮回到酒吧后，拿起一块布来，开始擦擦抹抹。只见她一头金发几近银白，在脑袋后面绑了个发髻。

“这附近的人都怎么消遣？”影子问。

“喝酒，等死，”珍妮说，“或是去南方。基本上就这些了。”

“真的？”

“哦，想想看。这地方除了羊和山，什么都没有。我们是吃游客饭的，但你这种人从来不够多。挺可悲的，是吧？”影子耸耸肩。

“你是从纽约来的？”她问。

“打芝加哥出发。但我是从挪威过来的。”

“你会说挪威语？”

“一点点。”

“那有个人你该见见，”珍妮突然说道，她随即看了看手表，“有个人是从挪威来的，很长时间了。跟我来。”

她放下抹布，关掉酒吧的灯，走到门边，又说了一遍：“跟我来。”

“这样也行？”影子问道。

“我想干什么就干什么，”女招待说，“这是个自由国度，对吧？”

“我想是吧。”

珍妮用铜钥匙把门锁好。他们走进前台大厅。“在这等会儿，”她说着走进一扇标有“非工作人员请勿入内”的房门，几分钟后走出来时，穿了件棕色长大衣，“好了。来吧。”

他们来到街上。“那么，这里算是村子，还是小镇？”影子问道。

“这儿是座见鬼的孤坟，”珍妮说，“这条路。跟我来。”

他们走上一条窄路。月亮很大，棕里透黄。这里还看不到海面，但影子能听见波涛。“你叫珍妮？”他说。

“对。你呢？”

“影子。”

“是真名？”

“大家都这么叫。”

“那就跟我来吧，影子。”她说。

到了山顶，两人停下脚步。他们来到村庄边缘，前面有座灰石砌就的村舍。珍妮把栅栏门打开，领着影子走上通向正门的小径。他探手拂过路旁一丛灌木，空气中充满薰衣草花香。屋里没有半点光亮。

“这是谁家？”影子问道，“好像没人。”

“别担心，”珍妮说，“主人这就到。”

她推开没上锁的前门，两人走进去。珍妮打开门边的电灯开关。村舍的大部分空间被用作客厅兼厨房。一道窄小的楼梯通往二层，影子估计上面是阁楼卧室。松木餐桌上放了台CD机。

“这是你家。”影子说。

“家，甜蜜的家，”珍妮答道，“咖啡，还是喝别的？”

“都不用。”影子说。他不知道珍妮在打什么主意。女招待几乎没怎么正眼看他，甚至连个微笑也没有。

“我没听错吧？加斯克尔医生要你帮忙照管周末的聚会？”

“我想是吧。”

“那你明天和周五打算做什么？”

“徒步观光，”影子说，“我买了本书。有些徒步游览路线很漂亮。”

“有些是很美，但有些不靠谱。”珍妮对他说，“虽说是夏天，但还能看见残雪，在阴影里。阴影里的事物能保存很久。”

“我会小心的。”影子对她说。

“那是维京人的说法，”珍妮说着笑了一下，她脱掉外衣，扔在淡紫色沙发上，“也许你会在路上碰到我。我也喜欢到处走走。”她扯开脑袋后面的发髻，淡黄色的头发铺洒下来，比影子料想的长很多。

“你一个人住？”

珍妮从桌上的烟盒里拿出一支烟，用火柴点燃。“问这个干吗？”珍妮说，“你不是打算留下过夜吧？”

影子摇摇头。

“旅馆就在山脚下，”她说，“不会走错路的。多谢你陪我走回家。”

影子道过晚安，走出房间，穿过溢满薰衣草香气的夜幕，走上山中小径。他在路上驻足片刻，凝视海面上的圆月，有些摸不着头脑。他顺原路下山，回到旅店。珍妮说得对，不会走错路的。影子上了楼梯，用挂在短棍上的钥匙打开房门，走了进去。屋里比楼道还冷。

他脱掉靴子，往床上一躺，在黑暗中伸开手脚。

3

死人指甲打造的海船，穿透层层迷雾，在惊涛骇浪间激荡沉浮。

甲板上有些影影绰绰的人形，条条大汉都如山岗、屋宇般壮硕。影子凑到近前，看清了他们的面目：个个都身量极高，气度不凡。他们似乎毫不在意海船颠簸，全守在甲板上，仿佛木雕泥塑。

其中一人趋前几步，探过一只巨掌拉住影子的手，帮他走上灰蒙蒙的甲板。

“欢迎来到这诅咒之地。”那人用粗哑低沉的声音说道。

“万岁！”甲板上的众人高喊起来，“万岁，携日者！万岁，博德！”

影子在出生证明上的名字是博德尔·莫恩。但他只是摇摇头，对众人说：“我不是他。你们等的不是我。”

“我们在这儿等死，”声音粗哑的人说，他没有放开影子的手。

尘世与幽冥之间，浓雾地带寒冷刺骨。海浪在灰船船首撞得粉身碎骨，影子浑身上下都湿透了。

“带我们回去，”握住他手的人说，“带我们回去，不然就放我们走。”

影子说：“我不知道怎么办。”

闻听此言，甲板上众人放声哭号。有些用矛柄捶打甲板，有些用剑身敲击皮盾中心的铜盘，发出有节奏的喧嚣，悲痛的哭叫也渐渐变成狂暴嘹亮的呼号……

一只海鸥在清晨的天空中鸣叫。卧房窗叶半夜被风吹开，此时正随气流拍打窗棂。影子发现自己身处窄小的旅店房间，还躺在床上。周身上下潮乎乎的，也许是汗水。

又一个夏末时节的清冷日子，由此拉开序幕。

旅店为他准备了一个塑料餐盒，装了几块鸡肉三明治，一个白煮蛋，一包奶酪洋葱片和一枚苹果。前台的戈登把餐盒交给他，问他什么时候回来，说如果他没能按时回来，过几个钟头后他们就叫救援队。戈登还想知道影子的手机号。

影子没有手机。

他徒步离开旅店，直奔海岸走去。风景很棒，跟影子空虚的心胸中那种荒芜之美遥相呼应。他本以为苏格兰该是柔美的所在，到处都是石楠丛生的平缓丘陵，但到了北海岸，却尽是尖锐突兀的景象，就连淡蓝色天宇中飞掠而过的灰云也不例外。仿佛大地的脊骨在这里展露。他按照书里的路线行进，穿过生满灌木的草场，经过水花四溅的小溪，爬上怪石嶙峋的山坡，又从对面走下云。

有时他会想象自己静止不动，世界则在身下挪移，他只是用双脚把大地推向后方。

影子没料到这条路线如此累人。他本打算一点钟吃饭，但到中午时分就已双腿酸软，只想休息片刻。影子沿路走到一座小山旁，那里有块巨石，恰可挡风，他蜷起身子开始吃午饭。遥遥放眼望去，大西洋就在前方。

影子原以为附近再没旁人。

忽然有人问："能把苹果给我吗？"

是珍妮，旅店的女招待。一头金白色秀发在脑袋四周随风飘摆。

"嗨，珍妮。"影子打个招呼，把苹果递了过去。她从棕大衣口袋里掏出一把折刀，坐在影子身旁。"谢了。"她说。

"听你的口音，"影子说，"肯定是很小就从挪威搬过来了。

我是说，你说话跟本地人没什么两样。”

“我说过我是挪威来的吗？”

“哦，不是吗？”

珍妮切下一片苹果，很讲究地吃起来，用刀尖戳着，光用牙咬，连嘴唇都不碰。她瞟了影子一眼：“那是很久以前了。”

“跟家人一起来的？”

珍妮耸耸肩，仿佛答案尽在不言中。

“那你喜欢这儿吗？”

女招待看着他，摇了摇头：“我感觉就像个山鬼。”

他在挪威听说过这种妖精：“是不是跟山怪差不多？”

“不。她们是山中精灵，这倒跟山怪差不多。但她们生活在森林里，而且美艳动人。跟我一样。”说到这里，她露齿一笑，仿佛很清楚自己太苍白，太阴沉，也太干瘦，根本谈不上漂亮，“她们常与农夫相爱。”

“为什么？”

“我怎么知道，”珍妮说，“但事实如此。有时农夫能发觉跟自己说话的是个山鬼，因为她身后垂了条牛尾巴；甚至更可怕，从后面看什么也没有，只剩个空空荡荡的壳子。于是农夫赶忙念着祷文跑开，逃回农庄或是妈妈身边。”

“但也有时候，那些农夫并不逃跑。他们把刀子从她肩头丢过，或是面露微笑，将她娶回家中。山鬼的尾巴会随之脱落。但她仍比人类女子强壮得多，而且日夜思念山林中的故乡。她永远不会真正开心，也永远不能变成人。”

“那然后呢？”影子问，“她会随农夫一起衰老死去吗？”

珍妮已经把苹果切得只剩个核。她一抖手腕，把苹果核扔下山去。“等男人死了……我想她会回到山林中去。”她凝视着山坡，“有个故事，讲的就是一只山鬼，娶了她的农夫待她不好，老冲她大喊大叫，也不帮忙干农活，天天跑去村里喝得酩酊大醉，然后才气哼哼地回家，有时还会打她。”

“话说有天早上，她在农舍里刚生好火，男人就跑进来冲她嚷嚷，说因为早饭没准备好，他气得要死；还说她什么都干不好，真不知道当初为何要娶她回家。山鬼听了一阵儿，什么也没说，只是弯下腰，从火炉旁拿起拨火棍，是个黑黢黢、沉甸甸的铁家伙。山鬼拿着拨火棍，不费吹灰之力就把它弯成一圈，圆得跟她的婚戒一个样儿。她大气都没出一口，半滴汗都没流，只是随手一弯，就跟你弯芦苇条似的。她男人看在眼里，脸白得像张纸，再没提什么早餐。他见山鬼有这般本事，知道过去五年里她随时可以把自己弯成个圈。农夫到死都没再动她一个指头，也没口吐一句恶言。影子先生——大家都这么叫你，你来说说，既然她有这能耐，为何当初会容忍男人打她？为什么她要嫁给这种货色？你说说看。”

“也许，”影子说，“也许她寂寞。”

珍妮在牛仔裤上把刀刃擦干净。

“加斯克尔医生一直说你是个怪物，”她讲道，“这是真的吗？”

“我不觉得。”影子说。

“可惜，”她说，“你知道哪儿能找到怪物，对吧？”

“你知道。”

“当然。怪物罢了，‘今天晚上拿你当晚饭’，他们就会说这个。对了，我想让你看点东西。”她站起身，把影子领到山顶，“就在那儿，看见了吗？那座山的远坡，直坠峡谷那边，刚好可以看见你周末兼职的宅子。能看见吗，就在那儿？”

“看不到。”

“看啊。我给你指呢。顺着我手指的方向。”珍妮凑到他跟前，抬起手指向远方一道山脊。影子看到太阳下的一点波光，他估摸着该是个湖——或者说海子，他换了个词，毕竟这里是苏格兰。再往上看，有一片灰色物什从山坡上露出头来。影子原以为那是片岩层，但它形状过于规整，只可能是建筑物。

“那就是城堡？”

“我不会叫它城堡。顶多是所山谷里的大宅子。”

“你参加过那里的聚会吗？”

“他们不邀请本地人，”珍妮说，“他们更不会请我。反正，你不该接这活儿，推了才好。”

“他们开价不错。”影子说。

珍妮碰了碰他，这还是头一回。苍白的手指放在他黑黢黢的手背上。“对怪物来说，钱有什么用？”她微笑着问。要是影子说此时此刻他没觉得珍妮美丽，那纯属骗人。

片刻之后，女招待把手拿开，又退后两步。“那么？”她说，“你不打算继续溜达了吗？再过不了多久，你就得转头往回走了。每年这个季节，天黑得很快。”

她站到一旁，看着影子扛起帆布背包，迈步走下山去。到了山脚下，影子回身望去。珍妮还注视着他。影子挥了挥手，她也依样回应。

等他再次回头，珍妮已经不见了。

影子搭小渡轮越过狭海峡，来到海角，一路走去灯塔，然后搭巴士返回渡口。

等他回到旅店，已是夜里八点。影子只觉筋疲力尽，但又心满意足。傍晚前下了场雨，他躲进一座快散架的茅屋，读了张五年前的报纸，任由雨水敲打顶棚。半小时后，雨停了，影子很庆幸自己有双好靴子，因为土地都变成了泥潭。

他饿得要命，径直走进旅馆餐厅。屋里空无一人。影子问："有人在吗？"

一位上了年纪的妇人出现在厨房和餐厅间的门洞里："嗯？"

"还供应晚餐吗？"

"有，"她不以为意地打量着影子，从泥泞的靴子一路看向蓬乱的头发，"你是住店的？"

"对。我在十一号房。"

"哦……用餐前最好先换身衣服吧，"她说，"还有其他客人呢。"

"这么说还有饭吃。"

"嗯。"

影子上楼回到房间，把背包扔在床上，脱了靴子。他换上运动鞋，用梳子捋了捋头发，随即走下楼去。

餐厅里不再空空荡荡。两个人坐在角落，方方面面都大相径庭。一位是小个子女人，眼瞅着年近六十，背有点驼，但动作利落。另一位则是青年男子，块头很大，显得笨手笨脚，头几乎全秃了。影子估摸着他们是母子二人。

他拣了张靠中间的桌子坐下。

上年纪的女招待端着餐盘走了进来，给那对母子上了两碗汤。男人开始朝汤碗吹气，想把它弄凉。老妇人用汤勺狠狠敲了下他的手背。"别这样。"她说着用调羹把汤舀进嘴里，啧啧有声地吃起来。

光头男人垂头丧气地环顾四周，正好迎上影子的目光。影子冲他点点头。男人叹了口气，转回头面对那碗热腾腾的汤。

影子毫无兴致地看了眼菜单。他想点餐，但女招待又不知去向了。

一条灰影闪了进来。加斯克尔医生站在餐厅门口，往里张望了两眼，随即迈步进来，走到影子桌前。

“不介意我跟你坐一桌吧？”

“当然，请坐。”

老人坐在影子对面：“今天过得不错？”

“很不错。我走了一大圈。”

“正是开胃的好法子。那么，明天一大早他们会派车来接你。带上你的东西。他们会把你带到老宅去，给你介绍一下基本情况。”

“那钱呢？”影子问。

“他们会处理的。先付一半，干完活儿再付另一半。还有什么问题吗？”

女招待站在墙角看他们，丝毫没有上来招呼的意思。“有。我想在这儿要点吃的，怎么办？”

“你想吃什么？我推荐羊排。是本地羊羔。”

“听起来不错。”

加斯克尔高声说道：“打扰一下，莫拉。很抱歉麻烦你，能给我们一人一份羊排吗？”

女招待瘪着嘴走回厨房。

“多谢。”影子说。

“不足挂齿。还有什么要我帮忙吗？”

“有。这些来参加聚会的人。他们干吗不自己雇保安？为何找我？”

“他们会的，自不必说，”加斯克尔言道，“他们有自己的人。但从当地找个能人也很好。”

“这当地能人是外国游客也无所谓？”

“正是如此。”

莫拉端上两碗汤，放在影子和医生跟前。“随餐附送的。”她说。汤非常烫，尝起来有点像番茄罐头加醋。影子饿得够呛，所以都快把汤吃完了，才发现自己并不爱吃。

“你说我是个怪物。”影子对灰头灰脸的男人说。

“我说过？”

“你说过。”

“哦，这地界有很多怪物。”他朝坐在角落那对母子摆了摆头。老妇人拿起餐巾，在水杯里蘸了一下，使劲擦起粘在儿子嘴角和下巴上的猩红汤汁。年轻人一脸尴尬。“这里地处偏远。我们很少能上电视新闻，除非有什么背包客和攀岩者失踪，或是饿死。大家差不多都忘了，这儿还住着我们这些人。”

羊排上了桌，配菜还有煮过头的土豆，没煮熟的萝卜，还有种湿乎乎的棕色玩意儿，影子揣测它生前可能是菠菜。他取过餐刀开始切羊排。医生则直接用手拿起来，放进嘴里大嚼。

“你进去过。”医生说道。

“进去？”

“局子。你进过局子。”这话并非问句。

“对。”

“所以你知道如何干架。如果情非得已，也下得去手伤人。”

影子说："如果你需要能伤人的，恐怕我不是合适人选。"

小个子咧开油腻腻的灰嘴唇，露齿一笑："那还用说。我只是随便问问，问问也不犯法。顺便说一句，那人也是个怪物。"他用几乎吃完的羊排指了指房间对面。光头男人正用勺子吃某种白布丁。"还有他妈妈。"

"我看他俩倒不像，"影子说。

"我是逗你玩呢。本地冷笑话。他们应该在村口竖个警示牌才对。警告，有疯狂老医生出没，三句话离不开怪物。敬请迁就老人。我说的话，你半句不用当真。"烟草熏黑的牙齿再度闪现，老人用餐巾擦了擦嘴和手，"莫拉，这边埋单。这位年轻人的账算我的。"

"好的，加斯克尔医生。"

"别忘了，"医生对影子说，"明早八点一刻，大厅见。别迟到。他们都是大忙人。如果你没露面，他们可不会等，一周末一千五百镑的肥差可就泡汤了。如果他们开心，没准还有红包。"

影子决定到酒吧去喝杯餐后咖啡。那里好歹有个壁炉。他希望炉火能驱走骨头里的寒气。

前台的戈登在吧台后面值班。"珍妮今晚放假？"影子问道。

"什么？不，她只是来帮忙的。我们这儿忙的时候，她会过来帮把手。"

"我能往壁炉里多添根柴吗？"

"请便。"

影子记起奥斯卡·王尔德说过：倘若苏格兰人如此对待夏天，他们便不配拥有夏日。

光头青年走进酒吧。他冲影子紧张地点头示意。影子也颔首还礼。凡是影子能看见的地方，年轻人都没长毛发，连眉毛和睫毛也没有。这让他看起来像个发育不良的大婴儿。影子揣测这会不会是某种疾病抑或化学疗法的副作用。他浑身散发着湿气。

“我听见他说话了，”光头青年结结巴巴地说，“他说我是个怪物，还说我妈妈也是。我有双好耳朵，很少听漏什么。”

他确实有双好耳朵，粉扑扑的有些透明，从脑袋两侧支棱起来，好似大鱼的双鳍。

“你的耳朵确实不错。”影子说。

“你在拿我开涮？”光头愤愤不平地说，似乎随时准备开打。影子体形魁伟，但他只比影子矮一点。

“如果我没把‘开涮’的意思理解错的话，那就不是。”

年轻人点点头。“很好。”他说着吞了口唾沫，面露踌躇之色。影子还在想自己要不要客套两句，缓和气氛，但光头继续言道：“这不是我的错。他们发出那么多噪声。我是说，人们到这儿来就是为了图个安静，干吗自个儿吵吵？还有人的问题。跑到这儿来的人多得要命。你们干吗不打哪儿来回哪儿去，别再他妈的瞎吵吵？”

年轻人的妈妈从门口冒了出来。她冲影子紧张地笑了笑，随后快步走向儿子，揪住他的袖子。“行啦，”她说，“别无缘无故乱发脾气，没什么大不了的。”她抬头望向影子，动作好像只鸟，似乎有意和解，“真抱歉。我敢保证他不是有意的。”老太太鞋底上沾了一截手纸，自己却浑然不觉。

“没事儿，”影子说，“很高兴认识你们。”

老太太点点头。“那就都没事儿啦。”她说。年轻人似乎松了口气。影子暗想，他怕他妈妈。

“来吧，小宝。”老妇人对儿子说了一句，揪着他的袖子，带他朝门外走去。

光头忽然停下脚步，执拗地转过头来。“你告诉他们，”光头说，“别—瞎—吵—吵。”

“我会跟他们说的。”影子言道。

“主要是，我什么都能听见。”

“别担心。”影子答道。

“他其实是个好孩子。”光头男人的母亲说道。她抓着儿子的衣袖，带他走进过道，鞋底还拖着那截手纸。

影子快步走出酒吧。“抱歉。”他说。

男人和他母亲转回头来。

“您鞋底下沾了东西。”影子说。

老妇人低头看去，然后用另一只鞋踩住手纸，把脚抬起来，将纸扯脱。她冲影子赞许地点点头，转身离去。

影子走到前台：“戈登，你有像样的本地地图吗？”

“像陆地测量局做的那种？当然有。我替你拿到休息室去。”

影子走回酒吧，喝完了咖啡。戈登拿来一张地图，其详尽程度让影子颇为叹服，似乎每条羊肠小道都描绘其上。他仔细察看地图，沿着今天走过的路线找去，发现了自己停下来吃午餐的小山。他将手指向西南方划去。

“这附近什么城堡都没有吗？”

“恐怕是没有。往东走能找到几座。我有本苏格兰城堡指南，可以借给你瞧瞧……”

“不，不用了。没事儿。那附近有什么大宅子吗？那种会被人称作城堡，或是大庄园的地方？”

“嗯，有家愤怒角酒店，就在这边。”戈登在地图上指出酒店的位置，“我们这儿实在乏善可陈。用专业术语说，论起居住人口，那个词是怎么说的来着，对，要说‘人口密度’，这里是片沙漠。怕是没有任何名胜古迹。也没什么步行游览的好地方。”

影子谢过戈登，又向他订了明天的叫早服务。他本希望在地图上找到从山头望见的宅院，但也许是他看错了地方。这种事也有先例。

隔壁的情侣打了一整夜——要么就是做了一整夜。影子分不清，但他每次正要坠入梦乡时，都会被叫喊声惊醒。

事后回想起来，他永远说不清这件事是真是幻，不知道她是真的来找过自己，还是那晚做的头一个梦。无论现实还是梦境，床头的收音机闹钟显示午夜将至时，有人敲响了他的房门。影子站起身，开口问道：“谁啊？”

“珍妮。”

他把门打开。走廊的灯光晃得他眯起眼睛。

珍妮裹着那件棕大衣，犹犹豫豫地抬头望着他。

“有事吗？”影子问。

“你明天就要去宅子了。”

“对。”

“我想还是过来道个别，”珍妮说道，“免得之后没机会碰面。如果你不回旅店，直接上路去别处，此后永难再见。”

“哦，那么再见了。”影子说。

女招待上上下下打量了他一番，瞧着他睡觉时穿的T恤和拳击短裤，他没穿鞋袜的双脚，随后又端详起他的面庞。“你知道我住哪儿，”珍妮最终说道，“若是用得着我，就叫我一声。”

她探出食指，温柔地碰了碰影子的双唇。手指很凉。接着，她退后一步，走回过道，就站在那里，面对着他，没有要走的意思。

影子把房门关上，听到她的脚步声沿过道渐行渐远。他爬回床上。

毫无疑问，接下来那些梦境并非现实。他梦到了自己的人生，各种片段纠结在一起：他在监狱里，自学硬币戏法，不断提醒自己对妻子的爱可以帮他熬过这一关。接着劳拉死了，他出狱了，给一名自称叫星期三的老骗子当保镖。之后的梦里竟是些神祇：被遗忘的上古诸神，无人爱戴，遭人遗弃；还有新神，稍纵即逝的存在，被人欺骗，神乱心慌。各种荒诞情景交织起来，一副翻绳变成一张蛛网，继而化作线阵，最终成了一团铺天盖地的乱麻……

在梦中，他死在树上。

在梦中，他又死而复生。

再往后，只余无边黑暗。

4

床头的电话七点钟准时发出尖叫。影子洗了澡，刮了胡子，换了衣服，把所有东西装进背包。他下楼到餐厅吃过早饭：咸乎乎的麦片粥，软塌塌的培根，以及油汪汪的煎蛋。咖啡倒是好得出奇。

八点十分他来到大厅等待。

八点十四，有个身穿鹿皮大衣的人走进来，嘴里叼着根手卷烟。那人高兴地伸过手来。“你肯定是莫恩先生，”他说，“我叫史密斯，由我带你到大宅去。”那人的手结实有力，“你个头可真不小。”

言下之意是，“但你不是我的对手”，影子听得明明白白。

影子说："很多人都这么说。你不是苏格兰人。"

"当然不是，哥们。就这周过来待两天，确保事儿不出乱子。我是个伦敦佬。"那张刀削脸露齿一笑。影子估计对方有四十多岁。"走吧，上车去。路上我可以带你兜兜风。这是你的包吗？"

影子拿起背包走向车子，那是辆沾满泥污的路虎，引擎还在转。他把包丢到后面，爬上副驾驶座。史密斯最后抽了口几乎只剩下白纸卷的烟，从驾驶座旁的窗户把烟头扔到路上。

他们驾车开出小镇。

"你的名字该怎么念？"史密斯问道，"博德，鲍德，还是别的什么？有的词儿，拼法和读音就是不一样。"

"影子，"影子说，"大家都叫我影子。"

"好。"

两人沉默片刻。

"那么，"史密斯说，"影子。我说，这场周末聚会的事，老加斯克尔跟你讲了多少？"

"一点点。"

"嗯，好吧，其实最重要的规矩就一条。无论发生什么事儿，都不要外传。明白吗？不管你看到什么，都只是人们在找乐子，就算你认出了什么人，也对谁都不能讲。听明白了吗？"

"我谁也不认识。"影子说。

"这就对了。咱们在这儿，只是要保证大家高高兴兴的，不被外人打扰。他们为了这美妙的周末，可是不远万里跑过来的。"

"明白。"影子说道。

他们来到海角的渡口。史密斯把路虎停在道旁，拿起他们的包，把车门锁好。

对面渡口边停着辆一模一样的路虎。史密斯打开车门，把两个包扔到后座上，沿着煤渣路向前开去。

他们没到灯塔就拐出大道，开上泥泞土路，这条道很快变成了羊群走的小道。两人谁都没说话。有几次，影子必须下车去开挡羊的栅栏门，等到路虎驶过去，再将门关好。

在田里和矮石墙上停着几只渡鸦，大个黑鸟用充满敌意的目光盯着影子。

“你进过监狱？”史密斯突然问。

“什么？”

“监狱。局子。班房。诸如此类的烂词儿，表示糟糕的食物，没有夜生活，简陋的厕所设施，以及非常有限的旅游机会。”

“对。”

“你不怎么讲话，对吗？”

“我想这该算是种美德。”

“我明白。只是随便聊聊。太安静了，我就发毛。你喜欢这儿？”

“还不错。我也就刚来了几天。”

“这儿让我神经紧张。太荒了。我在西伯利亚待过，那地方都比这儿强。你去过伦敦吗？没有？等你什么时候到南方去，我带你转转。酒吧很棒，食物很赞。还有你们美国人喜欢的名胜古迹。交通确实糟透了。至少在这儿，咱们还能开车。没有他妈的红绿灯。摄政路走到头有个红绿灯。我发誓，一个红灯能让你等上五分钟，然后也就十秒的绿灯。顶多过去两辆车。太鸡巴扯淡了。据说这就叫进步发展的代价。你说呢？”

“对，”影子说，“我想没错。”

此时周围早没了路，他们两侧是两座高高的丘陵，只得沿灌木丛生的山谷颠簸而行。“参加你们聚会的客人，”影子说，“他们也是坐路虎来吗？”

“不。我们有直升机。他们今晚会准时参加晚宴。直接飞过来，周一早上再飞回去。”

“就像住在岛上。”

“我倒希望是住在岛上。那就不会有白痴本地佬找麻烦了，对吗？谁也不会抱怨隔壁岛上传来的噪声。”

“你的聚会噪声很大？”

“不是我的聚会，伙计。我只是个润滑油，保证一切顺顺当当的。不过，你说得没错。他们要是真闹起来，确实声儿挺大。”

草木茂密的峡谷变成一条羊肠小路，又很快变成一条车道，几乎径直朝山上延伸。再拐过一个急转弯，影子见过那宅子赫然出现在前方。昨天吃午饭的时候，珍妮指给他看过。

他刚一打眼，就看出房子很有些年头了。其中有些部分尤其老旧：侧楼有堵墙是用灰岩和石块砌成的，显得结实厚重。它向前伸展，与另一堵红砖墙相接。深灰色瓦盖构成的屋顶，盖住了整栋建筑，以及两旁侧楼。宅子门口有条砂石车道，直通山下一片小湖。影子下了路虎，端详着大宅，渺小感油然而生。他有种回家的感觉，这可不是好事儿。

车道上已经停了好几辆四驱车。“车钥匙都挂在食品室，你有需要就去拿。一会儿路过时我指给你。”

经过一扇大木门，他们来到中庭，院子里铺了些石板。中央有座小喷泉，还有一小片草地。参差破败的绿地被灰石板团团围住。

“周六晚上的活动就在这儿举行，”史密斯说，“我带你去看看住处。”

他们从一个不起眼的旁门走进较小的侧楼，经过放钥匙的屋子，每把钥匙都挂在钩子上，还别了纸标签。他们又走过一个摆满空架子的房间，下到一条脏兮兮的走廊，上了几段楼梯。楼梯上没铺地毯，墙上也只抹了白灰。（“哦，这是仆人区，明白吧？他们可不会在这上面花一分钱。”）宅子里很冷，影子倒是开始习惯了，这地方屋里总比外边冷。他不知道他们是怎么办到的，兴许是大英建筑风格中不传之秘。

史密斯把影子领到最上层，带他来到一个黑沉沉的房间。屋里有个不知用了多少年的衣橱，一张铁架单人床——影子一眼就知道肯定太小，还有样式古老的脸盆架，以及一扇可以俯瞰内院的小窗。

“厕所在走廊尽头，”史密斯说，“仆人的浴室在下面一层。两间，一男一女，没有淋浴。这栋侧楼的热水供应非常严格，不好意思了。你的制服挂在衣橱里。最好先试试，看是否合身，没什么问题就脱下来，等今晚客人来了再穿。干洗设备也很有限。咱们就跟在火星上差不多。如果你要找我，可以去厨房。一般阿贾在工作的时候，那地方还算暖和。一直到最底下，左转再右转，迷路了就喊两嗓子。没人吩咐的话，别去另一翼。”

他说完便走出门去。

影子试了试黑色燕尾服，白色礼服衬衫和黑领带。柜子里还有双擦得锃亮的黑皮鞋。全都合适，好像是量身定做的。影子把整套制服都放回衣柜挂好。

他下了楼，发现史密斯站在楼梯间的平台上，拿着小巧的银色手机，怒气冲冲地狠戳。“他妈的没信号。这东西响了两声，我打回去居然没信号。这鬼地方，简直是他娘的石器时代。你的制服如何？没问题？”

“没。”

“好小子。能用一个字绝不用俩，嗯？我认识些死人都比你话多。”

“真的？”

“没那回事。就是打个比方。来吧。想吃点午餐吗？”

“当然。谢谢。”

“好。跟我来。这地方有点绕，但你很快就能摸着门道了。”

他们在空荡荡的大厨房用餐，影子和史密斯在涂了磁漆的马口铁盘子里堆满食物，硬皮白面包加半透明的橙色熏鲑鱼片，还有味道很重的奶酪片，外加甜味浓茶。影子发现，阿贾是指一个大金属盒，兼作烤箱和热水器之用。史密斯打开它侧面众多小门中的一个，铲进几锹煤。

“其他食物放在哪儿？还有，服务生和厨子呢？”影子问道，“不可能光咱俩啊。”

“问得好。所有这些正从爱丁堡运来。像时钟一样精确。食物和工作人员三点到达，马上拆包准备。客人差不多六点到。自助晚宴八点开始。聊天为主，吃点东西，乐一乐，没什么大麻烦的。明天七点到中午供应早餐。客人们下午会去散步观光。庭院里加好篝火堆，晚上都点起来，所有人来个周六北地狂欢夜，希望别打扰到咱们邻居。周日上午，咱们干什么都得轻手轻脚，以免惊扰到宿醉的客人们。周日下午直升机就来了，咱们给各位送行。你收钱，我送你回旅馆。你要想换换口味，我也可载你一起去伦敦。怎么样？”

“妙不可言，”影子说，“周六晚上可能出现的那票人呢？”

“就是大煞风景的。当地人最爱扫大家的兴。”

“什么当地人？”影子问，“方圆几里地，除了羊什么都没有。”

“当地人。他们到处都是，”史密斯说，“你只是看不见而已。他们都爱藏着，跟索尼·比恩那家子似的。”

影子说：“我好像听说过他。这名字很耳熟……”

“他可是历史名人。”史密斯喝了一大口茶，往椅背上一靠。“那还是，嗯，六百多年前，维京人已经滚回斯堪的纳维亚去了——不过他们也可能是混血啊改宗啊，直接变成了苏格兰人；不过伊丽莎白女王还没驾崩，詹姆士还没从苏格兰跑来夺取王权。就是中间的这段时间。”他又灌了口茶，“是这样的。旅人在苏格兰不断失踪。那倒也不是什么稀罕事。我是说，当年你要是出个远门，还真不一定保准能回家。有时得过上好几个月，才有人意识到你再也回不来了。他们会把罪过归在野狼和天气头上，决定日后出行都要搭帮结伴，而且只在夏天。

“但有个旅人，他和几位同伴骑马经过某处山谷，突然有一帮一伙儿的小孩打山上奔下来，树顶跳下来，地底下钻出来；手里还拿着匕首、短刀、骨棒和粗棍。他们把那几个旅人从马上揪下来，扑上去一一结果。只有那老头儿，骑得比别人慢一点，侥幸逃了回去。就他一个，但一个就够了，不是吗？他赶到最近的村子，哭哭叫叫地发警报。村民和士兵组织起来，带着狗回到事发地点。

“他们花了好些天寻找匪徒的藏身处，几乎快放弃了。结果在海边的一处岩洞口，狗群叫了起来。他们钻进洞去。

“结果地下真有好大一片洞窟群。在最深最大的洞穴里，住着老索尼·比恩和他那一大家子。尸首都挂在钩子上熏制慢烤。胳膊、大腿，以及手脚，男的、女的、小孩的，什么都有。一排排挂在洞里，跟肉干似的。还有些四肢用盐水浸渍，活像咸牛肉。金银钱币堆成了堆，还有手表、戒指、佩剑、手枪和衣服。财富多到难以想象，因为他们一分都不花，只是藏在洞里，不断吃喝，不断繁殖，传承仇恨。

“他在洞里生活了好些年，是这小王国的君王。老索尼和他老婆，还有他们的儿女和第三代，有些孙子辈的其实也是他们的孩子。乱伦之家。”

“这是真的？”

“我听说是。都有法庭记录的。他们把那家子带到利斯接受审判。法庭裁决很有意思，他们认定索尼·比恩恶行累累，已经从人类中除名。所以法庭判定他是动物，既没有绞刑也没有斩首，就生起好大一堆火，把比恩扔进去活活烧死。”

“他家人呢？”

“我不记得了。可能把那些小孩也烧死了，也可能没有。不过多半是烧了。这地界对付怪物可从不手软。”

史密斯在水槽里洗好了餐盘和茶杯，放到架子上晾干。两人出门来到庭院。史密斯熟练地给自己卷了支烟，舔了下烟纸，用手指捋直，掏出Zippo打火机点燃：“让我看看，今晚的事，还有什么得吩咐你的？哦，基本规则很简单：有人跟你说话，你再开口——你的话，这应该没什么问题，对吧？”

影子没搭腔。

“对了。如果有客人问你要什么东西，就尽量找给他们，有什么疑问直接找我。不过客人说什么，你就干什么，只要别耽误手头的工作，或是违反基本原则。”

“什么原则？”

“不要——搞——醉美人儿。肯定有不少年轻女士喝下半瓶红酒，便头脑发热，想找点野乐子。如果出了这种事，你就当个周刊记者。”

“我没听懂。”

“跟报上常写的似的，‘我们的记者借故抽身离开’。懂吗？你可以看，但不能摸。明白了？”

“明白。”

“聪明，一点就透。”

影子发现自己开始喜欢史密斯了。他告诫自己，喜欢这种人绝非明智之举。他原先碰到过类似的人，没有良心，不择手段。他们讨人喜欢，但又极度危险。

下午晚些时候，运兵机似的直升机带来不少仆人。他们拆包非常利索，成箱的红酒、食物，以及各种篮子器皿很快便收拾好了。还有些箱子里装满了餐巾和台布。厨子、侍者、女招待和侍女都有。

但首先从直升机下来的，是安保人员。一个个块头很足，戴着耳机。影子敢打包票，他们外套下面都藏着枪。这些人一个个向史密斯报到，后者派他们去检查大宅和周遭各处。影子也上去帮忙，把塞满蔬菜的箱子从直升机搬进厨房。他搬东西的分量至少是别人的两倍。不过，他再次从史密斯身旁走过时，不禁停下脚步问道：“你带来这么多保安，还出钱请我做什么？”

史密斯殷勤地笑了笑：“听着，孩子。这次来的宾客中，有些人要按赎金衡量，得比你我这辈子见过的钱都多。他们必须保证保护万全。绑架是常有的事。他们总有几个对头。全是因为那些小子守在周围，有些事才不会发生。但让他们对付本地的怪人，就跟用地雷防止别人进你家院子差不多，明白吗？”

“嗯。”影子说完又回到直升机旁，拿起一个标着迷你茄字样，里面塞满小黑茄子的箱子，放在另外一箱子洋白菜上面，然后同时抱起两个箱子，往厨房走去。他深知自己听到的肯定不是实话。史密斯的回答合情合理，甚至很有说服力，可惜还是谎言。他没道理待在这里，即便有也不是别人对他说的那一套。

影子思前想后，试图搞清这帮人为何要雇他。同时希望自己没在面上表露出来。影子喜欢把事儿藏在心中，那里要安全得多。

5

傍晚将至，天空正泛起粉色。又有数架直升机降落，二十来位时髦人物钻了出来。有几个面带微笑，甚至在开怀大笑。他们大多三四十岁的样子。影子一位都不认得。

史密斯游刃有余地招呼各位客人，熟络地逐个欢迎：“对，从那边穿过去，往左转，在主厅稍候片刻。壁炉烧得可旺了。会有人带您到房间去。您的行李将提前送到。如果没到请知会我一声，不过应该没问题。您好啊，夫人，您看上去美极了——要我叫人帮您拿手包吗？期待明天的节目？谁不是呢。”

影子站在一旁，看得心悦诚服。史密斯把每位宾客都招呼得妥妥帖帖，将恭顺和亲密、友善和伦敦式魅力完美地融合起来，连口音都随着谈话对象不断改变。

有位留黑短发的女士，样貌美若天仙。影子帮她拎包进门，她嫣然一笑。“醉美人儿，”史密斯趁他路过嘟囔了一句，“不要碰。”

最后走下直升机的是个壮实男子，影子估计他六十出头。男人走到史密斯面前，拄着一根廉价木手杖，压低声音说了两句。史密斯同样轻声作答。

他是管事的，影子心想。他们的肢体语言将地位表露无遗。史密斯收敛笑容，也收起甜言蜜语。他正向上司汇报，低声细语，不带半句废话，把老人该知道的所有情况一一讲清。

史密斯冲影子钩钩手指，他快步走了上去。

“影子，”史密斯说，“这位是爱丽丝先生。”

爱丽丝先生伸出胳膊，用粉扑扑的胖手握了握影子黑黝黝的大手。“很高兴认识你。”他说，“听过不少你的事。”

“很高兴认识你。”影子说。

“好了，”爱丽丝先生说，“去忙你的吧。”

史密斯冲影子点点头，示意让他退下。

“如果你不反对的话，”影子对史密斯说，“我想趁天还没黑，在附近转转。估摸下本地人会从哪儿来。”

“别走太远。”史密斯说道。他拿起爱丽丝先生的手提箱，将长者领进大宅。

影子沿宅院外围转了一圈。他被算计了。他不知道为什么，但知道自己没猜错。有太多不合理的地方。干吗要请个流浪汉当保安，又带来一帮子专业安保人员？根本没道理，更奇怪的是史密斯还特地把他引见给爱丽丝先生，而之前那二十多人根本就没把他放在眼里。

屋前是一堵矮石墙。屋后有座快赶上小山的丘陵，山前有道缓坡直通小湖。近处的一侧是他们今天早上经过的车道。影子走到另一边，找到个像是菜园的地方，高高的石墙外面便是荒野。他走下台阶，穿过菜园去检查石墙。

“你在摸地形？”有位穿黑色燕尾服的保安问道。影子方才没看见他，这多半意味着保安对自己的工作很在行。和大多数随从一样，他说话也带爱尔兰口音。

“就随便看看。”

“提前摸清地形，很明智。你不用操心这边。往前一百码有条直通海子的小河，过了河再往前，几十米内都是湿滑岩石，一路向下延伸。很不好走。”

“哦。那些当地人，就是跑来抗议的家伙，他们是从哪儿来的？”

“那我可不知道了。”

“我该到那边去看一眼，”影子说，“瞧瞧能否找到进出的门道。”

“要是我的话，”保安说，“就不会那么干。那地方滑不溜丢。你跑去转悠一圈，脚下一打滑，就得跌在岩石上落进海子。要真是那样，他们连你的尸首都找不到。”

“我明白了。”影子说。他真的明白了。

影子继续在大宅周围溜达。他留心观察，又发现五名保安，但肯定还有其他没瞧见的。

透过主楼的法式落地窗，他能看到一间木墙大宴会厅，宾客围坐桌旁，全都有说有笑。

影子走回仆人住的侧楼。每道菜撤下来后，盘子都堆在餐柜上，工作人员自己动手，往纸碟里堆满食物。史密斯坐在一张木桌旁，吃着满满一盘沙拉和嫩牛肉。

“那边有鱼子酱，”他对影子说，“金牌奥西特拉，顶级货色，非常少见。过去都是聚会管理层留着自己享用的。我对那玩意儿没兴趣，你想吃就去拿。”

影子出于礼貌，舀了点鱼子酱放在盘中。他取了些个头很小的白煮蛋，外加鸡肉和意面，坐到史密斯身旁吃了起来。

“我搞不清你说的本地人会从哪儿来，”影子说，“你的人已经把车道封了。要是有人想到这儿来，只能从海子上走。”

“你把周围摸得很透啊？”

“对。”影子说。

“碰见我手下了？”

“嗯。”

“觉得如何？”

“是我就不会招惹他们。”

史密斯露出得意的笑容：“像你这种大块头？你能照顾好自己。”

“他们都是杀手。”影子只是说出事实。

“他们没必要不杀人，”史密斯的笑容消失了，“你干吗不回房间歇会儿？我需要你的时候会去喊你的。”

“成，”影子说，“如果你不需要我，那这个周末可太轻松了。”

史密斯盯着他说：“不会少了你的票子。”

影子爬上后楼梯，走过顶层的长廊，回到房间。聚会的喧闹声从外面传来，他走到小窗前向下张望。对面的法式落地窗大敞着，宾客们一个个衣着华贵，戴着手套，拿着酒杯，散落在内院各处。他能依稀听到只言片语，但都混沌不清；声音虽说明明白白，但词句却琢磨不透。偶尔能有几句话从一片呢喃声中挣脱出来。有个男人说：“我对他讲，像你这样的法官，我不承认，我卖……”还有个女人说：“那是头怪物，亲爱的。彻头彻尾的怪物。哦，你还能怎么办？”另一位女士接口道：“哦，如果这话能用到我男朋友身上就好了！”哄笑声随之响起。

他有两个选择。他可以留下，也可以尝试溜走。

“我留下。”影子大声说道。

6

一夜噩梦迭连。

头一个梦里，影子回到了美国，站在街灯底下。他走上几段台阶，推开一扇玻璃门，走进餐车饭馆，就是那种早先真是餐车的小馆子。他听到有个老人在唱歌，声音沙哑低沉，用的是英国名曲《我的邦妮在海那边》的调子。

“阿爷专把套儿卖，
水手堆里卖得快。
戳个小洞再出手，
得儿喂呀咿儿呦。
阿姥专管打黑胎，
财源滚滚上门来。”

影子走过整节餐车。尽头的一张桌旁，坐着位白发苍苍的老者。他手里抓着啤酒瓶，正在哼唱：“上门来呀上门来，财源滚滚上门来。”他瞥见影子走过来，咧开嘴露出大大的笑容，用啤酒瓶朝桌子对面比画了一下。“坐下，坐下。”他说。

影子坐在曾经自称星期三的老人对面。

“又碰上什么麻烦了？”星期三问道。两年前他就去世了——或者说，两年前他就进入了对他们这种生灵来说最接近死亡的状态，“我很想给你来瓶啤酒，不过这地方服务糟透了。”

影子说不用了，他不想喝酒。

“怎么回事？”星期三挠着胡子，开口问道。

“我在苏格兰一所大宅子里，来了一伙富得流油的家伙，他们似乎图谋不轨。我有麻烦了，而且还不知道是什么麻烦。照我看肯定不是小事儿。”

星期三灌了一大口酒。“富人不一样，孩子。”他顿了顿才说。

“你在说什么鬼话？”

“你看，”星期三说，“首先，他们凡人终有一死。这个你就不用操心。”

“别跟我胡扯了。”

“但你不是凡人，”星期三说，“你死在树上，影子。你死了，又复活。”

“那又如何？我都不记得是怎么活过来的了。如果他们这次把我宰了，我还是得死啊。”

星期三喝干啤酒，用瓶子朝周遭比画了一圈，仿佛在用它指挥隐形的管弦乐队。老人又唱了起来：

“兄弟传教是好手，
罪人堆里度女流。

收你大钱五块整，
就能度个红发妞。
得儿喂呀咿儿呦，
财源滚滚有赚头。”

“你根本帮不上忙。”影子说。餐车化作一节列车车厢，吭哧吭哧地在雪夜中行驶。

星期三放下酒瓶，直勾勾地盯着影子，用的是那只真眼睛，而非玻璃球。“那是规矩，”他说，“如果他们以为你是英雄，那就大错特错了。等你死后，不会变成贝奥武甫、珀尔修斯或者罗摩之类英雄。整套规则都不一样。是象棋，而非跳棋。是围棋，而非象棋。明白吗？”

“完全摸不着头脑。”影子沮丧地说。

有些人在大宅过道里醉醺醺地走动，他们大声吵嚷，互相嘘来嘘去，跌跌撞撞嘻嘻哈哈地走过。

影子不知道他们是用人，还是从对面侧楼游荡过来的鬼魂。梦境随即卷土重来……

这次他回到了昨天避雨的村舍。地板上有具尸体：是个男孩，顶多五岁。赤身裸体，四仰八叉地躺在地上。一道强光闪现，有个人穿过影子，仿佛他根本不存在。那人把男孩的双臂重新摆好。又是一道强光。

影子明白那人正在拍照。是加斯克尔医生，旅馆酒吧里的灰发小个子。

加斯克尔从衣袋里取出个白纸包，把手伸进去掏出点东西扔进嘴里。

“彩色什锦糖，”他对倒在石板地上的男孩说，“好吃，好吃。你最喜欢的。”

他面露微笑，蹲下身，又冲死去的男孩拍了张照。

影子穿过村舍的石墙，像风一样从石头缝里钻出来。他飘向海边。浪花拍打岩石，影子在水面上飘荡，穿过灰蒙蒙的海洋，随着波浪起起伏伏，朝死者指甲打造的海船飞去。

那船很远，在海上漂泊，影子掠过水面，仿佛浓云投下的阴影。

船很大。影子原先没意识到它居然这般巨大。一只手探下来，抓住他的胳膊，把他从海上拉进船里。

“带我们回去，”那声音如海涛轰鸣，显得急迫凶狠，“要么带我们回去，要么放我们走。”胡须浓密的脸上仅剩一只独眼烁烁放光。

“扣留你们的不是我。”

站在船上的都是巨人。一众体大如山的男人，由暗影和浪花凝成，乃是迷梦与水沫的生灵。

其中一位满面红髯，比旁人更加庞大，他走上前来。“我们无法上岸，”他声如洪钟，“我们也无法离开。”

“回家去。”影子说。

“我们随子民来到这片南国，”独眼汉子说，“但他们离弃了我们，寻了更温驯的神祇，将我们从心中抹去，把我们放逐。”

“回家去。”影子又说。

“已经太久了，”红胡子说。影子看到他身旁的铁锤，认出了他的身份。“已经流了太多鲜血。你是我们的血脉，博德。给我们自由。”

影子本想说自己不是他们的血脉，不是任何人的血脉，但身上的薄毯滑落在地。他的双脚暴露在外，缥缈的月光洒满顶楼房间。

大宅里静悄悄的。山岭间传来一阵嚎叫，影子打了个哆嗦。

他躺在窄小的床上，把时间想象成某种可以积聚的东西，揣测着是否在某些地方时间厚重浓稠，在某些地方沉淀淤积——城市，他心想，肯定充满时间：所有那些人烟稠密的地方，人们聚集起来，随身带来时间。如果此言非虚，影子默想着，那必定还有另一种地方。人迹罕至的所在，大地苦苦等待，韧性十足，对山峦来说千年不过一瞬，如云烟过眼，白驹过隙。在那里，时间如同人烟一样稀薄。

“他们要杀你。”女招待珍妮轻声说道。

影子此刻正坐在她旁边，身下是丘陵，头顶是月光。“他们为什么要杀我？”他问，“我只是个小人物。”

“他们就是如此对待怪物的，”她说，“他们必须这样做。他们一直这样做。”

影子朝她伸出手，但珍妮一扭身子，背对着他。从后面看，她是个空壳。珍妮转回身来，好跟他面对面。“快走吧。”她轻声说。

“你可以来找我。”影子说。

“我办不到，”她说，“有些东西挡在道上。路途艰险，还有人守卫。但你可以呼唤我。倘若你召唤，我就会去。”

天光破晓，山脚下的沼泽地里冒出一团蚊蚋。珍妮用尾巴驱赶它们，但收效甚微。铺天盖地的蚊群涌向影子，他喘口气都会吸进很多，鼻孔和嘴巴全被刺痒的小爬虫糊满，在黑暗中几乎窒息……

他把自己扯回床上，扯回躯壳和现实人生，扯回清醒的世界。他大口大口地喘着粗气，心脏在胸膛中怦怦直跳。

7

早餐是腌鱼、烤马铃薯、摊鸡蛋、吐司、两根拇指粗细的短香肠，还有几片又黑又圆的东西，影子也不认识。

“那是什么？”他问。

“黑布丁。”坐在旁边的人答道。他是一名保安，边吃饭边读昨天的《太阳报》。“猪血加香草。他们把血熬到凝起来，加入香草，结成这种黑乎乎的玩意儿。”那人往吐司上加了些鸡蛋，用手拿着吃起来，“鬼知道。俗话怎么说来着，‘香肠和法律，都别管是怎么来的’？差不多这个意思。”

影子没碰黑布丁，只把其他食物一扫而光。

桌上有壶货真价实的咖啡，他喝了一杯，又浓又烫，正好帮他提神醒脑。

史密斯走了进来：“影子老伙计，我能耽误你五分钟吗？”

“你付钱，你说了算。”影子言道。他们迈步来到走廊。

“爱丽丝先生找你，”史密斯说，“就说两句话。”他们从白灰刷墙的用人侧楼走到木板墙的敞亮老宅，沿宽阔的木楼梯拾阶而上，进入好大一间图书馆。屋里没人。

“他马上就到，”史密斯说，“我去知会一声。”

为了防范老鼠、尘灰和闲人，书籍都被锁在书橱里，柜门上加装了玻璃和铁丝网。墙上挂着张油画，画的是头雄鹿。影子走过去细瞧。雄鹿趾高气昂，显得不可一世；在它身后，是浓雾弥漫的山谷。

“山谷君王，”爱丽丝先生拄着拐杖，缓步走进房间，“维多利亚时期临摹品最多的画作。这幅不是原画，却是十九世纪五十年代后期兰西尔照着自己的原作临摹的。我很喜欢，虽说心里明白不该这样。特拉法加广场的石狮子也是他的作品，兰西尔。同一个家伙。”

爱丽丝先生走到凸窗前，影子跟了上去。他们身下的庭院里，仆人们正在码放桌椅。另有一群人在庭院中央的池塘边，用原木和木柴搭建篝火堆。影子认出那是参加聚会的宾客。

“他们干吗不让用人们搭火堆？”影子问道。

“那还有什么乐趣？”爱丽丝先生说，“你会让用人跑到荒郊野外去，用一个下午替你打野鸡吗？搭火堆别有一番乐趣，你把木头拖过来，放到合适的位置，感觉很特别。反正他们是这么跟我说的。我也没亲自试过。”老人转身离开窗子。“请坐吧。”他说，“老抬着头看你，我脖子都快抽筋了。”

影子坐了下来。

“我听说了很多你的事，”爱丽丝先生说，“早就想见见你了。听他们说，你是个很聪明的年轻人，喜欢四处走动。他们是这么说的。”

“所以你并非随便雇个游客，防止邻居搅了你的聚会？”

“哦，对也不对。当然了，我们有几个别的人选。只不过你最适合这份工作。我发觉了你的身份……啊哈，你真是诸神赐下的礼物啊，你说呢？”

“我不知道。真的？”

“当然。你要知道，这聚会历史悠久，能追溯到上千年前。每年一场，从未中断。每年都会有场搏斗，我们的人对他们的人。我们的人总能获胜。今年，我们的人是你。”

“他们……”影子问道，“他们是谁？你又是谁？”

“我觉得……”爱丽丝先生说，“我该算你的东家。”他沉默片刻，用木杖敲了敲木地板，“很久以来，他们总是输。我们赢。我们是骑士，他们是恶龙；我们是巨人杀手，他们是巨人。我们是人，他们是怪物。我们每次都赢。如今，他们已经明白了自己的位置。今晚的节目，就是为了让他们加深印象。今晚，你是在为人类而战。咱们不能让他们占上风。半点都不行。不是你死就是我活。”

“加斯克尔医生说我是怪物。”影子言道。

“加斯克尔医生？”爱丽丝先生说，“你的朋友？”

“不是，”影子说，“他替你工作，或是替为你工作的人。我想他残害幼童，还给他们拍照。”

爱丽丝先生的手杖掉在地上。他笨手笨脚地弯腰捡了起来，这才说：“哦，我不认为你是怪物，影子。我觉得你是位英雄。”

不，影子说，你觉得我是怪物。但你觉得我是你的怪物。

“总之，今晚好好干，”爱丽丝先生说，“我知道，你没问题，想要什么好处只管提。你想过没有，为什么有些人成了电影明星，或是名人阔佬？你肯定想过，他根本平平无奇。他这些本事，我究竟哪一点做不到？你看，有时候答案就是，他有我这样的人帮忙。”

“你是神吗？”影子问道。

爱丽丝先生哈哈大笑，声音深沉而洪亮：“问得好，莫恩先生。根本不是。我只是个斯特里汉姆区的小子，算是混得还不错。”

“我要跟谁打？”影子问。

“你今晚就会见到，”爱丽丝先生说，“现在嘛，有些东西要从阁楼运下去。你干吗不去帮史密斯一把？对你这种大块头来说，肯定是小菜一碟。”

拜见到此结束，史密斯走进房间，就跟事先设计好了似的。

“我刚还讲到，”爱丽丝先生说，“咱们这位伙计可以帮你把东西从阁楼拿下来。”

“太好了，”史密斯说，“来吧，影子。咱们上楼去。”

他俩穿过大宅，走上黑黢黢的木楼梯，来到一扇加了挂锁的门前。史密斯把门打开，走进晦暗的木阁楼，角落里堆得高高的东西好像是……

“鼓？”影子说。

“是鼓，”史密斯答道，它们由木头和动物皮革制成，每面鼓大小都不相同，“好了，搬下去吧。”

他们把鼓运到楼下。史密斯每次只能抬一面，小心翼翼地抱在怀里，仿佛是什么宝藏。影子一次可以拿两个。

“今晚究竟会出什么状况？”他们搬到三四趟时，影子忍不住问道。

“哦，”史密斯说，“据我了解，多数情况，你最好自己摸清。随遇而安吧。”

“你和爱丽丝先生呢。你们扮演什么角色？”

史密斯恶狠狠地瞪了他一眼。两人把鼓放在大厅楼梯底下。有几个人正在炉火前聊天。

他俩又上楼去，走到宾客们听不见的地方，史密斯才说：“今天下午晚些时候，爱丽丝先生就上路了。我会留下。”

“他要走？他不参加聚会吗？”

史密斯一脸不快。“他是主人，但……”讲到这儿，他把嘴闭上。影子明白。史密斯不想多谈自己的雇主。他们继续搬鼓下楼。搬完以后，两人又开始运很重的皮革袋。

“里面是什么东西？”影子问。

“鼓槌，”史密斯说，“下面那群人，他们来自古老的家族，历史非常悠久。他们知道谁是老板，但你仍然没法混进他们的圈子。明白吗？今晚的聚会只有他们在场。他们不想让爱丽丝先生留下。听懂了吗？”

影子听懂了。他只希望史密斯没跟自己提过爱丽丝先生。凡听过先生的人，史密斯都不会留活口。

但他只说了句：“鼓槌真重啊。”

8

下午晚些时候，小型直升机带走了爱丽丝先生。工作人员则乘路虎离开。史密斯开走了最后一辆。只有影子留在大宅，陪那些衣着精美、笑容可掬的宾客。

他们露骨地盯着影子，仿佛他是一头专供赏玩的笼中困兽，但谁也没跟他说话。

那位黑发女子，就是刚到时冲影子微笑的女士，给他拿来食物：一份几乎全生的牛排。她是用盘子端上来的，但没备刀叉，似乎想让他直接用手拿，用牙咬。影子饥肠辘辘，也就直接上手了。

“我不是你们的英雄。”影子对客人们说。但所有人都刻意避开他的目光。没人跟他说话，至少不是直接跟他说。影子觉得自己像头野兽。

过不多时，暮色低垂。他们把影子领到内院锈迹斑斑的喷泉旁，用枪逼着他，扒光了他的衣服。几个女人将某种浓稠的黄色油膏涂在他身上，继而揉搓进去。

他们将一柄匕首放在影子身前的草地上，摆摆枪口示意他拿起来。影子捡起匕首，刀柄由黑色金属打造，表面粗糙，很好抓握。刀刃看起来锋利无比。

宾客们推开阻隔内院和外界的宏伟大门。其中两个男人点燃两堆高耸的篝火，木柴噼啪作响，照亮了院落。

他们打开皮囊，每人取出一根刻有花纹的黑杖子，形状像是粗头棍，疙疙瘩瘩的，分量不轻。影子忽然想起索尼·比恩家那群孩子，手持人类腿骨做成的棍棒一拥而上……

宾客们在庭院边缘围成一圈，开始用棍子敲鼓。

刚开始很慢很轻，深沉脉动的敲击声仿佛心跳咚咚。接着，他们越敲越重，奏出怪异的韵律，断续的节拍交融反复，越来越响，直到充盈影子的全副心神和整个世界。他只觉得火苗也在随鼓声节拍摇曳。

片刻之后，吼声从院外传来。

那嚎叫中饱含苦痛烦扰，压过鼓声在山谷回荡，乃是充满痛苦、失落和仇恨的哀鸣。

一个身影跌跌撞撞冲进大门，它抱着脑袋，捂住双耳，好似要阻断鼓声。

火光将它照亮。

此时此刻，它变得巨大无比，比影子还大，身上同样不着一缕，光秃秃地没长毛发，还直往下滴水。

它把双手从耳畔放下，恶狠狠地环视四周，面目扭曲，显得古怪疯狂。“停下！”它高声叫道，“别再弄这噪声！”

衣着光鲜的宾客把鼓敲得更重更快，声响塞满了影子的头脑和胸膛。

怪物大步走到庭院中央。它盯着影子。“你，”它说，“我跟你说过。我跟你说过这些噪声。”它随即仰头长啸，低沉嘶哑的啸声中纠结着仇恨和挑衅的意味。

它朝影子凑近两步，看到那柄匕首，蓦然停下。“来战！”它吼道，“战要战得公平！别拿寒铁！来战啊！”

“我不想跟你打。”影子说着把匕首扔在草地上，摊开双手以示没拿武器。

“太迟了，”光秃秃的非人怪物说道，“想罢手已经太迟了。”

它合身扑向影子。

影子后来回想起这场战斗，只能记起些零碎片段。他记得被捶倒在地，慌忙滚开避过攻击。他记得鼓声咚咚，还有那些鼓手脸上的表情：一个个饥渴地瞪大眼睛，望向两堆篝火之间，注视在火光中搏杀的两人。

他们扭成一团，相互捶打。

怪物跟影子缠斗不休，咸咸的泪水顺着它的脸颊流淌。影子觉得，他俩势均力敌。

怪物抡圆了胳膊，砸在影子脸上。一股血腥味在他嘴里蔓延。影子感到怒气在心中攀升，仿佛仇恨凝成的猩红烈焰。

他甩开腿，钩住怪物的膝盖窝。那东西向后跌倒，影子的拳头紧追上去捶在它的腹部。怪物在疼痛和愤怒中厉声嘶嚎。

影子瞟了一眼周围的宾客，只见他们脸上明明白白写着嗜血的欲望。

一股冷风袭来，是海风。影子隐约觉得许多硕大阴影在天宇显现，那是他在死人指甲打造的海船上见到的巨人。他们俯视着他，正是这场战斗将他们禁锢在船上，不能登陆，也不能离去。

这是场古老的战斗，比爱丽丝先生所知的还要古老。怪兽的利爪划过他胸膛时，影子心里还转着这个念头。这是人类对抗怪物的战斗，与时光一样古老。这是忒修斯与牛头人的战斗，是贝奥武甫与格伦德尔的战斗，是每个英雄的战斗。他们都曾站在火光与阴影之间，擦去刀剑上怪兽的血迹。

篝火烧得正旺，鼓声震天动地，跳脱跃动的声响犹如上千颗心脏的搏动。

怪兽猛扑过来，影子在湿漉漉的草地上滑了一跤，摔倒在地。怪物的十指箍住影子的脖颈，用力挤压。影子觉得整个世界渐渐变得稀薄，变得遥远。

他攥紧拳头，捏住青草，用力拉扯，手指挖得很深，连泥带草揪起一大把。他将这坨泥土摔在怪物脸上，令它暂时目盲。

他挺身而起，压在怪兽身上，用膝盖狠顶它的腹股沟，怪物像个婴儿似的蜷成一团，不住抽咽，连连怪叫。

影子发觉鼓声停了，他抬头看去。

宾客们已经把鼓放到一旁。

那些男男女女围成一圈，朝他聚拢过来，手里还拎着鼓槌，但却拿得好像棍棒。他们谁都不看影子，只盯着倒在地上的怪物，高举黑色粗棍，在两团火光照耀下朝它逼近。

影子喊道："住手！"

第一棍砸在怪物头上。它惨叫一声，身子扭来扭去，抬起胳膊试图抵挡接下来的攻击。

影子扑到怪物跟前，用身子将它护住。冲他微笑的黑发女子抡起棍子，毫不留情地砸在他肩头，第二棍来自一个男人，将他的腿都打麻了，第三下正中侧腹。

他们要把我俩都杀了，影子心想，先是他，然后是我。他们会这么干。他们一直都是这么干的。他又想到，珍妮说她会来，只要我唤她。

影子轻声念道："珍妮？"

没人答话。整个世界变得异常缓慢。一根棍子正向下砸来，目标是他的右手。影子勉强滚开，眼见沉重的木棒砸进草皮。

"珍妮，"他又叫了一声，在脑海中描画出她金白的秀发，瘦削的脸庞和特别的笑容，"我召唤你。快来。求你了。"

一阵凉风拂面。

黑发女子高举棍棒，瞄准影子面门向下一挥，动作又快又狠。

这下没打中。一只小手托住粗重的棍子，仿佛那不过是根嫩枝。

金发在冷风中飘飞。影子说不清她的穿着打扮。

珍妮看着他。影子觉得她似乎有些失望。

有个男人抡起棍子，砸向她后脑勺，他永远没能砸实。珍妮转回身……

一阵撕扯声响起，仿佛有什么东西将自身扯成两半……

篝火突然炸开。至少表面如此。燃烧的木柴飞得满院都是，甚至掉进了屋里。人们在热风中惊声尖叫。

影子摇摇晃晃爬起身。

怪物还躺在地上，浑身血迹斑斑，四肢扭曲瘫软。影子不知道它是死是活。他抬起怪物，扛在肩头上，带着它步履蹒跚地走出庭院。

他挣扎着走上前庭的砂石路面，大木门在他们身后轰然关闭。谁也别想出来。影子一步一步走下山坡，朝海子前进。

他在水边停下脚步，双膝跪倒，将光秃秃的汉子放在草地上，尽可能动作始终轻柔。

他听到巨大的坍塌声从身后传来，不禁回头朝山上望去。

大宅在燃烧。

“他还好吗？”有女人问道。

影子转回身，看到怪物的妈妈，蹚着及膝深的湖水朝岸边走来。

“我不知道，”影子说，“他受伤了。”

“你们都受伤了，”她说，“你浑身青一块紫一块。”

“是啊。”影子说。

“不过，”她说，“好歹他还活着。这次还算不错。”

老妇人走到湖畔，坐在岸边，把儿子的头放在腿上。她从手袋里掏出包面巾，取出一张，啐了口唾沫，用力擦拭儿子的脸，想把血迹抹去。

山上的宅子发出阵阵轰鸣。影子没想到一栋燃烧的房屋能发出这么大声响。

老妇人抬头望天，嗓子眼里发出咯咯声，她随即摇了摇头：“你知道，你把他们放进来了。他们被禁锢了那么久。如今，你把他们放进来了。”

“那算好事吗？”影子问道。

“我不知道，亲爱的。”小个儿夫人说着又摇摇头。她冲儿子低声哼唱，仿佛他还是婴儿，同时蘸着唾沫帮他擦拭伤口。

影子赤裸裸地站在海子边上，但大屋燃烧的热浪温暖着他的身躯。他注视明镜般的水面，水上有火光倒影。泛黄的月亮正爬上天空。

痛觉苏醒了。明天会疼得更厉害。

脚步声从身后草地上传来，影子抬头看去。

"嗨，史密斯。"影子说。

史密斯低头看着他们仨。

"影子，"他摇着头说，"影子，影子，影子，影子，影子。怎么搞成了这个样子？"

"抱歉。"影子说。

"这会让爱丽丝先生很难看，"史密斯说，"那些人都是他的客人。"

"他们是畜生。"影子说。

"就算是吧，"史密斯说，"那也是重要又多金的畜生。还有不少孤儿寡母什么的需要安抚。爱丽丝先生肯定很不开心。"他说这话，就像是法官在宣判死刑。

"你在威胁他吗？"老妇人问道。

"我从不威胁别人。"史密斯平静地说。

老妇人笑道："啊，好吧，我跟你就不一样了。如果你或是你那个狗娘养的肥老板敢伤害这位年轻人，那你俩可没有好日子过。"她又笑了笑，露出满嘴尖牙，影子只觉后脖梗上汗毛倒竖。"有些事比死更可怕，"老妇人说，"而且我对此了若指掌。我不年轻了，也不爱吹牛闲扯。所以如果我是你，"她不屑地哼了一声，"就会好好照顾这小伙子。"

老妇人单手拎起儿子，就像拎着个洋娃娃，另一只手只攥着个小手包。

她冲影子点点头，转身走进平静无波的黑水。母子俩很快便没入水面，消失不见。

"操。"史密斯嘟囔了一句。

影子默不作声。

史密斯在衣袋里翻了几下，掏出烟草包，给自己卷了支香烟，用打火机点燃。“好吧。”他说。

“好吧？”影子问道。

“咱们最好把你拾掇干净，找点衣服来。要不然你会冻死的。你也听见她刚才怎么说了。”

9

那天晚上回到旅店，他们给影子准备了最好的房间。而且，影子刚回来不到一小时，前台的戈登就给他拿来一个新背包，一盒新衣服，甚至包括新靴子。他什么也没问。

衣服上面放着个大信封。

影子撕开信封。那里面装着他的护照，边缘略微烧焦。还有他的皮夹和一些钱：几卷崭新的五十镑大钞，用猴皮筋扎好。

财源滚滚上门来，他毫无快意地想。影子试着回忆这首歌是打哪儿听来的，但没成功。

他在浴缸里泡了很久，以此缓解疼痛，随后上床睡觉。

第二天早上，影子穿好衣服，走上旅馆旁的小径。这条路攀上丘陵，直通村外。他很清楚，山顶上有间村舍，花园里种着薰衣草，屋里有个剥皮松木制成的厨房台面，还有张紫沙发。但他到处都找遍了，也没看到山上的村舍，那里除了青草和一株山楂树，再无其他痕迹。

影子呼唤她的名字，但没听到回音，只有海面吹来的凉风，带来第一缕冬天的气息。

然而，等他回到旅馆房间，却见珍妮等在里面。她坐在床上，身穿那件棕色旧大衣，正无所事事地检查指甲。影子打开房门走进来时，她连头都没抬。

“你好，珍妮。”

“你好。”她的声音非常平静。

“谢了，”影子说，“你救了我的命。”

“你呼唤，”她只是说，“我就来。”

“有什么问题吗？”

珍妮看了他一眼。“我本可能是你的人，”话音未落，泪花已经在她眼中闪现，“我还以为你会爱上我。也许，迟早有一天。”

“嗯，也许咱们可以试试看。咱们明天一起去走走吧，可惜走不了多远。我身体状况一团糟。”

她摇摇头。

影子觉得，最奇怪的是此时的珍妮看起来一点也不像人类：她显出了原形，变回野物，森林里的生灵。女孩大衣下的尾巴在床上甩来甩去。她美得不可方物，影子发觉自己想将她占为己有，非常想。

“作为山鬼，哪怕是远离故乡的山鬼，”珍妮说，“若你不甘寂寞，只得爱上男人，那才叫麻烦。”

“那就爱我吧。跟我在一起，”影子说，“求你了。”

“你，”她最终哀声言道，“却不是人。”

她站起身。

“不过一切都在变。也许我现在可以回家去了。过了一千年，我都不知道自己是否还记得挪威语。”

珍妮用她那两只可以折弯铁棍、碾碎岩石的小手握住影子的手，极轻柔地捏了两下，随即消失无踪。

影子又在旅馆待了一天，然后搭巴士去瑟索，又乘火车从瑟索前往因弗内斯。

他在车上打了个盹，但没做梦。

等他醒来，旁边的座位上多了个男人。那人有张刀削脸，正在读平装小说。他看到影子醒了，便把书合上。影子看了眼封面，是让·科克托的《存在之难》。

“好看吗？”影子问。

“嗯，还不错，”史密斯说，“都是散文。本来说是写给自个儿看的，作为读者难免觉得他动不动就一脸无辜地抬起头来嘀咕一句‘这就是我’，看着很装逼。不过我喜欢《美女与野兽》。每次看那片子都觉得比读这些散文更难感到作者意志的存在。”

“封面上都写了。”影子说。

“什么意思？”

“让·科克托存在之难。”

史密斯挠了挠鼻梁。

“给，”他递给影子一份《苏格兰人报》，“第九版。”

第九版末尾处有则小报道：退休医生自杀身亡。人们在加斯克尔的车里发现了他的尸体。那车停在海滨大道旁一处野餐地点。他吞了不知多少种止疼片，用一瓶拉加维林威士忌灌了下去。

“爱丽丝先生最讨厌有人骗他，”史密斯说，“尤其是雇来的帮手。”

“这跟那场火有关系吗？”影子问。

“什么火？”

“哦，好吧。”

“接下来几个月里，要是那些大人物没有连遭噩运，那才叫见鬼了呢。汽车相撞。火车出轨。没准还得掉下一两架飞机。愁断肝肠的孤儿寡母和男友们。真让人揪心。”

影子点点头。

“你知道，”史密斯说，“爱丽丝先生非常关心你的健康。他操心。我也操心。”

“哦？”

“那还用说。我是指，万一你在英国有个三长两短。过马路时看错了方向，或是在下等酒吧露了钱财。谁知道呢。问题是，如果你有什么好歹，那个叫什么来着，格伦德尔的老娘难保不会错意。”

“所以？”

“所以我们觉得你也该离开英国了。对大家都好，不是吗？”

影子沉默片刻。列车开始减速。

“好吧。”他说。

“我到站了，”史密斯说，“这就得下车去。我们会安排好机票，当然是头等舱，你想去哪儿都行。单程的。你只需要告诉我想去什么地方。”

影子揉搓着脸颊上的瘀青。这份疼痛几乎有抚慰功效。

列车彻底停稳。这是个小站，周围似乎荒无人烟。日光清冷，有辆黑色大轿车停在车站旁。车窗上了色，影子看不到里面的情况。

史密斯先生推开火车车窗，把手探出去打开车门，迈步走到月台上。他透过敞开的窗口回头望向影子。“如何？”

“我想，”影子说，“我会再在英国逛几个礼拜。你只好祈祷我过马路时不会看错方向。”

“然后呢？”

影子突然想到了答案。也许他早就知道。

“芝加哥。”他对史密斯说。火车猛地一晃，开始离站。他说完这话，觉得自己骤然苍老了许多。但永远拖下去也不是办法。

他再度开口，这次声音极轻，只有自己能听见：“估摸着，我也该回家了。”

过不多时，天空开始落雨。滂沱大雨敲打着车窗，模糊了整个世界，只剩绿色和灰色的斑痕。隆隆雷鸣伴随影子一路南行。震雷滚滚，狂风呼啸，闪电在空中投下巨大的阴影。有了它们的陪伴，影子慢慢觉得不那么孤单。

（马骁 译）

后记

我要向本书中所有篇目首印本的诸位编辑致谢，尤其是詹妮弗·布雷（Jennifer Brehl），简·莫佩斯（Jane Morpeth），我在美国和英国的编辑。感谢他们的无私协助和惊人耐心。我还要感谢我可怕的经纪人，梅瑞丽·海菲茨（Merrilee Heifetz），以及她遍布全球的黑道弟兄。

此刻，我又突然想到，脆弱易碎之物往往坚韧顽强，出乎我们意料，这是它们最奇特的地方。小时候，我们常用鸡蛋做实验，测试其耐受力。事实证明，每枚蛋都是一座小小的花岗岩堡垒。也有人说，蝴蝶恰到好处地拍翼，能在大洋彼岸引起飓风。人会心碎，可心肌也是人类全身最强韧的肌肉，一分钟七十次心跳，一生如是，无止无息。即使是梦这样虚无缥缈的东西，也极难消灭，常伴左右。

蝴蝶，禽蛋，人心，梦境，乃至芸芸众生……故事和它们一样，易碎而脆弱，所有内容不过二十六个字母和标点符号的集合罢了。口耳相传的故事更加难以捉摸，靠意念与声音维系，抽象虚无，看不见，摸不着，一旦说完便消失。这恐怕是万物中最容易失落的吧？可是，有些简单的小故事，说冒险，说英雄，其中有怪物，有奇迹……说故事的人不在了，故事诞生的国度消亡了，只有它们流传下来。

当然，这本集子里的故事绝不会达到如此高度。只是我想给它们安个家，收在一起供人阅读，不致遗忘于世。希望诸位开卷愉快。

尼尔·盖曼

2006年，开春第一天

（张秋早 译）

尼尔·盖曼访谈录

问：《易碎品》是你的第二本短篇集。当然，这不包括小出版社书籍《梦业冒险记》和《天使与天罚》，那两本书里既有小说也有非小说。你觉得写短篇小说跟写长篇小说有什么区别呢？除了比较短以外。

答：说实话，短小就是最大的区别。写长篇小说就像在跑马拉松。那是种挺诡异的过程，在很长时间里，你会觉得毫无进展。它就像修一道很长的墙，或是挖一条很长的壕沟，你只能慢慢来，一个词一个词地填充。你会经历文思泉涌的日子，也会遇到下笔艰难的时候。整个过程总要持续一两年，甚至更久。

而对我来说，短篇之乐就在于想到个足够有趣的点子，让你产生下笔的冲动。你只要坐下来开始写，过个几小时，几天或是一周，就大功告成了。当然，还有另一个原因，有些题材我不想写成长篇。我从没写过长篇恐怖小说，主要是因为不想在那种世界里过上十八个月，甚至两年。但我很乐意到恐怖王国度个周末，抑或待上几星期，尝尝那种鬼祟、黑暗、怪异、阴霾的感觉。另外就是，写长篇小说很少会有令自己惊艳的感觉。就算你之前没有完全计划好，它毕竟是那种大工程、大建筑。而短篇小说则更像是蛋糕之类的东西。你打开冰箱，看看里面还有什么原料，随便拿出几样凑在一起，过不多时就能坐下来享受一顿美餐了。

问：《易碎品》里的不少文章之前都发表过了。重读自己多年前写下的文章感觉如何？你有修改或者重写它们的冲动吗？

答：有啊。经常有。但我估计那多半是心魔作怪。我偶尔会做些细枝末节的修改。在《易碎品》里有篇故事是二十多年前写的。我当时把它拿给了几个人看，但他们都不喜欢。所以我把它束之高阁，也抛在了脑后。后来，有人邀我写个哥特式短篇，我走上阁楼，发现了那则老故事，从头到尾看了一遍，心想，“哦，这东西还挺有灵气的，是个不错的短篇。但看得出来，它是由一个挺聪明的毛头小子费了九牛二虎之力写出来的。我现在可以重新再写一稿”。于是我坐下来，在打字机上把它重写了一遍。

就在不久前，我又这么干了一回。该文收录在《M代表魔法》里，那是我专为儿童选编的短篇集。我找出了这辈子发表过的第二篇小说《怎样卖出庞狄桥》，时隔二十多年又重读了一遍，觉得“很有意思，孩子们会喜欢的。但我应该做些改动”。于是我坐在打字机前写了起来，反正我也得重打一遍。因为我手里的原稿是三四张扫描纸，字体特别特别小。不过这个过程很有意思。我一边敲字，一边把玩着那些句子，稍稍做些改动。不过大多数情况下，我会顶住重写或改写的冲动，就像我说的那样，这种事永远没个头。

问：在这本短篇集里，有没有哪篇故事是你最喜欢的？

答：有啊。我特别钟爱其中的几篇。不过这主要是从作者角度来说，而非读者的角度。要论印在纸上的小说，我无比喜爱《绿字的研究》，也无比喜爱《苦磨咖啡》。要论适合在人前大声读出来的东西，《飞碟造访之日》可以说妙不可言。跟在纸面阅读时的感受相比，将它大声读出来要有趣得多。我很喜欢这么干。

我想，《给男生的派对搭讪指南》绝对算是最爱之一，是大声读出来的那种——我喜欢读这篇。《给男生的派对搭讪指南》源于两三次失败的尝试，我本想以十四五岁女生的视角写个短篇。她其实并非人类，身体构造完全不同，只是到地球来旅游两个星期。我试着写了几个版本，但都不满意，全是写上几章便胎死腹中的结局。我只能跟管我要短篇的编辑说，这行不通。那位编辑是个住在澳大利亚的妙人，他给我写了封电邮说："哦，我完全理解你没法把它写完。我真的、真的很遗憾，但我们已经没时间了。顺便说一句，凯莉·林克用了不到二十四小时就写好了她的那篇，而且棒极了。"

我的自尊受到了刺激，心里想，"哦，我可没有二十四小时"，但还是抓起笔记本，跑到花园深处，在纸上写下《给男生的派对搭讪指南》几个大字，然后以我——就是我，十六岁的我——的视角完成了那则故事。在文章里，我——也就是男主角遇到了几个来地球旅游的异类，但把听到的每句话、看到的每件事都理解错了。那真是妙趣横生。

问：你将这本书献给雷·布拉德伯里和哈兰·艾里森。你能解释下原因吗，能否跟我们讲讲这些传奇作家和他们的作品对你的影响？

答：我把这本书献给他们是因为这两位都还在世，而且至少在我看来，他们是过去，嗯，许多年来，幻想文学领域最优秀的作家。他们俩加起来足足写了一百五十多年的短篇小说。

雷·布拉德伯里。我还记得自己当年如饥似渴地阅读他的小说。当时我大概九岁，买到了一本短篇集《银色蝗虫》，那是英国版的《火星编年史》。紧接着我又买了《太阳的金苹果》。这都是面向成人读者的短篇集。有意思的是，直到十四岁我才发现了《R代表火箭》和《S代表太空》。我看过布拉德伯里的所有成人小说——《十月国度》《纹身人》等，它们给我留下了深刻的印象。

而哈兰则是另一个惊喜。我还记得是在一本年度精选集里读到了《无声狂啸》，被震撼得脑子都要爆了。那也是九岁的时候，也许十岁。我心想，看看这家伙，看看他摆弄文字的本领，看那字里行间的愤怒、激情和才华。同样的，我把能找到的哈兰的作品全看了一遍。

你可以随便说一篇他俩的小说，我就能讲出我是什么时候看的。我敬重他们，也认为自己永远不可能在短篇小说上达到他们的高度。但还有一个原因令我更加敬重并爱戴他们，那就是他们永远追随缪斯的指引，无论去向何方。他们都不在乎什么类型的界限。拿布拉德伯里来说，他偶尔会这样做，哦，好吧，让我来弄一本恐怖些的集子好了，结果出来就是《十月国度》之类的。即便如此，你拿起一本布拉德伯里的选集，里面会有篇科幻小说，然后是个主流小说，然后是恐怖小说、奇幻小说，再来个有趣的幽默故事。我爱这种感觉。我爱这种随性而至的自由。

《易碎品》付印之前，我又在致敬名单中加了一个人，那就是罗伯特·谢克里。我之所以这样做，是因为罗伯特刚刚过世，而且我是在十三四岁时读到他的作品，字里行间的圆熟精致令我至今难忘。在上世纪五十年代左右，罗伯特·谢克里可以说是科幻界的短篇小说第一人。他的风格卓尔不群，灵气十足，非常有趣，而且充满讽刺和警示意味。不过实话实说，你知道，到了七十年代，他就从头把交椅上退了下来，这主要是因为他自己的缘故。有意思的是，在罗伯特的晚年，也就是生命的最后这几年，他的短篇小说又开始鲜活起来，显得言之有物。我觉得他是那种人，之所以停止写作是因为迈不过一道门槛——觉得小说只是小说。对他而言，这是个大问题。所以我想把这本书献给他。当然，我敬重所有不在乎门类界限的作家，他们愿意把文字之船驶向故事需要的任何地方。

问：从你写的开篇简介可以看出，你是为数不多的几个可以“按要求”写故事的作家，或者说是按照别人要求的某些要素写作。你喜欢有特定出发点的感觉吗？你是否觉得这是一种挑战？

答：这就像玩填字游戏。我倒不算填字游戏迷，不过蛮喜欢有界限的感觉。有时我会败下阵来，不过还是乐意放手一试。说实话，这些年来经常有人找我，说什么“如果你能帮我们写个短篇，我们会出一大笔钱。主题、长度什么的都随你高兴”。结果他们半个故事都没拿到。同时也有人给我打电话说，“尼尔，我们在弄个选集，主题是以为自己是拿破仑的猫。如果你能帮我们写篇关于以为自己是拿破仑的猫的故事，那我们会出五十块”。我从电话机前走开，心里想“说真的，拿以为自己是拿破仑的猫当主题，我能写个很不错的故事”，接下来我已经开始在写了。

当然另一方面，我脑子里往往有一大把各式各样的点子。比方说，有个故事我已经琢磨了八年，名字叫《金星凌日》，是个历史故事，假想历史科幻小说。故事讲的是库克船长[1]出海研究金星凌日，当然，那只是他去寻找澳大利亚的借口。不过在故事里，他找到的澳大利亚和我们今天的澳洲全然不同。这点子一直在我脑袋里打转，也许某一天有人会给我打电话说，“尼尔，我们在搞个关于生态的选集”，或是关于历史的，关于名人的，故事里有澳大利亚人的，以及别的什么东西。他们会提到一个《金星凌日》中可能涵盖的元素，然后说你能写上一篇吗？到时候我将回答，好啊。有了这个借口，我就可以坐下来写出《金星凌日》，因为现在有人需要它。

问：这么说你早就有了这个点子，只是在酝酿中？

答：是在酝酿中。不过我是那种人，更喜欢提前知道有人在等着什么东西。《易碎品》里有篇故事叫《他人》，是我在飞机上写的。因为我在坐飞机，但手边没有任何东西可读。所以我写了那篇故事，却不知道该拿它怎么办，最终交给了《奇幻与科幻》杂志。还有一篇，也就是上本短篇集《烟与镜》中的《白雪，镜子，苹果》。我也是有了点子，写了出来，然后再去找能发表的地方。到头来我放弃了这种努力，自己把它发了出来，而且很高兴它被几本年度最佳小说集选了进去。

---

1 詹姆斯·库克船长（Captain James Cook，1728—1779），英国探险家及航海家，曾三度远征太平洋，并探索了太平洋沿岸的海岸线，也是地图制作者、经度仪航海测定船位的发明者及发现治疗坏血症方法的第一位船长。

图书在版编目（CIP）数据

易碎品 / (英) 尼尔·盖曼 (Neil Gaiman) 著；马骁, 张秋早译. -- 南京：江苏凤凰文艺出版社, 2020.4（2022.3重印）
书名原文: Fragile Things
ISBN 978-7-5594-4669-5

Ⅰ. ①易… Ⅱ. ①尼… ②马… ③张… Ⅲ. ①英国文学－现代文学－作品综合集 Ⅳ. ①I561.15

中国版本图书馆CIP数据核字 (2020) 第044774号

图字：10-2019-717 号

易碎品

［英］尼尔·盖曼 著　马 骁 张秋早 译

责任编辑	丁小卉
特约编辑	谢晴皓　王 品
装帧设计	李子琪
责任印制	刘 巍
出版发行	江苏凤凰文艺出版社
	南京市中央路165号，邮编：210009
网 址	http://www.jswenyi.com
印 刷	河北中科印刷科技发展有限公司
开 本	890 毫米 × 1270 毫米 1/32
印 张	12.25
字 数	275 千字
版 次	2020 年 4 月第 1 版
印 次	2022 年 3 月第 4 次印刷
书 号	ISBN 978-7-5594-4669-5
定 价	56.00 元

江苏凤凰文艺版图书凡印刷、装订错误，可向出版社调换，联系电话：010-87681002。